シェイクスピア作品研究

林　惠子

大阪教育図書

はじめに

　シェイクスピア作品の魅力の一つは登場人物、とりわけ、主人公の巧緻な人物造形にある。その主人公は計算し尽くされた劇のプロットや構成と巧みに絡み合い、シェイクスピア独自の作品世界を担っていく。劇で取り上げられるテーマには普遍性があり、その普遍性ゆえに、今も尚、数多の劇が上演され続け、その存在感を確固たるものとしている。それは映画でも同じように、Franco Zeffirelli 監督の『ロミオとジュリエット』（*Romeo and Juliet*, 1968）や Michael Radford 監督の『ヴェニスの商人』（*The Merchant of Venice*, 2004）は不朽の名作として愛され続けている。前者では、ロミオ（Romeo）と十四歳にも満たないジュリエット（Juliet）の純粋無垢な若い二人が主人公である。何の躊躇いもなく愛に突き進み、何の迷いもなくお互いの後を追い死んでいく若い二人には恐れるものは何もない。ジュリエットが自害したロミオの唇に触れ、"Thy lips are warm"（5.3.167）[1] と嘆くとき、僅差のすれ違いによる永遠の別れが観客の琴線に触れる。後者ではユダヤ人シャイロック（Shylock）に焦点が置かれており、美しいヴェニスの運河とその情景に相反する悲哀を帯びた音楽が、この劇を喜劇として受容することを拒む。Al Pacino が演じるシャイロックは喜劇的暴力を悲劇的暴力に変え現代に蘇る。シャイロックに視点を置くことで別の景色が見えてくる。本書には一貫したテーマはないが、シェイクスピア作品の登場人物、とりわけ、主人公の人物造形に着目していくと、幾つかのテーマに辿り着くことができる。

　第一部では、シェイクスピアによる主人公の脱神話化という視点から幾つかの作品を考察している。例えば、『ルークリースの凌辱』（*The Rape of Lucrece*, 1593-1594）では、ルークリース（Lucrece）は「白鳥の歌」に象徴される凌辱を嘆くだけの女性ではない。『アテネのタイモン』（*Timon of Athens*, 1607-1608）では、「タイモン」（Timon）の換喩が「人間嫌悪」とされる程に、連綿と受け継がれてきたタイモンの人物像は「厭世家」である。しかしながら、シェイクスピアの劇に於いては、タイモンは人間を忌み嫌うばかりの存在ではない。劇の最後では、タイモンには人間を肯定

する場が与えられているように思われる。『アントニーとクレオパトラ』（*Antony and Cleopatra*, 1606）では、クレオパトラ（Cleopatra）の人物造形に於いて、「狡猾な魔女」というステレオタイプな「クレオパトラ」言説がアントニー（Antony）の崩壊を覆い隠す盾となっている。このように、これらの劇では主人公の脱神話化が見えてくる。

　第二部では、『ハムレット』（*Hamlet*, 1601）と『オセロー』（*Othello*, 1604）に、ドラマツルギーとして、劇の下部構造に喜劇的な舞台装置があることに着目し、大衆祝祭的な結婚表象を考察する。

　第三部では、劇に内包されるイデオロギーの側面に焦点を当てる。『リチャード三世』（*King Richard III*, 1597）では、リチャード（Richard）の身体が当時のイングランドが抱えていた諸問題の寓意となっている。『テンペスト』（*The Tempest*, 1611）では、プロスペロー（Prospero）は絶対君主、或いは教育者の寓意となり、政治や教育現場に於ける有益な改革の意図が暗示されている。『コリオレーナス』（*Coriolanus*, 1607-1608）では、コリオレーナス（Coriolanus）とヴォラムニア（Volumnia）の母子関係が前景化されているような錯覚に陥るが、その背後には、国家と市民の間にある相容れない政治的イデオロギーの衝突や、裕福な市民階級の台頭が国王の地位を揺るがし兼ねないという世相が顕現化されている。『恋の骨折り損』（*Love's Labour's Lost*, 1594-1595）では、当時イングランドを席巻していたペトラルキズムに関するシェイクスピアの戸惑いも合わせ、この劇に暗示される恋愛ソネットの意義は刮目に値する。

　最後に、『リチャード三世』と『マクベス』（*Macbeth*, 1606）の両作品に於いて、主人公の良心との葛藤を、『失楽園』（*Paradise Lost*, John Milton, 1667）で具現化される良心と比較して、当時の良心という道徳概念の様相を見る。

　これらのアプローチは周知の稜線を辿っているところもあるが、シェイクスピア作品解釈の一つになり得るだろうか。尚、第一部の第二章は『アテネのタイモン』のテキスト編纂についてであるが、同第三章のタイモンの人間肯定と許しを象徴する墓碑銘に関連するものである。又、シェイクスピア作品のもう一つの魅力は近代初期英語で書かれた英文にある。特にイノバーバス（Enobarbus）が語るシドナス河でのクレオパトラの描写は圧巻である。本書では可能な限り引用に英文を使用し、必要に応じて和訳

を付している。

註

1　*Romeo and Juliet* からの引用及び行数表示は G. Blackemore Evans, ed., *Romeo and Juliet* (Cambridge: Cambridge University Press, 2003) による。

目　次

I
言説からの乖離

第1章　ルークリースのキリスト像への止揚
―『ルークリースの凌辱』に隠された記号を読む―

　『ルークリースの凌辱』（*The Rape of Lucrece*, 1593-1594 頃）は『ヴィーナスとアドーニス』（*Venus and Adonis*）とともにシェイクスピアが眷顧者、Southampton 伯に献呈した物語詩である。「ルクレチア（Lucretia）」伝説はジョフェリー・チョーサー（Geoffrey Chaucer, 1343-1400）の *The Legend of Good Women*（1386）をはじめとして、男性の視点で語り継がれてきた。凌辱後のルクレチアの自殺を巡って、その解釈は分かれてきたが、ルクレチアは国王タルクィニウス（Tarquinius）一家を追放しローマに共和政をもたらしたことから、しばしばキリスト教の殉教者或いは聖人として引き合いに出されてきた。ゆえに、彼女を貞節の鑑とする家父長制的な解釈は依然として存在していた。しかしながら、時代の変遷とともに、ルクレチア解釈には新たな様相も現れ、もはや男性が綴る凌辱された女性の「白鳥の歌」ではなくなった。

　たとえば、1580 年代に Shrewsbury 伯爵夫人 Elizabeth Talbot（Bess of Hardwick）[1] によって作られた《*Lucretia*》と題されたタペストリー[2]では、ルクレチアはたくましい肩、胸、腕をした姿に描かれている。この時代、上流社会の女性の部屋には、その所有者のアイデンティティを暗号化した主題をもつ壁掛けが飾られる傾向にあった。それまでは家父長制の社会下における「貞節・沈黙・従順」というステレオタイプ的なテーマを題材とする図柄が壁掛けに選ばれるという慣習[3]が存在していたのだが、Shrewsbury 伯爵夫人のタペストリー《*Lucretia*》は明らかにそれまでの伝統からの乖離が見受けられる。Jane Burns が「織り込まれたことば」"woven speech"[4]と喩えるように、寡黙を課せられた女性たちは言葉以上のものを様々なテキスタイルに織り込むようになった。ルークリース（Lucrece）が描く「トロイの絵」も例外ではない。

　この物語詩と同時期に書かれた『タイタス・アンドロニカス』（*Titus Andronicus*, 1592-1593 年頃）でも、凌辱が描かれているが、ルークリースとラヴィニア（Lavinia）では明らかに描かれ方が異なっている。ラ

ヴィニアは2幕で凌辱を受け、舌と両手を切断されるが、その残忍な犯人の名前をタイタス（Titus）が知るためには四幕一場まで待たなくてはならない。しかも、彼女はマーカス（Marcus）に促され、彼のお手本どおりに口と両腕で杖を使い、犯人の名前を砂上に書く。自ら潔く自殺を選択し、行動に移すルークリースとは異なり、ラヴィニアには自ら抗弁する力は付与されていない。『ルークリースの凌辱』では、周知の如く、全1855行の約3分の2が凌辱後の連綿と続くルークリースの描写や嘆きの言葉に充てられている。このことから鑑みても、ルクレチアの脱神話化をシェイクスピアが試み、しばしばキリストのイコン[5]として描かれてきた女王エリザベス一世（Elizabeth I）から特別な好意を得ていたSouthampton伯[6]に献呈するに相応しく、女王賛美を彷彿させるかのように、ルクレチアを力強い女性の視点から描く新たな姿として蘇生して行ったのではないかと思われる。

　本論の目的は、シェイクスピアが「ルクレチア」伝説を脱構築して、ルークリースをキリストの寓意として止揚させていく過程を検証することである。ここでの脱構築とは「解体」や「破壊」を意味する「脱」を不可欠の契機としてもっており、「解体」は先行する現象形態に代わって、新たな現象を導き入れる余地を開けるためになされ、「より暴力的でない」現象の仕方へと新たな構築を行う様のことを意味する[7]。第一節では、ルークリースが夫コラタイン（Collatine）に凌辱の事実を告げる時、直接話法を用いているにもかかわらず、タークィン（Tarquin）の言葉を自らの恣意的な言葉で語り直していることに着目し、そこに疑問を呈したい。第二節では、ルークリースが凌辱後の自己をピロメーラ（Philomel）に投影させることから、その様相をオウィディウス（Ovidius, 43 B.C.-A. D. 17）の『変身物語』（*Metamorphoses*, A.D. 1-8）にあるピロメーラ表象とディオニュソス祭祀の慣習と照合し、ルークリースがタークィン一族を永久追放しローマに共和政をもたらすためのスケープゴートとして描かれていることを考察する。第三節では、ルークリースが恣意的に構築した「トロイの絵」を絵画的及び宗教的の両面から考察し、彼女がキリストの寓意であることを検証する。これらの考察から、しばしばキリスト教の殉教者として引き合いに出されてきた「ルクレチア」伝説という定石を踏襲してはいるが、新たな現象としての、止揚されたルークリース、救世主

キリストの寓意への再構築の過程を論証したい。

I．ルークリースの恣意的な言語構築

シェイクスピアはこの物語詩の中で "cipher"[8] という単語を三箇所に於いて使用している。詩人により恣意的に暗示された記号は解読できるのか。

この物語詩がオウィディウスの『暦』(*Fasti*)、ルクレチア凌辱の箇所である二月二十四日の記述に依拠しているのは明らかである。

> 「いくら頑張っても無駄だ。命を奪い、罪の汚辱にまみれさせてやる。姦通した私が姦通を目撃したと偽りを言うのだ。下僕をひとり殺しておけば、おまえはそいつといっしょのところを見つかったといわれよう。」女心は世評への恐れの前には破れ、屈服してしまいました[9]。

タークィンがルークリースに情欲を受け入れるように説伏する時、もし拒絶した折は、ルークリースを殺めた上、下僕との不義の関係を目撃した故、制裁すべく二人を殺したという偽りをでっちあげて言い触らすと脅迫する。最初にタークィンは下僕のことを「そなたに仕える名もない奴隷」"some worthless slave of thine"（515）[10] と言い、それを「卑しい下僕」"some rascal groom"（671）に言い換えてルークリースを脅す。しかしながら、凌辱後、夫コラタインや父ルクレティウス（Lucretius）等の前で、ルークリースはタークィンの下僕に関する表現を「そなたの醜い下僕」"some hard-favoured groom of thine"（1632）と語り直している。彼女の直接話法を使った語りの中で、この恣意的な言葉の置き換えは何を意味するのであろうか。

確かに、ルークリースはタークィンにより捏造された不義がもたらす恥辱と、凌辱がもたらす不名誉、このアポリアな選択という状況に置かれることになる。ルークリースはその情欲の受け入れが剣に対する自己防衛の正当手段であると弁明する。しかしながら、ルークリースの内心忸怩たるものは明らかである。

LUCRECE. 'So should my shame still rest upon record,
　　　　　And never be forgot in mighty Rome
　　　　　Th'adulterate death of Lucrece and her groom.'
　　　　（1643-1645）

　私の恥辱は永遠に記録に残り、
　　ルークリースと下僕との不義の死を忘れるものは
　　大いなるローマに誰ひとりないでしょう。

　ルークリースが下僕との不義の噂を懸念していることは十分に忖度可能である。そして、ルークリースの自責の念は己の「哀れな手」（1030）に向けられる。凌辱後に死ぬ勇気があれば、凌辱前、自らの手で死を選択することもできたはずである。ルークリースは「無理強いの罪」（1071）と自己擁護しながらも、死を躊躇させたものは何なのか、それがルークリースの心の葛藤の要因となっている。やがて語り手はルークリースを擁護するため、彼女のペルソナになり、タークィンへの不可抗力を代弁する。

　　The precedent whereof in Lucrece view,
　　Assailed by night with circumstances strong
　　Of present death, and shame that might ensue
　　By that her death, to do her husband wrong.
　　Such danger to resistance did belong
　　　That dying fear through all her body spread;
　　　And who cannot abuse a body dead?　　（1261-1267）

　そのいい例をルークリースに見るがいい。
　真夜中に襲われて、殺されるような目にあっただけでなく、
　死のもたらす恥辱がやがては夫を辱めるという
　のっぴきならぬ条件を突きつけられた。
　もし抵抗すれば、その危険が事実となる。
　　死の恐怖が彼女の全身にひろがっていった。
　　死体になれば、誰でもが思いのまま扱えるのだ。

しかしながら、この語り手による巧緻なルークリース擁護、特に引用最後の行「死体になれば、誰でもが思いのまま扱えるのだ」は、敢えてルークリースの心の葛藤の原因を前景化しているように思われる。というのも、ルークリースは、凌辱後、「世の人の噂話の種」（822）となり、自分のみならず夫の名声までが汚され、世間の論争の渦中に身を投ずるのを懸念している。エリザベス朝時代、「凌辱」"rape"[11]に纏わる作品は多く存在しており、「凌辱」についての定義付けや論争は活発であった。その傾向はジェームズ一世（James I）の時代にも顕現している。たとえば、ジョン・フレッチャー（John Fletcher, 1579-1625）の *A Wife for a Moneth*（1647年出版）ではルクレチアの凌辱についての言及が顕著に見られる。馴染みのある凌辱物語を転覆させ、登場人物の台詞を通してその凌辱の分析が行われている。

> CASSANDRA.　Had Lucrece e're been thought of, but for Tarquin?
> 　　　　　　She was before a simple unknown woman,
> 　　　　　　When she was ravisht, she was a reverent Saint;
> 　　　　　　And do you think she yeelded not a little?
> 　　　　　　And had a kinde of will to have been re-ravisht?
> 　　　　　　(*A Wife for a Moneth*, 4.3.45-49)[12]

　タークィンは別にして、ルークリースについてはずっと考えられてきたの？
　彼女はそれまでは単に無名の女性だった、
　彼女が凌辱されてからは、敬虔な聖人になった、
　そして、彼女は少しも屈服しなかったのかしら？
　それとも、彼女はもう一度凌辱されたいと望んだのかしら？

カサンドラ（Cassandra）はルクレチアが受けた凌辱への主体的な関与の如何を取沙汰し、その責任の所在を倒錯的に女性に問う。このように、女性は凌辱に「主体的にかかわっていたのか」、または「如何に抵抗したのか」が論点となった。正にルクレチアは世間の論争の格好の的となっていた。この意味において、ルークリースはタークィンの雄弁な奸計に陥り、「下僕との不義」という言葉に屈服した構造に置かれる。

　要約すると、ルークリースが夫や父への直接話法での語り直しの時に
生じた差異は、「世評への恐れ」、それを敷衍すれば、「文字を読む術を知
らぬ無学な」（810-811）下僕との不義関係からくる不名誉である。無意
識にも、凌辱を受け入れるという選択の根底に潜在していた階級意識へ
の自責の念が「そなたの醜い下僕」"some hard-favoured groom of thine"
（1632）という言い換えを彼女にもたらし、その差別意識に対して、自己
正当化できない事実が彼女の心に葛藤をもたらしていると言えないだろう
か。しかしながら、この言い換えはこの物語詩の終盤、1632 行目に於い
てもたらされている。とすれば、ルークリースが時間を経て、その境地に
至ったのではないか。その様相を、次の第二、三節で明らかにしたい。

Ⅱ．ルークリース―ローマ共和政誕生のためのスケープゴート

　前章では材源としてのオウィディウスの『暦』を挙げたが、ここでも、
同じくオウィディウスの『変身物語』のピロメーラ挿話への詩人の依拠が
考えられる。ピロメーラは姉プロクネ（Procne）の夫、即ち、義兄に当
たるトラキア王テレウス（Tereus）、言わば、身内により凌辱を受けた。
同様に、Sextus Tarquinius と Lucius Tarquinius Collatinus の名前から
も明らかなように、タークィンとコラタインの二人の関係は従兄弟同士で
ある。身内による凌辱は道徳的にも想定外である故、「あなたがタークィ
ンという御姿をしているからこそ、おもてなししたのです」（596）と後
に言及するように、ルークリースは身内だからタークィンを夫不在の家に
入れ、ピロメーラも義兄テレウスについて行く。
　「お前が茨の棘に体をすりよせて」（1135）という描写はシェイクスピ
アの独創である。なぜ、シェイクスピアは、夜にピロメーラ（後にナイチ
ンゲール）が茨の棘に体を摺り寄せて泣くことを付与したのだろうか。ピ
ロメーラを模倣して、ルークリースは鋭い短剣を自分の胸にあてようと思
う。これは正に男根の象徴である剣（棘）を胸にあてがうという表象を通
しての凌辱の再構築でもある。ルークリースはピロメーラに自らの苦悩を
投影する。ピロメーラの「悲しい一節」（1131）、ルークリースの「深い
呻き声」（1132）として表象される凌辱の嘆きを、前者はアリアである高

音部「ディスカントゥス」"descant"（1134）[13] を受け持ち、後者は主旋律
（又は低音部）「ダイアペーソン」"diapason"（1132）を引き受ける。中世
宗教音楽の慣習から見れば、二人で一つの厳かな宗教音楽を奏でているこ
とになる。ルークリースが主旋律（又は低音部）を引き受けることで、凌
辱者への復讐に対して、確固たる彼女の意志を体現している。

　ピロメーラは恥を承知で凌辱の事実を公にするとテレウスを脅し、野蛮
な行為を責めたがため、彼は彼女の舌を切断する。一方、ルークリースは
タークィンに凌辱される瞬間まで、その野蛮な行為を引き留めようと雄弁
に彼を諫めるが、凌辱後は諫言しない。語る術を喪失したピロメーラは、
凌辱の事実を織り込んだ織物をプロクネに手渡す。一方、詩の冒頭、夫の
留守中、ルークリースは女性の美徳を象徴する機織に勤しんでいる姿とし
て描写されていたが、凌辱後は機織に代えて男根の象徴であるペンと紙を
用い手紙を書く。両者の相違として、プロクネが妹凌辱に対する復讐の主
導権を握るのに対し、ルークリースは自らがその主導権の掌握者となるこ
とが挙げられる。家父長制社会において、弱者である女性の性的役割が担
う政治的・社会的規範の再構築でもある[14]。

　また、ピロメーラの挿話にはディオニュソス信仰における宗教的祭祀が
内在している。ピロメーラとプロクネはバッコス祭（ディオニュソス祭
の別名）の夜、プロクネとテレウスの間に生まれた息子イティス（Itys）
を殺害し、切り刻み、テレウスの食膳に出す。この息子殺害というメタ
ファーが示唆する嬰児殺しはディオニュソス祭[15]に見られた儀式であっ
た。この嬰児殺しとの関連から考察すれば、ルークリースの自殺も次に述
べる新たな解読を可能なものとする。

　ルークリースは凌辱が妊娠をもたらし、そして行く末は不義の子を身籠
るのではないかという悲惨な結末を想起する。事実、詩の後半に具現化さ
れている「目の周りの青い色」（1587）というルークリースについての身
体描写は、表面的には泣きはらした後の目の隈であるのだが、妊娠の兆候
を予兆するための描写かもしれない[16]。確かに、ルークリースは「この不
純な接穂を育てはしませぬ」（1062）と決意している。故に、ルークリー
スの自殺は嬰児殺しの目的とも考えられ、ピロメーラ姉妹により執り行わ
れたイティス殺害に相応しよう。また、このディオニュソス祭が繁栄と社
会秩序の回復の為に執り行われる儀式であることに着目するならば、ルー

クリース及び嬰児は二重のスケープゴートとして、タークィン一族の徹底的な破滅を意図している。それは共和政への移行というローマの政体変革の伏線となっている。

Ⅲ. ルークリースの止揚―「トロイの絵」に隠されたキリストの寓意

　ルークリースが己の貞節を「私のトロイ」（1547）と喩えているように、伝統的に国家は女性の身体で形容されてきた。ゆえに、国家への侵略は国家たる女性への凌辱と同義語になり、ルークリースによる「トロイの絵」の構築は彼女が受けた凌辱の再構築でもある。故に、ルークリースの意図する主題及び彼女のアイデンティティが恣意的にこの絵に描かれていると思われる。この章では、ルークリースが画家の巧みな技術に言及していることに着目し、この絵を遠近法的な視点で描かれた絵画と宗教的な絵画という二つの観点から見直して、絵に隠された記号を考察したい。

1.「トロイの絵」の絵画的考察

　事実、ルークリースは「トロイの絵」を見て、画家を「巧みな画家」（1371）、「巧みにたけた画工」（1520）と賞賛し、その巧みな技術については「人を欺く空想が、緊密な構成の力と自然な表現がそこにはあった」（1422-1423）と表象している。絵画に描かれている人々の身振りや表情は詳細であり、ルネッサンスの絵画の特徴とされる人間的な魂のドラマが顕著に描かれている[17]。この絵は、ルネッサンスの発明とされる手法、画家が恣意的に視点を定め、整合された像を客観的に描くことを特徴とする遠近法の要素を具現化している。換言すれば、一つの絵画の中に、主観性と客観性を内在させたパラドキシカルな性質をもつ近代精神のメタファー[18]が描き込まれている。

　この絵は、同一の画面に異なった時間の出来事を同時に描く手法、異時同図画という側面をも併せもつ。ヘレン（Helen）の凌辱を機に城壁前で対峙し合うトロイ、ギリシア両軍の様相、言わば、戦争只中における時空間が存在する。一方、時空間は争いの終焉へと移され、ピュロス（Pyrrhus）の足元に血を流し横たわるプライアム（Priam）王がいる。そ

して、時空間はプライアム王が暗殺される前に遡り、偽りの涙を流すシノン（Sinon）に、彼の奸計を疑うこともなく、目を濡らし、耳を傾けているプライアム王が描かれている。また、ギリシア軍のエイジャックス（Ajax）、ユリシーズ（Ulysses）の様子、ネストール（Nestor）の弁舌する勇姿も描かれている。こうして、ルークリースは偽善の仮面を纏ったタークィンとの出会い、彼による凌辱、そして、自害達成後の予想しうる自分自身の姿とともに、突然降り掛かった悪夢を通時的な時間軸に沿うことなく、異時同図画のように己の心に描き出す。それは、時間の空間化、空間の時間化からなる「現在」の構成に他ならない[19]。それは正にルークリースの心の葛藤、動揺を表象するが如く、現在を構築する現前性を解体し再構築していく様である。

　やがて、「トロイの絵」に接近し、ルークリースはプライアム王の亡骸の前に立ち竦むヘクバ（Hecuba）の苦悩と悲しみに自己投影をする。絵画からはヘクバの嘆きは聞こえず、ルークリースはヘクバに声を与えなかった画家を責める。ルークリースはこの時点において、既に、ヘクバを先行する自分の姿として認識し、新たな現象に向けての自己構築を始めていることが分かる。換言すれば、この場面のルークリース表象はもはや声も上げずに嘆くだけの先行する現象形態から乖離している様が伺える。

　最後にルークリースの視点は、「欺瞞の心を隠し、害をあたえるとは思われぬこの絵姿」（1507-1508）と聖者のように描かれたシノンの姿に定められる。彼は偽善者の顔をしてプライアム王を裏切った男である。ルークリースは欺瞞の心を隠し、善人者たる仮面を付けたシノンの姿を構築することで、偽善の鎧で身を纏ったタークィンの姿と重ね合わせる。ルークリースはタークィンを「偽善の鎧に身を固めたタークィンが私のもとにやってきたのだから。外面には実直を装いながら、内なる心は罪に汚れたあの男が」（1544-1546）と表象する。それは、それまでの新プラトン主義に見られる内面と外見の美の一致という世界観からの乖離であり、もはや内面の美が外見の美を体現しないパラドキシカルな人間の存在にルークリースが気付いたことである。これはマニエリスムの視点[20]、個人の心の深層をより懐疑的な目で覗き込もうとするリアリズムの精神に移行したルネサンス後期の絵画的特徴である。

　こうして、この巧緻に描かれた「トロイの絵」の収束する視点、即ち、

ルークリースがこの絵に恣意的に定めた視点は、絵に隠された己の姿である。プライアム王、ヘクバ、ヘレン、シノン等の姿を描けども、全て、愚かな、悲劇の換喩的な、人を惑わす美をもつ、しかも人間の性悪に無知なルークリースの姿へと辿り着くのである。しかしながら、絵を構築していく過程において、ルークリースはパラドキシカルな二面性をもつ真の人間の姿の発見、及び、泣くだけの女性からの乖離へと至るのである。

2.「トロイの絵」の宗教的解釈

　プライアム王をキリスト（Christ）と、シノンをユダ（Judas）として捉えるならば、レオナルド・ダ・ヴィンチ（Leonardo da Vinci, 452-1519）の《最後の晩餐》（1495-8）の壁画に、ある共通点を見出すことができる。それは、《最後の晩餐》の中にキリストと背信者ユダが描かれているように、両者の絵画に「裏切り者」が同席しているという特徴である[21]。あたかも両者の関係の如く、裏切られたプライアム王に「裏切り者」シノンが一つの絵の中に描かれている。とすれば、プライアム王はキリストのメタファーとなり、プライアム王に自己投影をするルークリースはおのずとキリストのメタファーに収束できないだろうか。

　そうして、ルークリースが自害で流す血は再生と復活の神の摂理（providential design）[22]として描写されている。

> And bubbling from her breast, it doth divide
> In two slow rivers, that the crimson blood
> Circles her body in on every side,
> Who like a late-sacked island vastly stood
> Bare and unpeopled in this fearful flood.
> 　Some of her blood still pure and red remained,
> 　And some looked black, and that false Tarquin stained.[23]
> （1737-1743）

血は彼女の胸から泡だち出て、二手に分かれ、
緩やかに流れる川となり、その深紅の血潮が
彼女の亡骸を四方からとり巻いた。

　　亡骸は、今しがたはく掠奪された島のように、荒涼と、
　　住む人もなく、裸に剥がれ、恐ろしい潮の中に横たわった。
　　　血のいくらかは、まだ清らかな赤い色を保ち
　　いくらかは黒ずんでいた。それが邪悪なタークィンに汚された血なのか。

　この血をキリスト教的表象の重要なモチーフとして解釈すれば、聖餐と十字架上の殉教、犠牲の血と復活、キリストの血を流した者たちの永遠の死と不毛性の倫理的構図を読み取る[24]ことができる。清らかで赤いルークリースの血と、黒ずんだタークィンの血が横たわるルークリースの体を取り囲むように、緩やかな川となり円を描く。円を描く血は統一の原理を象徴している[25]。ルークリースはタークィンへの復讐を夫及びその場に居合わせた貴族らに託し自害をするが、彼女の死の様相はその憎悪に満ちたものではない。むしろ、ルークリースが己の血をもって、タークィンの血へ復讐した構図というよりは、復讐という偏狭な次元を超越した融和という構図が読み取れないだろうか。コラタインが帰還してルークリースの顔を見た時、彼女の泣き腫らした目の周りには空にかかる「虹」のように青い輪がかかっているのに気付く。「虹」は平和の象徴であり、裁き主イエスを表しており[26]、「新しい嵐」（1589）の予兆は正しく共和政到来という新風に他ならない。

　　また、この「トロイの絵」はトロイの滅亡と同時にギリシアの勝利という「負」と「勝」の両面性を併せ持つ。凌辱後のルークリースの雄弁はネストールのそれに重なるが、たとえトロイは崩壊しても、アイネーアース（Aeneas）を初代ブリテン王ブルータス（Brutus）の祖とする伝説的系譜は連綿とエリザベス一世へと継承されている。即ち、「トロイの絵」において、最終的に前景化されるのは「最終的な」勝利者の視点である。この絵にルークリースが体現したものは、凌辱と共に「私のトロイ」は崩壊したかもしれないが、遠近法を具現化したルークリースの視点を通して一点に収斂される勝利者としての、救世主としてのキリストの寓意として見る己の姿である。

IV. 結語

　ルークリースが自らの恣意的な視点で、自ら受けた凌辱、ピロメーラの凌辱、そしてトロイの凌辱という三つの凌辱を再構築する過程において生じ、そこに差異として通底する記号は一貫してキリストの寓意であることが明らかとなった。第一節で提示した、ルークリースの下僕表象に対する恣意的な言葉の置き換えへの疑問に答えることができるとすれば、ルークリースが救世主キリストのメタファーとして描かれているからである。人は皆、奴隷ではなく神の子というキリストの教義[27]と照合すれば、「奴隷」"slave" という言葉を忌避しなければならなかったと結論付けることができよう。そして、それは、ルークリースが受けた凌辱を彼女自身が再構築する過程において、ルークリースが国家ローマの救世主へと止揚されていったからに他ならない。タークィンへの復讐を誓った者達が、血にまみれたルークリースの亡骸を抱いてローマの街々を練り歩くとき、彼女の姿は救世主として万人の目に映る。創作年代は前後するが、《虹の肖像》[28]（1600-1603 頃）では、エリザベス女王はキリストのメタファーである虹をもった姿で描かれている。そのことを敷衍して解釈するならば、ルークリースとキリスト、そしてイングランドの救世主エリザベス女王は共通する一つの像を結んではいないだろうか。

註

※ この論文は福岡女子大学英文学会 *KASUMIGAOKA REVIEW* 第 16 号（福岡：福岡女子大学英文学会，2010）に掲載されたものに改題、加筆、修正したものである。（91-104）

1　岩崎宗治『シェイクスピアの文化史』（名古屋：名古屋大学出版会，2002）pp. 4-5. Shrewsbury 伯爵夫人はエリザベス女王の時代に、1 つの「王朝」を築いた女傑であり、エリザベス女王に対する尊敬を表明すると同時に地位をもつ女性として自己成型をし、権力ゲームにおける自分の地位を固めていった。

2　Susan Frye, "Staging Women's Relations to Textiles in Shakespeare's *Othello and Cymbeline,*" *Early Modern Visual Culture*, eds., Peter Erickson and Clark Hulse (Pennsylvania University Press, 2000) 236.　Frye は "a muscular-armed

Lucrece" と表現している。

Elizabeth Talbot《*Lucretia*》の一部　（1580s, タイトルは Frye に依拠）
Photo: © National Trust Images / Image No. 50240 by John Hammond.
Title:《*The Entrance Hall at Hardwick Hall*, Derbyshire》
　　　(Property name: Hardwick Hall)
※ この写真は National Trust Images, Image No. 409681, Title:《*Lucretia with Chasteti and Liberaliter*》（Large appliquéd needlework wall hanging made of silk and cloth of gold）の中央に配置されている Lucretia だけを撮影したものである。

3　Frye 218-236.
4　E. Jane Burns, *Bodytalk: When Women Speak in Old French Literature* (Philadelphia: Pennsylvania University Press, 1993) p. 131.
5　Jardine Lisa, *Still Harping on Daughters* (Princeton: Princeton University Press, 1981) p. 194.　エリザベス女王の晩年には、不死鳥は彼女のエンブレムとなり、女性統治のイングランドに男性による統治者の強い側面を補うのに貢献した。
6　高橋康也・大場建治・喜志哲雄・村上淑郎『研究社シェイクスピア辞典』（東京：研究社出版，2000）pp. 271-272.
7　斉藤慶典『デリダ』（東京：NHK 出版，2006）p. 56.
8　207，811，1396 の各行を参照。
9　オウィディウス『祭暦』高橋宏幸訳（東京：国文社，1994）p. 810.
10　*The Rape of Lucrece* からの引用及び行数表示は全て John Roe, ed., *The Poems* (Cambridge University Press, 2006) による。和訳は全て「ルークリース」高

松雄一訳『シェイクスピア全集8—悲劇Ⅲ』（筑摩書房，1973）による。

11　Jocelyn Catty, *Writing Rape, Writing Women in Early Modern England* (Basingstoke: Macmillan, 1999) pp. 3-16.　①夫の財産である女性を奪うこと②女性の意志作用の決定性、この二つは "rape" 論争の定義となっていた。

12　John Fletcher, *A Wife for a Moneth*; ed., David Rush Miller (Amsterdam: Rodopi B.V, 1983)

13　Janis Lull, ed., *King Richard III* (Cambridge: Cambridge University Press, 1999) Notes to 144. "ground" は中世の宗教音楽では主旋律のことを意味する。

14　Jane O. Newman, "'And Let Mild Women to Him Lose Their Mildness': Philomela, Female Violence, and Shakespeare's *The Rape of Lucrece*," *Shakespeare Quarterly* Volume 45 (The Folger Shakespeare Library, 1994) 304-326. 306.

15　Newman 319.

16　青い瞳は妊娠の予兆ともされていた。David Lindley, ed., *The Tempest* (Cambridge: Cambridge University, 2002) Noets to 114.　及び、Frank Kermode, ed., *The Tempest*, (London: Methuen, 1954) Notes to 27.　妊娠の物理的な時間関係を詩に見出す必要があるだろうか。

17　今西雅章『シェイクスピア劇と図像学』（東京：彩流社，2008）p. 131.

18　今西 p. 89.

19　ニコラス・ロイル『ジャック・デリダ』田崎英明訳（東京：青土社，2006）pp. 140-141.

20　大熊栄『ダン、エンブレム、マニエリスム』（東京：白凰社，1986）pp. 123-130.

21　今西 pp. 123-124.

22　今西 p. 109.

23　論者は高松訳と同じく Tarquin を主語に取りたい。

24　今西 p. 104.

25　今西 p. 62.

26　石井美樹子『薔薇の王朝』（東京：光文社, 2007）p. 202.　及び『創世記』(9.13-16)『創世記』(9.13-16) では、大洪水で世界が滅ぼされ、水が引いたあとに、ノアが目にしたのは虹であり、『ヨハネの黙示録』(4.2-3) では、裁きの座にいるキリストの姿を、「玉座の周りにはエメラルドのような虹が輝いていた」と書かれている。

27　Galatia, 3. 26, 3. 28.　「あなたがたは皆、信仰により、キリスト・イエスに結ばれて神の子なのです」(Galatia, 3. 26)「そこではもはや、ユダヤ人もギリシア人もなく、奴隷も自由な身分の者もなく、男も女もありません。あなたがたは皆、キリスト・イエスにおいて一つだからです」(Galatia,3.28)

28　石井 p. 202.

第2章　　　『アテネのタイモン』
―5幕3場、及び5幕4場のテキスト編纂の歩みと新たなる編纂の試み―

　『アテネのタイモン』（*Timon of Athens*）のテキストは1623年出版の第1・二つ折本全集に収められたものしか現存せず、当時の上演に関連する資料も残されていない。限られた資料での問題を孕むテキストの編纂に当たっては、最終的には編者の解釈に委ねられる。この劇も例外ではない。この劇のテキスト編纂を悩ませる箇所の1つは、5幕3場の兵士の台詞内にある二行連句である。

> SOLDIER. [*Reads*]
> 　'Timon is dead, who hath outstretched his span;
> 　Some beast read this; there does not live a man.'　　　(5.3.3-4)[1]

上記引用のように、台詞中の二行連句を引用符やイタリック字体表記で峻別し、タイモン（Timon）の書いた墓碑銘とする解釈と、"read"（5.3.4）を"reard"（rear'd）の誤植として登場人物の意思の表明とする解釈がある。また、5幕4場のアルシバイアディーズ（Alcibiades）が読み上げるタイモンの四行墓碑銘も、5幕3場の二行連句と関連付けて取り上げられる箇所である。

> ALCIBIADES. (*Reads the Epitaph*)
> 　*Here lies a wretched corse, of wretched soul bereft;*
> 　*Seek not my name; a plague consume you, wicked caitiffs left.*
> 　*Here lie I, Timon, who alive all living men did hate;*
> 　*Pass by and curse thy fill, but pass and stay not here thy gait.*
> 　(5.4.70-73)

「不幸なる魂を失いし不幸なる骸ここに眠る、その名を尋ねることなかれ。疫病よ、生き残れる人非人どもを滅ぼしつくし、一人ものがすことなかれ。

　　われタイモン、ここに眠る、世にあっては世の人間をことごとく憎みしものなり、
　　去りがけに存分に呪いはすれど、歩みをとどめず早々に立ち去るものなり」

　この四行墓碑銘については二つの問題点がある。一つは、5幕3場の二行連句を墓碑銘とする場合、ここでタイモンを名乗っておきながら、後に続く四行墓碑銘の前半の二行連句では名乗ることを拒む矛盾である。もう一つは、前半の二行連句では名前を探すことを禁じておきながら、後半では自分を名乗るという四行墓碑銘に内在する齟齬である。そうして、編者個々の解釈に基づいて、5幕3場の二行連句を削除する試みや、四行墓碑銘の中から前半の二行連句を削除するという試みがなされてきた。
　本論では、今一度、第1・二つ折本から両場面を考察し直し、5幕3場の二行連句は、William Clark らが指摘するように、タイモンの死を目の当たりにした登場人物が自分の胸中を吐露した台詞であることを提案する。[2] そして、それにより、この二行連句と四行墓碑銘の前半の二行連句との間に矛盾が生じないことを明らかにしたい。また、5幕3場の台詞の全てが韻文でありながらも、それを語るのが名も無い一兵士という人物設定にあることから、この二行連句を登場人物の慨嘆とすることが躊躇されてきた。しかしながら、5幕3場の登場人物 "Soldier"（第1・二つ折本表記）と5幕4場の登場人物 "Messenger"（同表記）のアイデンティティーの同一化を図ることで、5幕3場の登場人物に二行連句をして慨嘆を語るに相応しい確固たる人物造形を与えたい。但し、本論では四行墓碑銘に内在する齟齬、つまり、前半の二行連句と後半の二行連句の関係性については論じない。

Ⅰ．5幕3場に於けるテキスト編纂の歩み

　二十世紀以降、5幕3場のテキスト編纂[3]は William Warburton と Howard Staunton のどちらかの解釈に依拠するものに二分される。その両者の編纂との比較のために第1・二つ折本から該当する箇所を引用しておきたい。

> *Sol.* By all description this should be the place.
> Whose heere? Speake hoa. No answer? What is this?
> *Tymon* is dead, who hath out-stretcht his span,
> Some Beast reade this; There do's not liue a Man.
> Dead sure, and this his Graue, what's on this Tomb,
> I cannot read: the Charracter Ile take with wax,
> Our Captaine hath in euery Figure skill;
> An ag'd Interpreter, though yong in dayes:
> Before proud Athens hee's set downe by this,
> Whose fall the marke of his Ambition is.
> (The First Folio, TLN 2497-2506, 下線は論者による)

1. Warburton 説

　1747年、Warburton は、けものに読解能力は無いとし、"reade"（TLN 2500）を "reard" の誤植として校訂している[4]。

> [...]timon is dead, who hath out-ilretchd his span;
> Some beast <u>reard</u> this; here does not live a man.
> （William Warburton 版、下線は論者）

Warburton から "reard" への校訂の提案を受けた Lewis Theobald も、出版が彼より先行するシェイクスピア全集（1733年）に於いて、兵士はタイモンの墓らしき盛り土を見たに過ぎないと述べ、"rear'd" に校訂している[5]。しかしながら、文字通りに「けもの」が墓を建てると解釈することは皆無に等しい。また、Clark らはこの二行連句が登場人物の胸中の表明である以上、"reade" を "rear'd" に書き換える必要はないと反論しながらも "rear'd" に校訂している[6]。このように、編者らは懐疑的にも過去の編纂を踏襲してきた。そして、この二行連句を墓碑銘とすることに躊躇したテキスト編纂では、論者が参考にしたテキストに限られるが、"reade" は全て "rear'd" に校訂されており、第1・二つ折本表記からの乖離が見られる。

2. Staunton 説

　一方、1859 年、Staunton はこの二行連句はタイモンにより書かれた自分の死を知らせる “inscription” であり、四行墓碑銘を読むようにと指示するものであると述べている[7]。そして編者としてはじめて Staunton は、この二行をタイモンの墓碑銘として、第 1・二つ折本にはないイタリック字体表記で峻別し、“*Reads*” というト書きを施している。

　　　[*Reads.*]
　　　TIMON IS DEAD! —*who hath outstretch'd his span,*—
　　　Some beast—read this; there does not live a man.
　　　（Howard Staunton 版：5.3.3-4）

しかしながら、“TIMON IS DEAD!” は明らかに後続のイタリック字体表記の文章とは異なる。しかしながら、文頭の “TIMON IS DEAD!” を含む二行がタイモンの墓碑銘として編纂されるのが主流となった。こうして Staunton 以来、この劇には 5 幕 3 場の二行連句と 5 幕 4 場の四行墓碑銘とを合わせた二つの墓碑銘が存在することとなった。

　これら双方の解釈とは別に、十八世紀に遡り、Alexander Pope に至れば、テキストの乱れと判断したのか、5 幕 3 場は全て省いている[8]。また、1987 年、Stanley Wells や John Jowett らによる Oxford 全集版では、シェイクスピアが四行墓碑銘を執筆中に、5 幕 3 場の二行連句を最終的には捨てることにしていたに違いないという理由で、この二行を削除している[9]。しかしながら、Jowett は 2004 年の単独編纂時、余分とされるものでも劇には意味があるものと異議を呈し、この二行を復元している[10]。換言すれば、この 5 幕 3 場の二行連句を墓碑銘とする解釈が編纂をより困難なものとさせているのは否めない。

Ⅱ. 5 幕 3 場、新たなる編纂の試み

　諸家は、5 幕 3 場の二行が連句になっていることから、タイモンの墓碑

銘として編纂することを定石としてきた[11]。この劇は周知の如く共著の可能性にあることを指摘されてきた。2008年のArden (the 3rd) 版では作者名はThomas Middletonとの連名になっている。脚韻と不規則な韻文を好む傾向にあることが共著者の文体的特徴の一つに挙げられている[12]。それは、Charles Knightに「尋常ならざる脚韻」と、Nikolaus Deliusに「つまらない、趣味の悪い二行連句の数々」と言わせる程である[13]。また、「唐突な押韻」の存在も指摘され、この文体的特徴こそMiddletonのものと分析されている[14]。5幕3場の二行連句も唐突な押韻と見ることは可能である。この作品が共著の可能性にあること、そして、共著者の文体的な傾向が特定される中、この二行連句を墓碑銘と決め付けることには再考の余地があると思われる。

1. 文体的考察

　今一度、第1・二つ折本に立ち戻り、文体的な考察を試みたい。

Sol.[…] What is ① this?
② *Tymon* is dead, who hath out-stretcht his span,
③ Some Beast ④ reade ⑤ this; ⑥ There do's not liue a Man.
Dead sure, and ⑦ this his Graue, ⑧ what's on this Tomb,
I cannot read: the Charracter Ile take with wax,
Our Captaine hath in euery Figure skill;
An ag'd Interpreter, though yong in dayes:
Before proud Athens hee's set downe by this,
Whose fall the marke of his Ambition is.
(The First Folio, TLN 2498-2506, 強調、下線及び記号は論者)

（1）Staunton説の抱える矛盾（二行連句を墓碑銘とし、⑤ this を四行墓碑銘と解釈する場合）
　・② "*Tymon* is dead" と自分を名乗りながら、四行墓碑銘の前半の二行連句では "*Seek not my name*"（TLN2593）と自分を名乗らない。また、同四行墓碑銘の後半の二行連句では "*Heere lye I Timon*"（TLN2594）と自分を名乗るという明らかな矛盾がある。

21

- エリザベス朝時代になると墓碑銘も英語で書かれるようになっており[15]、なぜ、登場人物はこの二行連句の墓碑銘を読むことができ、四行墓碑銘は読むことができないのか[16]。
- アテネの忘恩者表象が、③ "Some Beast"[17] と四行墓碑銘での *all liuing men*（TLN2594）と両墓碑銘間で異なる。タイモンはアテネの忘恩者を "beast" とは呼ばず、彼らをそのように表象するのはアペマンタス（Apemantus）[18] ら道徳的視点人物である。この登場人物も然りである。
- 四行墓碑銘を読むようにと指示する告知文は墓碑銘として相応しいのか。

（2）Warburton 説（④ "reade" を "rear'd" に校訂）への補足

- 登場人物は⑧ "what's on this Tomb" という発話時点で、四行墓碑銘について言及しており、つまり、⑤ this の発話時点では四行墓碑銘に気付かないことになり、延いては、⑤ this は四行墓碑銘を指すことは不可能である。よって、④ "reade" を Staunton のように「読む」と解釈すれば、この矛盾が生じることになり、Warburton は⑤ "this" を「墓碑銘」そのものではなく「（墓碑銘の立てられた）墓」とし、"rear'd" への校訂に踏み切ったのではないかと拙論は推測する。

（3）拙論の解釈

Staunton と Warburton の誤謬は④ "reade" の解釈にある。前者は「読む」、後者は「建立する」と解釈しているので、当然ながら、⑤ "this" を前者は「四行墓碑銘」に、後者は「墓」にする必要に迫られた。しかしながら、"reade" を *OED*（1.a. To have an idea; to think or suppose that）と Alexander Schmidt の辞書による "2. peruse" の比喩的な語義 "to gather the meaning of, to perceive, to discover, to guess, to understand"[19] に依拠すれば、⑤ "this" は以下の解釈が可能となる。

- 問題の二行連句の一行目は、"What is this?" に続いており、この① "this" は後続の⑦ "this his Graue" を指し、⑤ "this" は直後の⑥ "There do's not liue a Man" を指す。
- ③ "Some Beast" の "Some" は "many a"[20]、④ "reade" は仮定法現在

　の祈願文[21]と解釈する。
以上のことから、墓らしき盛り土を見た登場人物は「アテネのけものども
よ、分かってくれ、（タイモンのような、真の意味での）人間が一人とし
て生きていないことになろうとは」（拙訳）と嘆く。因みに、坪内逍遥も
この二行連句を墓碑銘とはせずに（"rear'd" 説を採用しているが）、登場
人物の嘆きとして和訳し、この場に臨場感をもたせている[22]。

（4）修辞的解釈

② "Tymon is dead, who hath out-stretcht his span"（TLN2499，下線は論
者）に見られる、話者の発話時点に心理的時間軸を置く現在完了の使用は、
新しく施されたばかりの墓らしきものを想起させる。また、文頭の "Tymon
is dead" は、「強―弱―弱」（dactyl）、つまり、「悲嘆」などの嘆き節的調
子で始まっている。そして、脚韻 "span"（TLN2499）と "Man"（TLN2500）
は "n" の音色である。この「共鳴音」に分類される "n" は長く、低くこも
って響くのが特徴である。これらの点から鑑みると、この二行連句は、登
場人物の今の心境を重苦しい音色で嘆くのに相応しい文体である。因み
に、四行墓碑銘は、"bereft"、"left"、"hate"、"gate" と、全て [t] の脚韻を
踏んでおり、音の流れに区切りを与える音色に分類される[23]。この音色か
ら比較しても、5幕3場の二行連句は、四行墓碑銘とは異種であることが
分かる。

　要約すると、第1・二つ折本では、5幕3場の二行連句はローマン字体
表記で、他の台詞と峻別されていないことからも、墓碑銘ではなく、額面
どおりに解釈し、登場人物の胸中を吐露した台詞とすることは可能であ
る。この韻文での台詞をして、登場人物は観客にタイモンの理不尽な死を
告げるコーラス的な役割を担うと共に、忘恩者への憤りを観客と共有する
という、臨場感のある場面を築き上げる。こうすることで、二つの墓碑銘
存在説や、それに起因する両墓碑銘間の文の繋がりの悪さが一蹴できる。

2．登場人物のアイデンティティーの同一化を図る

　―"courier"（5幕2場）、"Soldier"（5幕3場）、及び "Messenger"（5幕4場）

　諸家は、5幕3場の編纂に当たり、この二行が連句になっていること[24]、そして、台詞の全てが韻文でありながらも、それを語るのが名も無い一兵士という人物設定にあるという矛盾を指摘してきた[25]。故に、諸家はこの二行連句を兵士の胸中の表明とすることに躊躇して、タイモンの墓碑銘として編纂してきた。しかしながら、留意したいことに、5幕3場にはF. G. Fleayが指摘するように二行連句はもう一つ存在している[26]。

　そもそも、第1・二つ折本では、5幕3場の登場人物名は "Soldier" で、5幕4場の登場人物は "Messenger"（アルシバイアディーズに蝋で写し取ってきたタイモンの墓碑銘を見せる人物）と書かれている。しかしながら、両者が同一人物であることは明白である。この齟齬も編纂をより困難なものにしているのだが、編者の多くは5幕4場の登場人物名 "Messenger" の方を "Soldier" に校訂して、アイデンティティーの同一化を図っている。両人物名を第1・二つ折本表記（5幕3場を "Soldier"、5幕4場を "Messenger"）のままにしている編纂は、論者が参考にしたテキストに限られるが、Nicholas Rowe と Alexander Pope、そして、Karl Klein（The New Cambridge Shakespeare, 2001）によるものだけである。しかしながら、Klein は5幕4場の登場人物名を "Messenger" としながらも、「その "Messenger" は5幕3場の "Soldier" とほぼ同一人物のようである」[27]と註を付している。一方、Antony B. Dawson と Gretchen E. Minton 共編 Arden 版（the 3rd, 2008, 以下、Dawson らとする）は同登場人物名を "Messenger" から "Soldier" に校訂し、「5幕4場[28]でタイモンの墓に彫られた文字を写し取ってくるのは "Soldier" であるということに疑いはない。たとえ、第1・二つ折本では、その彼が "Messenger" と呼ばれていても」と註を付している[29]。The Riverside Shakespeare 版（the 2nd, 1997）ではト書きが以下のように書かれている。

　　　　Enter [SOLDIER as] *a Messenger*
　　　[*Sold.*] My noble general, Timon is dead,....　　　(5.4.65)

このように、登場人物名の齟齬がテキスト編纂を不可解なものとしているのは否めない。先述したように、Pope はテキストの乱れと判断したのか、5幕3場は全て省いている。恐らく、テキストの乱れの一つとして、5幕

3場と5幕4場の登場人物が同一人物でありながら、登場人物名に齟齬が
あることに留意したと思われる。

　この齟齬の要因として、この劇が、先述したように、共著の可能性に
あることが挙げられる。この時代の共著について明白なことは両作家が
割り当てられた場面を個別に、且つ、同時に取り組んでいくことであっ
た[30]。Brian Vickers は *Shakespeare, Co-Author*（2002）に於いて、この
劇が最終的にシェイクスピアと Middleton の共著による作品である可能
性が高いという結論に辿り着くまでの過程を、19世紀から21世紀初頭に
至るまでの諸家の見解を例に挙げ、シェイクスピア単独説も紹介しなが
ら、詳細に論じている。以下は、Vickers の論考を5幕を中心に簡潔に要
約したものである。Charles Knight（1849）は5幕のほとんど（幾分か
は共著者の手が入っているとは認めているが）はシェイクスピアによる
ものであると分析している[31]。一方、Nikolaus Delius（1867）は5幕2
場と5幕4場の1～64行[32]まではシェイクスピアによるものとし、5幕
3場と5幕4場の65～85行までは共著者（共著者は特定されていない）
によるものであると分析している[33]。また、Fleay（1874）は5幕1場50
～231行、5幕2場、5幕4場はシェイクスピアによるもので、5幕3場
は無名な作家により書かれていると分析しているが、劇全体に Middleton
の文体的特徴が散見されることから、共著者に Middleton の可能性を指
摘している[34]。E. H. Wright（1910）はシェイクスピアが書いた原案を共
著者が改定したのではないかと述べている[35]。21世紀の初頭では、Klein
が依然として、この劇をシェイクスピアの単独執筆によるものとする[36]一
方で、Dawson らは、Middleton との共著説を支持し、5幕はほぼシェイ
クスピアの単独執筆であると論じている[37]。

　要約すると、Vickers はこの劇が Middleton との共著である可能性が高
いことは認めているが、作家間の文体を統計的に分析する統計文体論から
の作家の特定は決定的なものではないと結論付けている。また、文体的特
徴（韻文の形、ことばの配置、言語的傾向など）による伝統的分析方法
と、より新しい統計技術での多角的な分析が、依然として必要であると
Vickers は述べている[38]。共著者の存在と共著者が Middleton である可能
性は払拭できず、また、各幕各場が共著者のどちらに分配されるのかとい
うことに関しても決定的な結論には至っていない。

　先述したように、5幕3場がシェイクスピアによるものではないという Delius と Fleay らの分析、共著者が好む傾向にある脚韻、また、Middleton の文体的特徴の一つである唐突な押韻という複合的な側面から鑑みれば、5幕がほぼシェイクスピアによって書かれたという説には再考の余地が残されており、そのことが登場人物間に齟齬をきたしていると考えることは可能である。

　たとえば、もし5幕がほぼシェイクスピアの単独によるものならば、なぜ作家は5幕3場で "Soldier" に「この文字を蠟にうつしとっておこう」（5.3.6）と言わせ、5幕4場で "Messenger" に「蠟にうつしとってまいりました」（5.4.68）と言わせる齟齬を生じさせたのだろうか。そして、なぜ、編者の多くはその齟齬を解決するために、5幕4場の "Messenger" を "Soldier" に校訂するのだろうか。5幕3場の "Soldier" を "Messenger" に校訂することもできたはずだ。

　Dawson らは5幕3場での無名の "Soldier" の役割について、彼は劇の終わりに舞台に登場し、タイモンの窮状に同情を寄せるものの、タイモンの姿を目にすることができず、両者には希薄な関係しか許されておらず、それがかえってヒーローの孤独さを余計に際立たせることにあると述べている[39]。それならば、登場人物は "Soldier" に限られる必要はない。

　この分節では、5幕もシェイクスピアの単独執筆によるものではなく、共著者の手が介入しているのではないかという仮定のもと、5幕3場の登場人物名 "Soldier" の方を5幕4場の "Messenger" に校訂して、5幕2場で言及される "courier" と合わせて、登場人物のアイデンティティーの有機的同一化を図りたい。そうすることで、5幕3場の登場人物が二行連句をして慨嘆を語るに相応しい確固たる人物になることを提案したい。

（1）5幕4場 "Messenger" と5幕2場 "courier" のアイデンティティーの同一化—"messenger" と "courier" の定義付けより

　5幕2場、アテネ側の使者の台詞に「使者」"courier"（5.2.5）への言及がある。

MESSENGER. I met a courier, one mine ancient friend,
　　　　　Whom though in general part we were opposed,

> Yet our old love made a particular force,
> And made us speak like friends. This man was riding
> From Alcibiades to Timon's cave
> With letters of entreaty, which imported
> His fellowship i'th'cause against your city,
> In part for his sake moved.　　　（5.2.5-12，下線は論者）

さきほど、私の旧友で敵の使い番をしている男に
偶然会いました、公の問題では敵同士ですが、
昔のよしみで友人同士のように話しあったのです。
その男は、アルシバイアディーズの言いつけで
タイモンの洞窟まで馬を走らせ、彼のもとへ
請願状を届けたそうです、なかばはタイモンのために
兵を起こしたのだから、アテネ攻撃に味方してほしい、
という趣旨であったとか。

この台詞の8行目から12行目に関して、Klein は「使者はアルシバイアディーズの大義をタイモンの大義と関連付けている」と註に付している[40]。小田島雄志は「その男は、アルシバイアディーズの言いつけでタイモンの洞窟まで馬を走らせ、彼のもとへ請願状を届けたそうです」（5.2.8-10）と翻訳している[41]。本来ならば、この話者である使者はタイモンの洞窟に行く途中の "courier" に会っている。しかしながら、小田島は既に使者がタイモンに請願状を渡しアルシバイアディーズの元に戻っている途中という設定に変更している。恐らく、小田島は5幕4場の登場人物を「兵士」"Soldier" としていることから、この "courier" をこの場限りの登場人物とする必要があり、又同時に、5幕3場と5幕4場の登場人物の同一化を図る必要性があったと思われる。

"messenger" の語意：

OED ― 1: (a) One who carries a message or goes on an errand; an envoy, ambassador
　　　　　 (b) The bearer of (a specified message)

Schmidt － the bearer of a communication or errand [42]

C.T. Onions － Common name for a pursuivant messages, a kind of police officer [43]

"courier" の語意：

OED － 1: (a) A running messenger; a messenger sent <u>in haste</u>（下線は論者）

(b) A messenger for an underground or espionage organization

Schmidt － a messenger sent in haste" [44]

両者の語意が「使者」であることに大差はない。5 幕 2 場で、"in haste" で強調される語義をもつ "courier" ということばを予め用意することで、その使者が担う任務の早急さが具現化される。つまり、この "courier" は 5 幕 4 場の "Messenger" とは明らかに同一人物であり、また同時に、5 幕 3 場の "Soldier" も然りである。

　それでは、シェイクスピアの劇で「使者」は具体的にどのように描かれているのであろうか。『リア王』（*The Tragedy of King Lear*）では、変装したケント（Kent）がリア（Lear）の「使者」としてリーガン（Regan）のもとを訪れたとき、コーンウォール（Cornwall）から足枷を掛けられようとする。その時、グロスター（Gloucester）は次のように言う。

> GLOUCESTER. The king his master needs must take it ill
> 　　　　　That he, so slightly valued in his messenger,
> 　　　　　Should have him thus restrained.　　(2.2.129-131) [45]

　　王の使者をこのように処せられれば、
　　王もご自身が軽んぜられたとお考えになり、きっと
　　ご機嫌を損じられましょう。

王の使者への待遇は王自身の価値の指標となる。リアも「王の使者に非礼を働くのは人殺しより悪らつな暴挙だ」（2.4.20-21）と言い、王である自分の使者に対するリーガン夫婦の非礼な行為に憤る。このように、主人と

28

「使者」は特別な関係にあることが分かる。『マクベス』（*Macbeth*）では、4幕2場、「使者」（Messenger）がマクダフ夫人（Lady Macduff）のもとをタイムリーに訪れ、礼儀を弁えたことば使いで、迫りくる死の危険を知らせるとともに逃亡を促す。その使者は「ご無事を祈ります。私もこうしてはおられませんので」（4.2.71-70）[46] と言い残し、急いでその場を立ち去る。つまり、主人と「使者」は運命共同体の関係にあり、使者の素性がマクベス（Macbeth）側に知れ渡れば、主人にも危険が及ぶことを示唆している。両劇から明白なことは、「使者」は独自の表象概念をもち、劇中に於いて重要な役割を担っていることである。

（2）5幕3場と5幕4場の登場人物のアイデンティティーの同一化
　　─「兵士」"Soldier" 或いは「使者」"Messenger"

　先述したように、5幕2場で、アテネ側の使者は、アルシバイアディーズの請願状をタイモンに届けている敵側の「使者」"courier" が自分の旧友であるという、一見、余剰な情報を元老院議員らに語っている。もし、5幕4場の "Messenger" を5幕3場の "Soldier" に合わせ、"Soldier" として登場人物のアイデンティティーの同一化を図れば、5幕2場で言及される「使者」"courier" への余剰ともされる人物紹介は意味をなさない。

　5幕4場でアルシバイアディーズにタイモンの死を知らせる "Messenger" の台詞は5幕3場の台詞を想起させる。

　　　MESSENGER. My noble general, <u>Timon is dead,</u>
　　　　　　　　Entombed upon the very hem o'th'sea,
　　　　　　　　And on his grave-stone this insculpture, which
　　　　　　　　With wax I brought away, whose soft impression
　　　　　　　　Interprets for my poor ignorance.　（5.4.67-69,下線部は論者）

　　　将軍に申し上げます。タイモンはすでに亡くなられ、
　　　海辺の波打ち際に葬られておりました。
　　　その墓石にこのような墓碑銘が彫られてあったので、
　　　蠟にうつしとってまいりました、無学な私には
　　　読みとれませんが、将軍にはおわかりと思いまして。

下線部 "Timon is dead" は 5 幕 3 場の二行連句の冒頭そのままである。この "Messenger" 自身がタイモンの葬られた墓らしきものを目の当たりにしていること、そして、墓碑銘を読むことができずに蝋に写し取ってくること、これらの一連の出来事は 5 幕 3 場の台詞の内容と呼応する。Pope が 5 幕 3 場を省いたのは、恐らく、もう一つには、舞台で開示される情報（これら一連の出来事について）が重複していることにも起因するだろう。

　以上考察してきたように、5 幕 2 場の "courier"、5 幕 3 場の "Soldier"、そして 5 幕 4 場の "Messenger" が同一人物である可能性は高く、5 幕 2 場の "courier" への言及と鑑みて、5 幕 3 場の "Soldier"（第 1・二つ折本表記）を 5 幕 4 場の "Messenger"（同表記）に校訂することはこの一連の場面に有機的な統一をもたらすとともに、確固たる人物造形を可能なものとする。故に、5 幕 3 場でアルシバイアディーズの「使者」たる登場人物が韻文で自分の胸中を慨嘆することは不可能なことではない。

Ⅲ. 5 幕 4 場の四行墓碑銘との関係性

　四行墓碑銘に於ける諸家の論点は二つある。一つ目は、この四行墓碑銘が孕む自己矛盾である。前半の二行連句では名前を探すことを禁じ、後半では自分を名乗るという齟齬である。但し、本論ではこの自己矛盾の有無については論じない[47]。二つ目は、先述どおり、5 幕 3 場の二行連句ではタイモンを名乗り、四行墓碑銘の前半の二行連句では名前を探すことを禁じるという矛盾である[48]。
　そもそも、この劇の材源の 1 つと考えられているプルターク（Plutarch）の 'The Life of Marcus Antonius' にはタイモンによって書かれた墓碑銘（前半の二行連句に相当）と詩人カリマカス（Callimachus）により彼に捧げられた墓碑銘（後半の二行連句に相当）が存在する[49]。これらを一つに合わせたのが四行墓碑銘である。

　(Alcibiades reads the Epitaph)
　Heere lies a wretched Coarse, of wretched Soule bereft,

Seek not my name: A Plague consume you, wicked Caitifs left:
Heere lye I Timon, who aliue, all liuing men did hate,
Passe by and curse thy fill, but passe and stay not here thy gate.
（The First Folio, TLN 2591-2595）

2008年のArden版（the 3ʳᵈ）にてDawsonらは、作者が四行墓碑銘から前半・後半の二行連句のどちらかを最終段階で選択するつもりで、プルタークの両墓碑銘を、一字一句そのままに複写しただけではないか、また、5幕3場の二行連句は後の構成の過程で付け加えられたのであり、最終的に、後続の四行墓碑銘の中から5幕3場の二行連句と繋がりの悪い前半の二行連句を削除し忘れたのではないかと論じている[50]。多くの編者らは、両墓碑銘間の繋がりの不具合や、四行墓碑銘に内在する自己矛盾を指摘するものの、そのどちらかを取捨選択することには躊躇してきた。しかしながら、1954年、Charles Sissonは、編者としてははじめて、印刷原稿では削除されていた四行墓碑銘の前半の二行連句が第1・二つ折本に誤って印刷されたのでないかと指摘して省いた[51]。また、Dawsonらも舞台演出の慣習に倣い前半の二行連句を省くことにした。

　しかしながら、前節での拙論の仮定、つまり、5幕3場の二行連句が墓碑銘ではないとする試みは、少なくとも、5幕3場の二行連句と四行墓碑銘の両者を墓碑銘間という関係性の外に置く。故に、5幕3場の二行連句ではタイモンを名乗り、四行墓碑銘の前半の二行連句では自分を名乗らないという矛盾は一蹴でき、その矛盾に起因した四行墓碑銘の前半の二行連句を削除する編纂には再考の余地が残されることになろう。

IV.　結語

　Stauntonは5幕3場の二行連句を編纂者として初めて墓碑銘として峻別した。それは、本論で考察したように、半ば強引な手段であった。そこには共著者の存在とその共著者がもつ文体的特徴等は加味されていない。にもかかわらず、多くの編者らは、5幕3場の二行連句を引用符やイタリク字体表記で峻別しタイモンが書いた墓碑銘としてきた。しかしなが

ら、本論で述べたように、これを登場人物のことばとすることは可能である。彼はタイモンの理不尽な死を思い、アテネの残酷な仕打ちに憤りを表明している。この二行連句を墓碑銘とすることは、観客が登場人物の台詞をして、タイモンの不遇に共感する機会を奪うことに他ならない。また、この二行連句を登場人物のことばとすることで、5幕4場の四行墓碑銘との繋がりの悪さは解消される。そして、この5幕3場の二行連句との齟齬から四行墓碑銘の前半の二行連句を削除する必要もなくなる。

　また、5幕2場の "courier"、5幕3場の "Soldier"、そして5幕4場の "Messenger" のアイデンティティーの同一化を図るために、5幕3場の登場人物名 "Soldier"（第1・二つ折本表記）を5幕4場の "Messenger"（同表記）に合わせることは、この一連の場面に有機的な統一をもたらすと同時に、5幕3場の二行連句を確固たる登場人物の慨嘆とすることが可能となる。

註

※　この論文は福岡女子大学英文学会 *KASUMIGAOKA REVIEW* 第21号（福岡：福岡女子大学英文学会, 2015）に掲載されたものに加筆、修正をしたものである。（25-49）

1　*Timon of Athens* からの引用及び行数表示は全て Karl Klein, ed., *Timon of Athens* (Cambridge: Cambridge University Press, 2001) による。和訳は全て『アテネのタイモン』小田島雄志訳（東京：白水社, 1999）による。

2　William Clark and William Wright, eds., *The Complete Works of William Shakespeare* (New York: Frederick A. Stokes, 1864) Notes to 1382.

3　5幕3場の二行連句に関して論者が参照したテキストによる解釈は5幕4場の四行墓碑銘及び登場人物名の表記等と合わせて、後註の最後尾に【別添参考資料】として掲載している。

4　Mr. Pope and Mr. Warburton, eds., *The Works of Shakespeare.* vol. 6. (Dublin: R. Owen, 1747) Notes to 129.

5　Mr. (Lewis) Theobald, ed., *The Works of Shakespeare:* vol.V. (New York: AMS, 1968, Originally published: London: Printed for A. Bettesworth, 1733) Notes to 300.

6　Clark and Wright, Notes to 1382.

7　Howard Staunton, ed., *The Plays of Shakespeare*, Volume 2. (London:

Routledge, 1859) Notes to 503.

8　Mr. Pope, ed., *The Works of William Shakespeare*, vol.V (London: Jacob Tonson, 1723-1725).

9　Stanley Wells, Gary Taylor, John Jowett and William Montgomery, eds., *The Complete Oxford Shakespeare ― Volume III・Tragedies* (Oxford: Oxford University Press, 1987) [He discovers a gravestone] というト書きが "No answer?" の後に挿入されている。また、Anthony B. Dawson and Gretchen E. Minton, eds., *Timon of Athens* (London: Cengage Learning, 2008) Introduction to 103 に詳しい。

10　John Jowett, ed., *The life of Timon of Athens* (Oxford: Oxford University Press, 2004) Notes to 317, 318, 323.

11　H.J. Oliver, ed., *Timon of Athens* (London: Methuen, 1959) Notes to 135.

12　Brian Vickers, *Shakespeare, Co-Author* (Oxford: Oxford University Press, 2002) p. 262. E. H. Wright (1910) の指摘である。

13　Vickers p. 246, p. 254.

14　Vickers p. 268. H. Dugdale Sykes (1924) の指摘とされる。

15　梅森元弘『エピタフ―英国墓碑銘集―』（東京：荒竹出版，1984）pp. 184-185. エリザベス朝になると、初めて英語で書かれた墓碑銘が現れ、それまでの真鍮版は石碑に取って代わられより文学性を帯びる。

16　Oliver は兵士の二行連句は母語で書かれており、四行墓碑銘はラテン語で書かれているので読むことができないと論じているが、1幕2場ではラテン語での台詞が見られることから、墓碑銘が英語で表記されている以上、受け入れ難い憶測であろう。

17　G. Blakemore Evans, ed., *The Riverside Shakespeare* (Boston: Houghton Company, 1997) Notes to 1521. "Some beat read this; there does not live a man" は "All man are beasts" の意味だと記述している。

18　「アテネ共和国はいまやけだものの森になりはてている（4.3.346-347）。

19　この比喩的な例として "How Tarquin must be used, read it in me" (*Luc.* 1195) がある。Alexander Schmidt, *Shakespeare Lexicon and Quotation Dictionary* vol.2. (New York: Dover, 1971).

20　Schmidt, "some, 3" 参照。

21　当時、接尾語 (e) は過去形か、仮定法現在、命令形又は祈願文を表していた。

22　「アセンズのタイモン」坪内逍遥訳『新修シェークスピヤ全集第三十三巻』（東京：中央公論社，1934）. 大場健治によると、坪内は全集を翻訳するに当たり *The Globe Shakespeare* に依拠していたのではないかと述べている。大場健治「舞台のリアリズムについて―シェイクスピアのテキストと翻訳」『ことばと文化のシェイクスピア』冬木ひろみ編（東京：早稲田大学出版部，2007）193-218. 194.

23 村田辰夫、ノーマン・アンガス編注者『英詩をどうぞ』（東京：南雲堂, 2000）pp. 138-148.
24 Oliver, Notes to 135.
25 Dawson and Minton, Introduction to 107. "the anonymous Soldier" や "the unknown Soldier"（同 109）という強調が見られる。
26 Vickers p. 258.　最後の二行であり、不完全韻とされている。
27 Klein, Notes to 173.
28 Klein では 5 幕 3 場になる。
29 Dawson and Minton, Notes to 338.
30 Vickers p. 264.
31 Vickers pp. 244-251.
32 行数表示は G. Blakemore Evans, ed., *The Complete Works* (Boston: Houghton Mifflin Company, 1997) による。
33 Vickers p. 256.
34 Vickers p. 257, p. 264.　また、20 世紀の初頭、William Wells と H. Dugdale Sykes も共著者を Middleton としている。Wright や Delius はシェイクスピアは既に存在していた劇に手を加えたのではないか、又は下書きをしたのではないかという可能性も示唆したが、Sykes はそれらを否定し、散見する不規則な脚韻と意味のない韻文から散文への変化を *The Phoenix*（1604）にこの劇との類似性を見る。19 世紀の初頭、この劇をシェイクスピアのものとしたいドイツの批評家らは「未完成作」としたし、E. K. Chambers は、Middleton との共著も認めながらも、シェイクスピアが共著を好む傾向になかったことを指摘して、この劇で指摘されている「雑さ」については当時彼が精神的に異常な状態あったことに起因するのではないか、或いは又「未完成作」の可能性にあることも指摘している（Vickers 267-270）。
35 Vickers pp. 261-264. しかしながら、共著者が誰なのかは具体的には特定していない。
36 Vickers はこの劇を Middleton との共著説を支持しているのだが、先人が様々なアプローチで Middleton の特徴をこの劇で取り上げたにもかかわらず、依然として、この劇がシェイクスピアの単独執筆であり、未完成作品であるという説を支持する Klein を批判している（Vickers 289-290）。
37 Dawson and Minton, Appendix 2: Authorship to 407. MacDonald Jackson は、5 幕 1 場は Middleton により手が加えられていると主張し、また Jowett は、証拠は決定的ではないが、R. V. Holdsworth の 5.2.70-74 が Middleton により手を加えられていると説を支持している。しかしながら、5 幕の支配的な作家はシェイクスピアであるという彼らの主張を Dawson らは支持している。

MacDonald Jackson はことばの使用例を Middleton と比較している（Vickers 280-281）。

38　Vickers p. 290. 及び脚注 40.

39　Dawson and Minton, Introduction to 107-108.

40　Klein, Notes to 169.

41　因みに、八木毅は「その男はアルシバアディーズに言いつかって、タイモンの洞窟へ請願の手紙をもって馬を走らせているところでした」と訳している（5幕4場の登場人物名は「兵士」）。「アセンズのタイモン」八木毅訳『シェイクスピア全集8悲劇Ⅲ　詩』（東京：筑摩書房，1973）。

42　シェイクスピアの作品では、"a winged messenger of heaven"（*Rom.* 2.2.28）の "messenger" はギリシア語では "angel" のことを指す。G. Blakemore Evans, ed., *Romeo and Juliet* (Cambridge: Cambridge University Press, 2003) Notes to 107.

43　C.T. Onions, *A Shakespeare Glossary* (Oxford: Oxford University Press, 1986). 例として、Were you made the messenger? (*AYLI.* 1.2.59. i.e. 'were you sent to arrest me?') を挙げている。*As You Likelt* からの引用及び行数表示は全て G. Blakemore Evans, ed., *The Complete Works* (Boston: Houghton Mifflin Company, 1997) による。

44　また、"courier" は、シェイクスピアの作品では、もう1箇所、*Macbeth* の "heaven's cherubin horsed / Upon the sightless couriers of the air"（1.7.22-23）にしか使われていない。ここでの "couriers" は「神の使者」又はそれに付随するものとしての意味がある。*Macbeth* からの引用及び行数表示は全て A. R. Braunmuller, ed., *Macbeth* (Cambridge: Cambridge University Press, 1997) による。

45　*The Tradedy of King Lear* からの引用及び行数表示は全て Jay L. Halio, ed., *The Tradedy of King Lear* (Cambridge: Cambridge University Press, 1992) による。和訳は全て『リア王』小田島雄志訳（東京：白水社，2005）による。

46　和訳は全て『マクベス』小田島雄志訳（東京：白水社，2001）による。

47　Vickers p.268. H. Dugdale Sykes によれば "antithetical couplets" は Middleton の傾向とされる。5幕4場の作家の特定は困難であるが、作家は四行墓碑銘に自己矛盾という認識を抱かなかった可能性も考えられる。

48　Dawson and Gretchen, Introduction to 105.

49　T.J.B. Spencer, ed., *Shakespeare's Plutarch* (Middlesex: Penguin Books, 1968) pp. 265-267. 唯一、"wretches" が "caitiffs" に変更されている。

50　Dawson and Minton, Introduction to 105, Notes to 338-339.

51　Charles Jasper. Sisson, ed., *William Shakespeare- The Complete Works* (Long Acre: Odhams Press, 1954) Notes to 938.

【別添参考資料】

出版年度	本のタイトル及び編者	5幕3場の二行連句についての解釈等	5幕4場の四行墓碑銘についての解釈等	5幕4場の登場人物名 Messenger (F1)
1709	'Timon of Athens' *The Works of Mr. William Shakespeare… In Six Volumes. Adorn'd with Cuts, Volume 5* Nicholas Rowe	ト書き無しローマン字体 "Some Beast read this; there does not live a Man" から、'read' は第1・二つ折本どおりに編纂されている。	ここで既に、"Here lyes" と "Here lye" と表記されており、第1・二つ折本表記である "Here lies" と "Here lye" からの統一が見られる。	Messenger
1723-1725	'Timon of Athens' *The Works of William Shakespeare, vol. v* (London: Jacob Tonson) Mr. Pope	この幕を全削除	第1・二つ折本 "*Here lye I Timon, who alive, all living men did hate*" (下線は論者) から "alive" を削除している。	Messenger
1733/ 1968	'Timon of Athens' *The Works of Shakespeare: vol. V* (London: A. Bettesworth) (1968年 : New York: AMS) Lewis Theobald	(**rear'd** へ訂正) Timon is dead, who hath out-stretch his span; ─ Some beast rear'd this; here does not live a man. (下線は論者) Warburton からの提案を受け、"read" を "rear'd" を "there" を "here" と変えている。獣が何を読むのか？兵士はただタイモンの墓とされる大雑把な盛り土を見ただけで、そこには四行墓碑銘を除いて、あるものなどはなく、ある獣が墓を作った。(Note to p. 300)	シェイクスピアは彼の時代に存在した Plutarch の英語版からそのまま書き写した。(Notes to p. 303)	Soldier
1747	*The Works of Shakespeare* [V6] ; in Eight Volumes (Dublin: R. Owen) Mr. Pope / Mr. Warburton	(**reard** へ訂正) Timon is dead, who hath out-stretch his span; Some beast reard this; here does not live a man. (下線は論者) "read" を "reard" を "there" を "here" と変えている。獣が何を読むのか？兵士はただタイモンの墓とされる大雑把な盛り土を見ただけに過ぎない。(Notes to p. 129)	特記無し	Soldier

出版年度	本のタイトル及び編者	5幕3場の二行連句についての解釈等	5幕4場の四行墓碑銘についての解釈等	5幕4場の登場人物名 Messenger (F1)
1859	'Timon of Athens' *The Plays of Shakespeare, Volume 2* (London: Routledge) H. Staunton	（墓碑銘：ト書有り、Timon is dead! 以外はイタリック体） Warburton の "reard" 説や［兵士の台詞］説に反論し、タイモンの墓碑銘又はこれに準ずるもので、5幕4場の墓碑銘と合わせて2つの墓碑銘が存在すること を論じている。(Notes to p. 503) ［参照］: "Not perceiving ― what it seems scarcely possible from the lines themselves and their context to miss ― that this couplet is an inscription by Timon to indicate his death, and point to the epitaph on his tomb, they have invariably printed it as a portion of soldier's speech, and thus represented him as misanthropical as the hero of the piece! Nor was this absurdity sufficient: as, says Warburton, "The soldier had yet only seen the rude pile of earth heaped up for Timon's grave, and not the *inscription* upon it," we should read: "Some beast *rear'd* this:" ― and he prints it accordingly. And because "our poet certainly would not make the soldier call on a beast to read the inscription *before* he had informed the audience that he could not read it himself; which he does *afterwards*." Malone adopts Warburton's reading, and every editor since follows his judicious example!" Howard Staunton, Notes to p. 503.	特記無し	Soldier
1864	'Timon of Athens' *The Complete Works of William Shakespeare* (New York: Frederick A. Stokes) W.G. Clark / W. A. Wright	（**rear'd** へ訂正） しかしながら、Warburton の "reard" 説には懐疑的で、"Some beast read this! there does not live a man able to do so" と兵士自身の感想を述べていると反論。(Note to p. 1382)	特記無し	Soldier

出版年度	本のタイトル及び編著	5幕3場の二行連句についての解釈等	5幕4場の四行墓碑銘についての解釈等	5幕4場の登場人物名 Messenger (F1)
1954	'Timon of Athens' William Shakespeare- The Complete Works (Long Acre: Odhams Press) C.J. Sisson	**(reared へ訂正)** 特記なし	**(前半の二行削除)** 印刷原稿では前半の2行は削除されていたのに、誤って印刷されたことに起因する誤植だと結論付ける。(Notes to p. 938)	Soldier
1957	The life of Timon of Athens (Cambridge: Cambridge UP) The New Shakespeare 1968年: J.C. Maxwell (Ed) J. Dover. Wilson / J.C. Maxwell	**(墓碑銘: ト書有り、引用符、ローマン字体)** このカプレットがタイモンによって書かれた墓碑銘であるという Staunton に異議を唱え、作者がアテンズバイアディーズに四行墓碑銘を用意しているために、この2行は捨てるはずのものだったが、校正の最終段階で単に削除し忘れたのではないか。(Notes to pp. 168-169)	**(墓碑銘)** シェイクスピアは Plutarch からそのまま書き写した前半・後半のどちらの墓碑銘を採用するか決めかねていなかった。また、兵士の二行連句を削除し忘れている。(Notes to p. 169, p. 172)	Soldier
1959	The life of Timon of Athens (London: Methuen) The Arden Shakespeare (The First) H.J. Oliver	**(墓碑銘: ト書き無し、イタリック字体)** Staunton 説に同調し、墓石のために書かれる墓碑銘とは異種のものではあるが、明らかな人間嫌悪が出ているのでタイモンが書いたものであり、又はタイモンの死を告げる告示文のようなものであり、英語で書かれているこの。アルシンバイアディーズが読み上げる墓碑銘については、ラテン語で書かれたカプレット形式かもしれない。エリザベス朝時代の墓碑銘に間違いない。(Notes to pp. 134-135)	シェイクスピアが Plutarch を単に書き写し、Timon 作 "Seek not my name" と詩人作 "Here lie I, Timon" の繋がりがある。後に、どちらかを作者は削除しようと思っていたのではないか。(Notes to pp. 139-140)	Soldier
1986	'Timon of Athens' Shakespeare Complete Works (Oxford: Oxford UP) 第1版: 1905年 Reset版: 1943年 New format版: 1980年 Reprint: 1983, 1984, 1986年 W.J. Craig	**(rear'd に訂正)** Timon is dead, who hath out-stretcht his span; — / Some beast rear'd this; here does not live a man. (下線は論者) Warburton に同調し、"read" を "rear'd"、"there" を "here" と変えている。	特記無し	Soldier

38

出版年度	本のタイトル及び編著者	5幕3場の二行連句についての解釈等	5幕4場の四行墓碑銘についての解釈等	5幕4場の登場人物名 Messenger (F1)
1987	'Timon of Athens' The Complete Oxford Shakespeare. vol. Ⅲ・Tragedies (Oxford: Oxford UP) Stanly Wells/ Gary Taylor/John Jowett/ William Montgomery	兵士の台詞からこの2行を削除 [He discovers a gravestone] What is this? / Dead sure...」(5.4.2-3) と続く。※シェイクスピアが四行墓碑銘を書いている時に、この兵士の二行連句は捨てることにしていたに違いないとして削除。(Dawson and Minton, ib. Introduction to p. 103)	'Here lies a wretched corpse, Of wretched soul bereft. Seek not my name. A plague consume You wicked caitiffs left! Here lie I, Tiomn, who alive All living men did hate. Pass by and curse thy fill, but pass And stay not here thy gait.'　上記のように、墓碑銘は第1・二つ折本では4行で表記されている墓碑銘を、コロンをピリオドに変更して、8行で表記している。シェイクスピアがPlutarchの二つの墓碑銘を一字一句違わずに二つのまとめたもの。(Notes to p. 1205)	Soldier
1997	'Timon of Athens' The Riverside Shakespeare Second Edition: The complete Works (Boston: Houghton Company) Blakemore Evans	(墓碑銘：ト書き有り、引用符、ローマン字体) この劇には兵士には謎めいる言語で書かれた2つの墓碑銘が存在するという推測よりは、切め作者はこの2行をタイモン上でのテキスト上での配置等を考え直したものの、最終的にこの2行を消し忘れたという推測の方が納得得できる。(Notes to p. 1521)	四行墓碑銘はPlutarchの2つの墓碑銘をそのまま墓碑銘としているのでその矛盾が見られる。作者は最終案で削除や見直しを施したかったのだろう。(Notes to p. 1522)	Soldier
2001	Timon of Athens (Cambridge: Cambridge UP) The New Cambridge Shakespeare Karl Klein	(墓碑銘：ト書き有り、引用符、ローマン字体) 劇の構造的な欠陥としてこの2行を削除することは編纂者のまさにとるべき行為だ。(Supplementary Notes to p. 180)	Sissonの前半二行に異議を唱え、この4行は劇及びタイモンがもつ自己矛盾を反映したものとして、複雑な解釈を呼び起こすものとするLesley W. Brill ('Truth and Timon of Athens', MLQ, 40 [1979] 26,)のコメントを寄せている。	Messenger ※Soldierのことと註が付けられている。

出版年度	本のタイトル及び編著者	5幕3場の二行連句についての解釈等	5幕4場の四行墓碑銘についての解釈等	5幕4場の登場人物名 Messenger (F1)
2004	Timon of Athens (Oxford: Oxford UP) The Oxford Shakespeare John Jowett	（墓碑銘：ト書き無し、引用符、ローマン字体）この2行はタイモンの人間嫌悪が出ている。次場の四行墓碑銘とは異種ではあるが、押韻のカプレットは墓碑銘の慣例である。余分な墓碑銘も劇や登場人物には相応しいものなので皆く代物ではない。(Notes to p. 317)	墓碑銘は同編者が共編した1987年版のものと同じく、第1・二つ折本と同じく4行で表記している。困難な問題点や、矛盾点を解決したいという願望からきている Sisson の前半二行の削除について、編者として間違った方向にあることを指摘している。(Notes to p. 323)	Soldier
2008	Timon of Athens (London: Cengage Learning) The Arden Shakespeare (The Third) Anthony. B. Dawson and Gretchen. E. Minton	（墓碑銘：ト書き無し、イタリック字体）この2行にはタイモンの人間嫌悪の一部として兵士が読み上げる碑文である。形式から判断して兵士が読む2行の碑文か否や、兵士が明らかにこの2行の碑文を読むか否か、残りの四行墓碑銘を読めないと判断する所から、2つの墓碑銘が存在しているという Staunton 案を取り入れ、1つは兵士に読むことのできる日常語（自国語）であり、もう1つは碑文は読むことのできない兵士の読解不能なものとし、作者はギリシア人ではなく、イングランドの兵士を想定してしており、読解不能の碑文はラテン語であり、故に兵士は蝋で写し取って行くと分析。(Notes to p. 331)	（前半の二行を削除）前半の二行句は、5幕3場の兵士の二行連句と繋がりが悪いし、後半の二行連句ともしっくりこないという理由で前半の二行連句を抹消する。(Introduction to pp. 104-105)	Soldier
2008	'The Life of Timon of Athens' The Norton Shakespeare -Second Edition (Based on the Oxford Edition : Text and some commentaries copyright-1986, 2005 by Oxford UP) 第1版：1997年 Stephen Greenblatt (General Editor) Walter Cohen/Jean E. Howard Katharine Eisaman Maus	兵士の台詞からこの2行を削除 [He discovers a gravestone] What is this? / Dead, sure, and ... (5.4.2-3) と続く。	墓碑銘の表記は1987年 Oxford Shakespeare と同様に、第1・二つ折本では4行で表記されている墓碑銘から、コロンとピリオドに変更して、8行で表記している。	Soldier

40

第3章　　　　『アテネのタイモン』
―タイモンの人間肯定と許しへの過程―

　言説「タイモン」は「人間嫌悪」である。この言説への言及はアリストファネス（Aristophanes, C.446B.C.- C.385B.C.）の『鳥』（*The Birds*, 414B.C.）まで遡る。『鳥』の中に、プロメテウス（Prometheus）の「私は紛れもないタイモンである」という台詞がある[1]。その「タイモン」には次のような註が付けられている。

> 名高い人間嫌いの人、アリストファネスとは同時代の人物。人間の社会を嫌うタイモンには、同じような性格ゆえに愛着を覚えるアペマンタス（Apimantus）という唯一の友達がいた。タイモンは、また、アルシバイアディーズ（Alcibiades）も好きだった。なぜなら、この若い男がタイモンの祖国を廃墟にしてくれるだろうと予見していたからである[2]。

『アテネのタイモン』（*Timon of Athens*）に於いても、この「タイモン」言説の影響を受け、タイモン（Timon）は人間嫌悪を払拭できずに死んでいったと指摘する諸家もいる[3]。
　シェイクスピアは登場人物の言説に時には手を加えてきた。例えば、チョーサー（Geoffery Chaucer）の *The Legend of Good Women* (1386) をはじめとして、男性の視点で語り継がれてきた「ルクレチア」（Lucretia）、英語名「ルークリース」（Lucrece）言説は、彼女を家父長制的な解釈に基づいた「貞節の鑑」とした。しかしながら、『ルークリースの凌辱』（*The Rape of Lucrece*, 1593-1594 頃）は、伝統的な解釈、つまり、男性が綴る凌辱された女性の「白鳥の歌」には終わらない。ルークリース（Lucrece）は国王タークィン（Tarquin）一家を追放し、ローマに共和政をもたらす原動力となった力強い女性として描かれている。それは、時の女王エリザベス一世（Elizabeth I）を彷彿させ、女王賛歌ともなっている。同様に、タイモン像にも作家独自の人物造型が施されているよう

41

に思われる。本論では、言説「タイモン」からの乖離を具現化するようなタイモンの最期を考察したい。

Ⅰ. 脱「タイモン」像—『タイモン』*"Timon"* からの影響

『アテネのタイモン』以前に、1600 年頃の作品とされる『タイモン』（*Timon,* 作者不明）[4] が存在していた。『タイモン』の粗筋は以下のとおりである。タイモンは孤独な若者ユトラペルス（Eutrapelus）の借金の肩代わりをし、雄弁家デミアス（Demeas）の牢獄行きをも金銭で片付けた。タイモンは百姓フィラゲラス（Philargurus）の娘カリメラ（Callimela）に一目惚れをする。この父娘は財産目当てにアテネの金持ちゲラシマス（Gelasimus）と結婚の準備をしていたが、タイモンの持参金無しの求婚や贈り物に眼が眩み、ゲラシマスからタイモンに乗り換える。この父娘をはじめとして、デミアスらタイモンから恩を受けたものたちは、彼の船が難破し全財産を喪失したことを知るや否や、タイモンに背を向ける。タイモンは友人たちの忘恩を契機に、自分を含んだ全ての人間を嫌い、復讐を誓う。

> *Tim.* Thou [Laches] art a man, that's wickedness enough.
> I hate that fault, I hate all humane kinde
> I hate my selfe, & curse my parents ghosts
> （2212-2214, 強調は論者）[5]

> あなたは一人の人間である、人間とは実に邪悪なものだ。
> 私はその欠点が嫌いだ、私はあらゆる人間という種が嫌いだ
> 私は自分自身も嫌いだ、だから、両親を呪っている。　　（2212-2214）

タイモンは人間がもつ欠点を邪悪さにあるとし、自分自身にもそれを認めている。その欠点は他者との関係性に於いて具体化されるものであり、それを回避するために、タイモンは独り身を置くことにする。町から逃れてきたタイモンは偶然にも大地から金貨を掘り当てる。タイモンは金貨

を「世界と私を破滅させるもの」（2326）と言い、海に捨てようとするが、召使レイチェス（Laches）が復讐に使うことを提案する。タイモンが再び金貨を手にしたことを知った忘恩者たちは、懲りることなく彼のもとを訪れ、諂う。しかしながら、タイモンは彼らが金銭目当てであることを過去の経験から悟り、相手にすることはない。しかしながら、最期には、かつて「この冷酷な町」（2098）と揶揄していたアテネの町へと、タイモン自らが戻っていくことが、エピローグで語られる。

Timon Epilogue.
I now am left alone, this rascall route
Hath left my side, what's this? I feele throughout
A sodeine change my fury doth abate.
My hearte growes milde & laies aside its hate
Ile not affecte newe titles in my minde
Or yet bee call'd the hater of Mankinde
Timon doffs Timon, & with bended knee
Thus craues a fauour: If our Comedie
And merry Scene deserue a Plaudite
Let louing hands loude sounding in the Ayre
Cause Timon to the Citty to repaire.　（*Timon*, 2618-2629）

タイモンエピローグ
私は今一人残されたままであるが、私の傍には
この卑しい大衆がいる、これは何だ？私は
突然にも怒りが和らいでいくのを覚える。
私の心は柔和になり、その嫌悪を脇に置く
私は心の中にある新しい自分をひけらかすつもりはない
まだ人間を嫌っている人と呼ばれるだろうが
タイモンはタイモンを捨てる、そして、膝を折り、
このようにお願いする。もし私たちの喜劇、
及び陽気な場面が賞賛に値するのでしたら
愛情のこもった大きな拍手で空に響き渡らせましょう、

　タイモンが再び町に戻ってこれるようにと。

　もちろん、これは舞台上の結びの台詞であり、観客への世辞も含まれているが、独り残されたタイモンの心に突然沸き起こる穏やかな感情、そして、傍らに置くことにした人間嫌悪が表現されている。タイモンは新たな自分を見出し、今までの「タイモン」を捨て、アテネへと戻っていく。この幕引きはシェイクスピアのロマンス劇世界を髣髴させる。『アテネのタイモン』の創作年代を補に E. A. J. Honigmann 説に従い 1607 ～ 1608 年とすれば[6]、この劇は悲劇作品の最後に位置し、「許し」をテーマにするロマンス劇へと橋渡しをする作品である。『アテネのタイモン』のタイモンも、森で孤高な死を遂げずに社会性を回復してアテネに戻っていれば、この劇はロマンス劇の範疇に入っていたかもしれない[7]。このエピローグは、『アテネのタイモン』に於いては、タイモンが自分の死をもってアテネの社会へと戻っていく姿に体現されてはいないだろうか。果たして、タイモンは頑なに人間を嫌悪し、墓碑銘を残して死んでいったのだろうか。

II.「タイモン」言説からの乖離

　タイモンは「おれの名はミザンスロポス、その名のとおり人間嫌いだ」（4.3.54）と言うように、自称「人間嫌い」である。エリザベス朝時代、タイモンの名前は「孤独の同義語」と謳われたほど、縁故者不在の原初的な孤独者である[8]。シェイクスピアは人間嫌いとして悪名高きタイモンを主人公に選び、人間が担う全ての欠点を体現させて、同情の余地もない人間に仕立て上げたというのが、今日まで連綿と受け継がれるステレオタイプの受容である[9]。一方で、「タイモン」ということばはギリシア語では「名誉、価値、真の値打ち、報酬」の語義をもつ[10]。また、新約聖書の「使徒言行録」に「タイモン」という名を見出すことができる。彼はギリシア語を話すユダヤ人のやもめたちの食事の世話をするために、十二人の使徒たちに代わって「霊」と知恵に満ちた弟子から選ばれた評判の良い七人のうちの一人とされる[11]。「タイモン」という名は決して一元的ではない。
　タイモンが人間嫌いになった動機は恩を施してきた人々や友人らによる

忘恩である。この劇の主たる粉本はプルタルコス（Plutarchos）の 'The Life of Marcus Antonius' とされている。

> アントニウス、彼は町と友人仲間を見捨て、ファロス島の傍の海岸に家を建てた［...］、あらゆる人間付き合いから自分自身を遠ざけた男として。そして、彼はタイモンのような生活を送るだろうと言った。なぜなら、彼は、タイモンに以前なされたような不当な行為を受けたからである。そして、彼が好意を示してきた人々や彼が友達と思ってきた人々の忘恩のため、彼は全ての人間に憤り、誰一人として信じようとはしなかった[12]。

アントニウス（Antonius）はタイモンを例に挙げ、友人らの忘恩に憤りを表明している。キケロー（Marcus Tullius Cicero, 106B.C.- 43B.C.）は『友情について』（*De amicitia*, 44B.C.）の中で、友情とはまさかの時のために備えて培われるものではないと論じている[13]。つまり、「まさかの時の友」に基づく考えは古典的でルネサンス的な友情理念ではない[14]。しかしながら、友情と協調の力無しにはどんな家も都市も存立しえないし[15]、社会の調和のために友情は必要であると考えられていた。但し、プルタルコスは『倫理論集』（*Moralia*）「似て非なる友について」に於いて、調和というのは同類によってしか為し得ず、そのためには友人の姿を借りた「追従者・阿諛者・おべっかつかい」から「真の友人」を見分ける能力の必要性を論じている[16]。その両者の差異に盲目であったタイモンはどのような友情観を抱いていたのだろうか。

> TIMON. O, no doubt, my good friends, but the gods themselves have provided that I shall have much help from you; how had you been my friends else? Why have you that charitable title from thousands, did not you chiefly belong to my heart? I have told more of you to myself than you can with modesty speak in your own behalf; and thus far I confirm you. O you gods, think I, what need we have any friends, if we should ne'er have need of 'em?　　　(1.2.81-87)

いや、諸卿、神々の思し召しにより、必ずや諸卿のご助力を願うとき
がくるはずだ、さもなければどうして諸卿が私の友人でありえよう？
諸卿が私の心のもっとも大切な人たちでなければ、どうしておおぜい
のなかから諸卿だけを友人という愛すべき名で呼びえよう？諸卿がご
自分のために謙遜しつつ言いうる以上のことを、私は自分にむかっ
て言い聞かせている、それほどまでに諸卿を信じているのだ。ああ、
神々よ、もし友人になんの用もないならば、友人こそもっとも無用の
長物となるはずだ。

正に、「まさかの時の友」という理念がタイモンの諸行動の根幹にあるこ
とが明白である。タイモンは金銭を工面するとき、執事フレーヴィアス
（Flavius）に「おまえにはわからぬのか、おれには友人がないと思うの
か？」（2.2.169-170）と言う。タイモンの友情理念に基づけば、友人が借
金を拒むなど想定外なのである。一方で、タイモンが追従者の恰好の餌
食になっていることを危惧する人物らは、彼の友情理念に否定的である。
例えば、アペマンタス（Apemantus）は「友情はいまやおりかすだらけ
だ」（1.2.225）と言い、執事フレーヴィアスは「この世に友人ほど忌まわ
しいものがあるか！なにしろこの上なく気高い心をこの上なく卑しい最後
に導くのだ」（4.3.455-456）と辛辣である。友情について、『痴愚神礼賛』
（Erasmus, ?1466-1536, *The Praise of Folie*, 1549）のモリア（Moria）は
以下のように述べている。

　　友情は、この世のなにものにも勝るものでなくてはならず、空気や火
　　や水に劣らず必要なものであり、その魅力たるや、これを人間同士の
　　あいだから除くのは太陽を奪いとるに等しいというくらいなのです。
　　そしてさらに、それはじつに道徳的なものだから［...］哲人たちさえ
　　も、友情を最大の宝のうちに数えることを、いささかも躊躇しなかっ
　　た、というのです[17]。

十七世紀は一般的に良心が社会の秩序を維持しており[18]、友情とは良心の
一例であり、施された恩に報いることは良心の具体例である。3幕2場、
タイモンが金銭の工面に苦労していることを耳にした外国人1（First

Stranger）の「良心は権謀術策に足蹴にされるものでしかない」（3.2.80）
という台詞に、当時の良心の在りようが垣間見える。Wilson Knight は、
道徳とは、その有限性と現実性に於いて具体化される心の真髄であると
論じている[19]。『リア王』（*King Lear*）では愛娘たちの忘恩は重要なテー
マの一つである。リア（Lear）はゴネリル（Goneril）を「忘恩の子」
（1.4.281）と呼び、忘恩を「忘恩という、石の心をもつ悪魔め」（1.4.251）[20]
と揶揄する。『アントニーとクレオパトラ』（*Antony and Cleopatra*）で
は、イノバーバス（Enobarbus）が敵に寝返ったとき、彼のもとには、ア
ントニー（Antony）から手紙が添えられて、残してきた所持品が送り届
けられる。その事実を知ったイノバーバスは、「どこかどぶでも捜して死
に場所としよう。おれの最期には汚らわしいところほどふさわしいのだ」
（4.7.38-40）[21] と言い、自分の忘恩さに苛まれる。このように、ルネサ
ンス時代のモラリストにとっても、忘恩は人間悪の一つと考えられてい
た[22]。

　タイモンは友人らの忘恩を契機に、友情とは自然の摂理同様に循環し、
再び自分のもとに戻ってくる代物ではないことに気付く。タイモンの良心
は足蹴にされ、人間嫌悪を復讐の原動力にしていく。しかしながら、タイ
モンのもとを訪れた忠実な執事フレーヴィアスに、正直で心優しい人間性
を認めるとき、タイモンの内面には人間嫌悪からくる社会拒否と同時に、
僅かながら社会肯定の兆候が見え始める[23]。そもそも、「人間嫌悪」と「許
し」は対極にある概念ではない。次節からは、タイモンが自己肯定を経て
人間を許し、死を選択する過程を考察したい。

1. タイモンが森で悟る人間の性と死の選択

　アテネの町は執事フレーヴィアス曰く「友人面した化け物どもがはびこ
るこの恩知らずの町」（4.2.45-46）である。タイモンは「この偽りの世」
（4.3.371）に我慢ができずに森へと逃避してきた。森、すなわち、緑の世
界は、本来ならばアテネとは対極にある世界である。緑の世界は変化をも
たらす場であり、自然と接することで生命力を取り戻し、社会の不正から
開放され、真の人間愛を見つけて現実の世界へと戻るきっかけを与える場
所である[24]。タイモンが住処としているのは、閉塞感と生命を育む子宮の
両義的なメタファーとしての洞窟である[25]。

　森へと無一文で逃れて来たタイモンに、大地から金貨が出てくるという試練が待ち受けている。タイモンは金貨を「この黄金色の奴隷」（4.3.34）と侮蔑するものの、アテネの価値観、つまり、黒を白に、邪悪なものを正義にする金貨本来の姿に目覚める。友情の証として、惜しみなく与えきた金貨は、実は、盗まれていたことにタイモンは気付く。タイモンがその金貨を、アテネ復讐の援助金としてアルシバイアディーズ（Alcibiades）に渡すとき、神が与えた試練を無効にする。掘り出した金貨を使用することは自己破壊を意味する[26]。二人の間には、アテネ攻撃に関する資金援助の授受で、共犯関係が構築される。後にこの関係はタイモンの死の選択に起因することになる。

　フランソワ・ラロック（François Laroque）は「人間嫌悪を抱く人間は緑の世界では人間嫌悪を回復させることはできず、現実の世界に戻ることはできない」と論じている[27]。人間を取り巻く社会環境を拒絶して孤独に身を置くことは人間一個人の破壊を意味する。Janette Dillon は洞窟をタイモンの孤独を具現化した「正に生きる屍のイメージ」と捉え、タイモンは否応無しに、アテネという社会の枠組みに回収される無能な個人の存在に反旗を翻すために、死を選択したと論じている[28]。また、Susan Handelman は、タイモンが憤りを原動力にして、自分の無力さや痛み、そして損失を受容し、人生を肯定するエネルギーに転化させることに失敗している、と述べている[29]。しかしながら、洞穴は、心理学的に、一人の人間が自己を見出して成熟した人間になるという、自己成長の場所とされる。外界が自己にもたらす混乱状態を消化吸収し、そして同化させ、相互作用によって、外界に適合する人格を形成し、組織化させていくという観点から、洞穴は自己の＜差異化＞の問題を取り組む主体性を象徴しているとされる[30]。タイモンはアルシバイアディーズによるアテネ攻撃に際し、憤りを、人生を肯定し忘恩者を許すエネルギーに転化する。

2. タイモンの許しへの過程―アテネ攻撃の共犯者として

POET. When Fortune in her shift and change of mood
　　　Spurns down her late beloved.　　（1.1.87-88）

　運命の女神は例の移り気から、

ついいままでかわいがっていたものを蹴落としてしまう。

伝統的運命の女神は人間の運命を支配する[31]。劇の冒頭でのこの詩人
（POET）の台詞もタイモンが伝統的「運命の女神」の寓意であることを
示唆する。しかしながら、この劇では、運命の女神はこの中世的女神像か
ら乖離し、逆境と立ち向かう人間の能力を示し、最終的には自分自身の運
命を司る女神として描かれている[32]。『マクベス』（*Macbeth*）の5幕8場、
マクベス（Macbeth）がマクダフ（Macduff）らに包囲されたとき、それ
でもなお「おれは断じてローマのばかどものようにおのれの剣で死んだり
はせぬぞ」（5.8.1-2）[33] と豪語した。しかしながら、ルークリースは自害す
ることでローマに共和政をもたらし、ロミオ（Romeo）とジュリエット
（Juliet）による愛のための自害は結果的に両家の和解とヴェローナに平
和をもたらした。彼らは自分自身の運命を司る女神の具体例であり、同様
にタイモンもアテネに平和をもたらすために自分自身の運命を支配する。
　5幕1場、タイモンはアルシバイアディーズのアテネ攻撃に際し、援助
を求めて彼のもとを訪れた元老院議員らに「おれは彼らにたいする好意か
らアルシバイアディーズの怒りを出し抜く道を教えてやる」（5.1.192-193）
という解決策を提案する。

> TIMON. I have a tree which grows here in my close,
> 　　That mine own use invites me to cut down,
> 　　And shortly must I fell it. Tell my friends,
> 　　Tell Athens, in the sequence of degree,
> 　　From high to low throughout, that whoso please
> 　　To stop affliction, let him take his haste,
> 　　Come hither ere my tree hath felt the axe,
> 　　And hang himself. I pray you do my greeting.
> 　　（5.1.195-202,　下線は論者）

実は、ここの囲いのなかに一本の木があるが、
必要あって切り倒さねばならぬ、それも
ごく近いうちにだ。そこでわが友人たちに、

> アテネの諸君に、こう伝えてもらいたい、
> 身分の上下を問わず、苦しみをまぬがれたいものは
> 一人残らず、いそぎここに駆けつけてきて、
> おれの斧がその木を切り倒してしまわぬうちに、
> 首をくくれと。頼む、そのようにあいさつしてくれ。

　その方法は、タイモンが自分の命を投影した一本の木を直ぐに切り倒すことである。木は運命の女神と関連付けられ[34]、木はタイモンの運命を象徴する。また、木が「生と死の循環に従い永遠の再生を繰り返す、底知れない力を秘めた動的生のシンボル」であるとともに、キリスト教に於いては「木は《生命の木》とされ、神との顕現の結びつき」を表す。図像では「木にして十字架」を表し、キリスト自身を象徴するとされる[35]。タイモンの化身となった木はアテネに再生をもたらす力強いイコンとなる。
　まず、この劇の材源の一つとされるプルタルコスの 'The Life of Marcus Antonius' と同場面を比較してみたい。

> アテネの貴族方よ、私の家にほんの少しばかりの庭がある。そして、そこには一本の成長したイチジクの木がある。その木で多くの市民が首吊り自殺をしてきた。そして、そこにある物を立てるつもりなので、そのイチジクの木が切り倒される前に、あなた方皆さんに、次のことを理解して頂けると嬉しいのだが、つまり、もしあなた方の内どなたかが自暴自棄になれば、それまでにそこで首吊り自殺ができるということを[36]。

タイモンは家を建てるのにイチジクの木が邪魔になる。彼はアテネの忘恩者らに、その木を切り倒す前に、自暴自棄にあるものは首を吊るようにと嫌味を言う。しかしながら、この木は彼自身を投影しない。『アテネのタイモン』との決定的な相違は、アルシバイアディーズの目前に迫ったアテネ攻撃という実情の有無である。タイモンは支援金をアルシバイアディーズに渡すことで、アテネ攻撃の共犯者となった。タイモンは忘恩者に復讐をしたいが、同時に、祖国を守りたい。

TIMON. Warr'st thou 'gainst Athens?
ALCIBIADES.   Ay, Timon, and have cause.
TIMON. The gods confound them in thy conquest,
　　　　And thee after, when thou hast conquered.
ALCIBIADES. Why me, Timon?
TIMON.   That by killing of villains
　　　　Thou wast born to conquer my country.
　　（4.3.104-108）

タイモン　アテネを攻めるのか？
アルシバイアディーズ　　うむ、おれには攻める理由がある。
タイモン　神々がおまえに勝利を、やつらに破滅をもたらしたもうよう！
　　　　　そして勝利を収めたあと、おまえにも破滅をもたらしたも
　　　　　うよう！
アルシバイアディーズ　　なぜ私にもだ、タイモン？
タイモン　　　　　　　　　　　　　　　　　悪党どもを殺して
　　　　　おれの祖国を征服するように生まれついた罪だ。

　タイモンはこのアポリアな立場にいる。これは、『コリオレーナス』
（*Coriolanus*）の5幕3場、コリオレーナス（Coriolanus）の母ヴォラム
ニア（Volumnia）が息子に提案した、ヴォルサイ人には「慈悲を与えた
ぞ」（5.3.137）と言わせ、ローマ人には「慈悲を受けたぞ」（5.3.138）[37] と
答えさせる和解案に匹敵する。これは、タイモンが死ぬことで、アルシバ
イアディーズ側には「慈悲を与えたぞ」と言わせ、アテネの人々には「慈
悲を受けたぞ」と答えさせる構造になる。アルシバイアディーズがアテネ
を攻撃する大義名分の一つはタイモンのためにある。その共犯者タイモン
がアテネの人々を救済することは、彼を裏切ることに他ならない。ヴォル
サイ人の勝利を目前に、コリオレーナスがローマ人を許し、オフィーディ
アス（Aufidius）の怒りを煽って殺害された状況を逆手に取ったかのよう
に、タイモンは自ら死ぬことで、アルシバイアディーズの怒りをも未然に
回収したのである。
　次に、同タイモンの台詞（5.1.192-202）を小松月陵訳『沙翁物語十種』

「タイモン」と照合する。

　　其時タイモンは話すやう、洞穴の傍に一本の樹がある、自分はそれを
　　近い中に伐り倒さうと思ふ、アゼンズの人々貴賎を問はず厄難を逃れ
　　んとするものは来れ、而して此木の伐り倒さるゝ前にこの木を味ふて
　　見ろ、と云うのは彼等に来て其の木で首縊をしてそれで苦患を脱却し
　　ろと云ふのである。
　　　<u>之はタイモンが人類に示した立派な恩恵の中の最後の挨拶である</u>。
　　而して又同胞がタイモンを見たのも之が最後である（下線は論者）³⁸。

上記下線部は、元老院議員らが文字通りに解釈し絶望しか受け止めること
ができなかったタイモンの台詞に、訳者小松月陵が付与し、人類に示した
恩恵を読み解く。私たちは演劇、映画、そして、テレビドラマを鑑賞する
とき、度々、頑固者の主人公に遭遇する。この一風変わった偏屈者は暴言
を吐く一方で、人知れず優しい行動を取り、私たちを感動させる。タイモ
ンの場合も然りである。

　　Duke S. Sweet are the uses of adversity,
　　　　　Which, like the toad, ugly and venomous,
　　　　　Wears yet a precious jewel in his head; ....
　　　　　(As You Like It, 2.1.12-14)³⁹

　　逆境が人に与える教訓ほどうるわしいものはない、
　　それはガマガエルに似て、姿は醜く毒を吐きはするが、
　　その頭にはガマ石という貴重な宝石を蔵しておる。

『お気に召すまま』（*As You Like It*）で、老公爵がアーデンの森で悟った
ことは、『ヴェニスの商人』（*The Merchant of Venice*）の箱選びにも共通
する箴言である⁴⁰。タイモンの罵りことばの数々に、彼の許しは想像し難
いことではあるが、ことば面のみに彼の意図を読み取ることは不可能だ
ろう。

3.　タイモンの許しへの過程―墓碑銘完成に至る通時的分析から

　プルタルコスのでは「彼はヘールという町で死に、海の傍に埋葬された」[41]
とタイモンの最期が明白であるが、この劇では、四行墓碑銘をもって主人
公の死とする。

　まずは、タイモンの墓の準備から墓碑銘の作成に至るまでの時間を通時
的に追ってみたい。

> TIMON. I am sick of this false world, and will love nought
> 　　But even mere necessities upon't.
> 　　Then, <u>Timon, presently prepare thy grave;</u>
> 　　Lie where the light foam of the sea may beat
> 　　Thy grave-stone daily; make thine epitaph,
> 　　That death in me at others' lives may laugh.
> 　　（4.3.371-376,　下線は論者）

　　おれはもうこの偽りの世にあきはてた、生きていく上の
　　最小限度の必要品以外は、見るのもいやだ。
　　だから、タイモン、いますぐおまえの墓穴を用意しろ、
　　毎日海の寄せ波が静かに墓石を洗うようなところに
　　横になれ。おれの死が他人の生をあざ笑うような
　　墓碑銘を作るのだ。

中世末の人間は自己の無力さを肉体的破壊、つまり、自分の死と同一視し
たとされる[42]。森に逃避してきたとき、タイモンは正にそのような心境に
あったのだろう。折しも、アペマンタスはタイモンが社会関係を絶ち、自
ら求めた窮乏という現状に甘んじる以上、解決策は死ぬことしか残されて
いないと忠告する。タイモンはアペマンタスの面前で墓の準備を自分に命
じている。一方、5幕1場、タイモンはアテネ攻撃に備えて援助を請う元
老院議員らに次のように言う。

> TIMON. Why, <u>I was writing of my epitaph;</u>
> 　　<u>It will be seen tomorrow.</u> My long sickness

Of health and living now begins to mend.
（5.1.175-177，下線は論者）

　そうだ、おれはおれの墓碑銘を書きかけていた、
　明日、それが日の目を見るはずだ。おれの健康と生活の
　長わずらいもおしまいだ。

「おれの健康と生活の長わずらいもおしまいだ」と言うタイモンの台詞は、
『ヴェニスの商人』の 4 幕 1 場、法廷の場で、アントーニオ（Antonio）
が運命の女神の思いやりについて述べる件を想起させる。シャイロック
（Shylock）から肉一ポンド取られることは、「破産したあわれな男をいつ
までも生かしておく」（4.1.265）[43] という運命の女神の慣わしから解放さ
れることに等しいからだ。上記引用から、この台詞の発話時には墓碑銘が
未完成であるということが分かる。それが明日に出来上がるとタイモンは
言う。人間は明日という日を決めて自然に死ぬことは不可能だ。タイモン
にとって、アテネは攻撃したい客体であると同時に、攻撃から守らなけれ
ばならない彼の故郷でもある。要約すれば、四行墓碑銘は 5 幕 1 場の段
階では未完成であった。しかしながら、アテネ攻撃の際にアポリアな選択
の矢面に立たされたタイモンには早急な自決しか残されておらず、それゆ
えに彼は墓碑銘完成の期限を特定したのだ。
　このタイモンの死を受け、Moelwyn Merchant は彼をキリスト（Christ）
の寓意とみる[44]。明らかに、「なんておおぜいのやつらがタイモンを食いも
のにしていることか、しかも本人は気がついていないのだ！あんなおおぜ
いのやつらがたった一人の男の生き血に肉をひたして食っているのを見る
と、この胸が痛む」（1.2.39-40）や「一つ皿で食事をするものをだれが友
人と呼べよう？」（3.2.58-59）等の台詞には、最後の晩餐とユダ（Judas）
の裏切りが含意されている[45]。

TIMON. Come not to me again, but say to Athens,
　　　Timon hath made his everlasting mansion
　　　Upon the beached verge of the salt flood,
　　　Who once a day with his embossed froth

> The turbulent surge shall cover; thither come,
> And let my grave-stone be <u>your oracle</u>.
> Lips, let four words go by and language end;
> What is amiss, plague and infection mend.
> Graves only be men's works, and death their gain;
> Sun, hide thy beams, Timon hath done his reign.
> （5.1.204-213,　下線は論者）

> 二度とここにくるな、アテネの連中にこう言え、
> タイモンは大海の波打ち寄せる浜辺に
> 永劫の館を建て、日に一度、騒々しい高波の
> 泡立つ飛沫を浴びておると。そこを訪ねて、
> わが墓碑銘をおまえたちの神託とせよ。
> 唇よ、あと二言、三言で、永久に閉じるがいい、
> 不正をただすのは、疫病にまかせるがいい！
> 人間が作るのは墓のみ、手に入れるのは死のみだ、
> 太陽よ、光をかくせ、タイモンの世は終わったのだ。

　最後にタイモンは自分の墓を「神託」にするようにと元老院議員らに命じて洞窟の中に入って行き、二度と姿を現すことはない。アテネの救世主として自らの命を捧げるタイモンの姿をキリストの寓意と見ることは可能だ[46]。

4.「墓碑銘」－許しという証

　『タイモン』には「石」が象徴的に描かれている。『アテネのタイモン』と同様に、タイモンは忘恩者を復讐するために、宴会を催す。皿の中には芋に似せて描かれた石がある（『アテネのタイモン』では石には何も描かれていない）。タイモンが忘恩者らを「お前らは石のような世代だ」（2080）と非難するように、両場面に於いて、「石」は人間の「非情さ」を可視化する。しかしながら、皿の石に驚愕するものたちに、偽哲学者スティルポ（Stilpo）が「地球上の石は天国のものと同じ本質を担っている」（2072）と言うように、「石」は両義的である。『世界シンボル大事典』に

よれば、聖書の伝承から「石は不動という特性のために＜知恵＞の象徴」とされ、また、「＜聖体のパン＞が石に代わって、神の＜現前＞の場になった」とある[47]。『タイモン』での石は、食べ物を表象して、具体的に芋が描かれているが、『アテネのタイモン』での石は、より象徴性を帯び、忘恩に対する神の啓示にも解釈できる。『お気に召すまま』では、アーデンの森で、公爵（Duke Senior）は「樹木にことばを聞き、せせらぎに書物を見いだし、小石に神の教えを読みとる」（2.1.16-17）ということを悟る。タイモンの墓碑銘もある種の訓戒である。

　英国初期の墓碑銘は真鍮板に名前と階級がラテン語「ここに眠る」"Hic Jacet"（英語の Here lies に相当する）という書き出しの次に書かれ、王や王女の追悼に使われていた。エリザベス朝になると墓碑銘は真鍮版から石碑に変わり、文字も英語がラテン語に取って代わり、文学性を帯びてきたとされる。墓碑銘は簡潔で、読む人の慰めと教訓にならなくてはならない[48]。このような伝統の中、タイモンは死に際して、次のような墓碑銘を残した。

Here lies a wretched corse, of wretched soul bereft;
Seek not my name; a plague consume you, wicked caitiffs left.
Here lie I, Timon, who alive all living men did hate;
Pass by and curse thy fill, but pass and stay not here thy gait.
（5.4.70-73）[49]

不幸なる魂を失いし不幸なる骸ここに眠る、その名を尋ねることなかれ。
疫病よ、生き残れる人非人どもを滅ぼしつくし、一人ものがすことなかれ。
われタイモン、ここに眠る、世にあっては世の人間をことごとく憎みしものなり、
去りがけに存分に呪いはすれど、歩みをとどめず早々に立ち去るものなり。

この墓碑銘に関して、Rolf Soellner は、タイモンは自然に鞭打ち激しい憎しみを抱いているが、結局は世の中の人々から無視されるようなメッセージの書かれた孤独な墓で幕を閉じている、つまり、墓碑銘とはタイモンの破壊的で虚しい芸術に過ぎないと論じている[50]。Larry Champion は、墓

　碑銘に関して、タイモンは人生の哀れさを認めた後、再び全人類を嫌悪し、疫病が邪悪な人々を襲うことを祈っていると述べている[51]。Dillon もタイモンは最期に人間嫌悪を表明することに抗うことはできないと述べている[52]。これらは連綿と踏襲されてきた墓碑銘解釈である。一方、Anthony Dawson らは、この墓碑銘に関して、抑制された語調の中にも、相変わらずのタイモンの粗暴さは見受けられるが、その毒舌にも無常さが漂っており、人間を忘れようにも、そうすることのできない彼のもどかしさが語られていると分析している[53]。また、Dawson らは、亡き人が無言である以上、タイモンの人間嫌悪は何か捉えにくい輪郭へと変化し、観客又は編纂者自身の感情移入されたことばに置換されていくと論じている[54]。

　「ここに眠る」"Here lies" と格式的に始まる墓碑銘の前半二行では、過去形で語られる人間嫌悪であった「不幸なる骸」が、「われタイモン」に変わり、仮定法現在、命令形の語りにて、差し迫ったアテネ攻撃を自らの死で食い止めると決めた以上、この世には未練を残さず、足早に通り過ぎるのだと、自分自身に命令する。それは、この四行の脚韻が *"bereft"*、*"left"*、*"hate"*、*"gate"* と、音の流れに区切りを与える [t] の音色で終わっていることからも明白である[55]。小田島雄志の「去りがけに存分に呪いはすれど、歩みをとどめず早々に立ち去るものなり」という訳には、その潔さが垣間見える[56]。「不幸なる骸」*"a wretched corse"* から「タイモン」*"Timon"* という主語表象の変化を鑑みれば、人間の証として与えられる「タイモン」という名前の明示は、忘恩者を許すという最後の瞬間に示した自己肯定、つまり、人間肯定の証である。

　タイモンの訃報を耳にしたアルシバイアディーズは墓碑銘に忘恩者に向けられた彼の許しを読み解く。

> ALCIBIADES. These well express in thee thy latter spirits.
>   Though thou abhorredst in us our human griefs,
>   Scornedst our brains' flow, and those our droplets which
>   From niggard nature fall, yet <u>rich conceit</u>
>   Taught thee to make vast Neptune weep for aye
>   On thy low grave, <u>on faults forgiven</u>.
> （5.4.74-79，下線は論者）

この句にはあなたの晩年の心境がよくあらわれている。
あなたは、われわれ人間の悲しみを嘆くさまを嫌悪し、
われわれの目が流す涙、卑小な自然であるわれわれが
わずかにこぼす滴を軽蔑していたが、ゆたかな想像力に
教えられ、いまは海神大ネプチューンを永久に泣かしめ、
その涙をあなたの墓に注がせるのだな、罪を許して。

Farnham Willard は「ゆたかな想像力」"rich conceit"[57] について、人々がタイモンの人間嫌悪という欠点を悔やみ、その欠点に許しを与えようとする彼らの思いであると指摘する。つまり、許しの対象である欠点の所有者を、忘恩者ではなくタイモンとするのだ[58]。Knight は、この世で飽くことのない愛を追求してきたことがタイモンの欠点であるとし、それが死を介して許されたと述べている[59]。両者は「罪を許して」"faults forgiven" を主人公の欠点が許されると解釈する。しかしながら、この劇で問われてきたのは、タイモンを人間嫌悪にさせた忘恩という人間の過ち（faults）ではなかったか。「ゆたかな想像力」とは「凝った隠喩」でもあり、タイモンの思いが具現化された墓碑銘のことではないだろうか。故に、「罪を許して」はタイモンが許した人間の欠点、或いは過ちと解釈する方が自然ではないだろうか。ジュリエットが、ことばでは表現できないロミオへの想いを「心の思いは、ことばより内容がゆたかなもの」"Conceit, more rich in matter than in words"（2.6.30）[60] と言うように、この墓碑銘はタイモンの不可視な心の丈である。タイモンの置かれたアポリアな状況と、これに強いられた彼の死を理解し得る者だけが斟酌できる墓碑銘なのである。

Ⅲ．結語

　タイモンは「おれは友人がおれを必要とするときふり捨てるような男ではない」（1.1.104-105）と言い、窮地にあるものたちに友情を示してきた。しかしながら、友情という大義名分のもと、タイモンは高価な贈り物のために散財し、挙句の果てには借金までする。このタイモンの友情に彼が理想とする互恵性は見られない。自然の摂理に呼応した彼の友情理念は、忘

恩を契機に虚構と化した。タイモンは執事フレーヴィアスが指摘するように「情に厚く、思慮が足りない人」（2.2.5-6）として描かれている。タイモン自身のこの愚かさは誇張された「友情」に象徴化される。道徳的に互恵性が形骸化した友情は「忘恩」という怪物を生み出し、改めてその倫理観をこの劇は問う。しかしながら、森に独り身を置くタイモンのもとには、彼を必要とするものたちが訪れる。人間は助けられては忘恩を繰り返す身勝手な生き物だ。それこそタイモンが侮蔑する人間の不実な姿だ。しかしながら、タイモンは、自分を含んだありのままの人間を理解し、「人間嫌悪」を克服し、彼を必要とするものたちの嘆願に答える必要に迫られる。

　十七世紀から十八世紀において「死」とは人生の清算のときであり、一人生の決算書が作られるときとされた[61]。一般に二行から四行で書かれる墓碑銘は、生者と死者を結び、死者の生涯と思想を永遠に留めるもので、人生の総括と別れ、そして祈りがあるものとされる[62]。最期にタイモンは「人間が作るのは墓のみ」（5.2.212）と元老院議員らに言い残し洞窟の中に姿を消していくように、人間だけに与えられる墓は、タイモンにとって、死を超越した意味がある。墓碑銘には、タイモンの忘恩者への憤りと、アテネ攻撃に際し、アポリアな選択に身をもって示した忘恩者への許しがある。しかしながら、タイモンは「人間嫌悪」のまま死んだのではない。「タイモン」という名を墓碑銘に書き記るすことで、自分自身も自分が忌み嫌う人間の一人に過ぎないことを理解し、人間肯定を表明しているのだ。David Cook はこの劇のテーマは、タイモンと同じあるがままの人間を受容し、愛し、そして理解していくことの必要性であると論じている[63]。タイモンは、「洞穴」が象徴するように、洞穴を自己成長の場とし、アテネの町に適合するために、つまり、愛して止まない祖国再生のために、死を選択し、社会の構成員の一人になった。タイモンは墓の地に海辺を選んだ。押し寄せる水は碑文を穿ち、やがては全てを消し去ってしまう。それは、「死を忘れるなかれ」（meménto móri）の象徴でもある。

註

※ この論文は福岡女子大学英文学会 *KASUMIGAOKA REVIEW* 第 22 号（福岡：

福岡女子大学英文学会，2016）に掲載されたものに加筆、修正したものである。
（1-23）

1 Aristophanes, *The Birds*, ed., Joslyn T. Pine (Mineola: Dover Publications, 1999) p. 43.
英文は以下のとおり：
PROMETHEUS. Towards them [the gods] I am a veritable Timon; but I must return in all haste, so give me the umbrella; if Zeus should see me from up there, he would think I was escorting one of the Canephori. (*The Birds*)
このタイモン（Timon）はペロポネソス戦争（431B.C.- 404B.C.）の初期頃アテナイに住み、人間嫌いとして知られていた。この劇の概要は以下のとおりである。アテナイで暮らす二人の老市民がとある広野に鳥類の王テエレウスを訪れ、中空を城壁で取り囲んだ鳥王国の建設を説く。そのため、天上のオリンポス諸神はそれまで下界から捧げられてきた犠牲肉の煙が絶え、困窮する。神々は使節を派遣し鳥王国と和睦し、鳥類は天上天下の統治権を収めることとなる。人間好きなプロメテウスは神界の情報を漏らす程に、仲間を嫌っている。このあらすじは、アリストパネス『鳥』呉茂一訳（東京：岩波書店，1944）序説を参照した。

2 *The Birds*, 註 2, p. 43. アペマンタスとタイモンの関係性は Plutarch の 'The Life of Marcus Antonius' でも同様である。"This Timon sometimes would have Apemantus in his company, because he was much like of his nature and conditions, and also followed him in manner of life." T.J.B. Spencer, ed., *Shakespeare's Plutarch* (Harmondsworth: Penguin Books, 1964) p. 264.

3 Wilson G. Knight, *The Wheel of Fire* (London: Routledge, 1930, 1993) p. 233.

4 G.D. Proudfoot, ed., (An anonymous play, 1600?) *Timon* (Oxford: The Malone Society, 1980). 1602-1603 頃とも言われている（Proudfoot xiv）。この作品では、タイモンの忠実な召使が一度タイモンの元を出て行くのだが、変装して再び主人に仕える様子や、俗悪なギター奏者が目をくり抜かれたりする場面は *King Lear* を、商船が難破して全財産を喪失するところは *The Mertchant of Venice* を想起させる。

5 *Timon* からの引用及び行数表示は全て G.D. Proudfoot, ed., *Timon* による。

6 *Timon of Athens*, ed., Karl Klein (Cambridge: Cambridge University Press, 2001) Introduction to 1. 尚 *Timon of Athens* からの引用及び行数表示は全てこれによる。和訳は全て『アテネのタイモン』小田島雄志訳（東京：白水社，1999）による。

7 金子雄司はこの劇の創作を *King Lear* とロマンス劇の間に置くとすれば、この劇は悲劇の世界で極限まで行った *King Lear* から、ロマンス劇という全く新し

い世界へ雄飛を遂げる過程での価値ある未完作であると述べている。『アテネのタイモン』日本放送協会編　金子雄司解説・補注（東京：日本放送出版協会，1983）pp. 19-20.

8　Janette Dillon, *Shakespeare and the Solitary Man* (London: Macmillan, 1981) pp. 154-155.

9　Willard Farnham, *"Timon of Athens," Shakespeare: The Tragedies,* ed., Clifford Leech (Chicago: The University of Chicago Press, 1965) 121-137. 137.

10　Murray J. Levith, *What's in Shakespeare's Name* (Hamden, Conn: Archon Books, 1978) p. 65.

11　使徒行伝（Acts of the Apostle）6.1-6.

12　'The Life of Marcus Antonius', Spencer p. 263.

13　キケロー『友情について』中務哲郎訳（東京：岩波文庫，2004）十四. 51.

14　Rolf Soellner, *Timon of Athens-Shakespeare's Pessimistic Tragedy* (Columbus: Ohio State University Press, 1979) p. 71.

15　キケロー　七. 23.

16　プルタルコス『似て非なる友について』柳沼重剛訳（東京：岩波文庫，1988）pp. 2-6. プルタルコスはモラリストでもあり、『倫理論集』はモンテーニュに大きな影響を及ぼしたとされる（柳沼 308）。

17　エラスムス『痴愚神礼讃』渡辺一夫、二宮敬訳（東京：中央公論新社，2006）p. 56.

18　キース・トマス『歴史と文学』中島俊郎編訳（東京：みすず書房，2001）p. 259.

19　Kinght p. 224.

20　*King Lear* からの引用及び行数表示は全て R. A. Foakes, ed., *King Lear* (London: Methuen, 1997) による。和訳は全て『リア王』小田島雄志訳（東京：白水社，2005）による。*Timon of Athens* での、外国人 1 の "O see the monstrous of man, / when he looks out in an ungrateful shape!" (3.2.65-66) という台詞にも、当時「忘恩」が如何に許しがたい振る舞いであるかが顕著である。

21　*Antony and Cleopatra* からの引用及び行数表示は全て David Bevington, ed., *Antony and Cleopatra* (Cambridge: Cambridge University Press, 1990) による。和訳は全て『アントニーとクレオパトラ』小田島雄志訳（東京：白水社，1988）による。

22　Catherine E. Dunne, *The Concept of Ingratitude in Renaissance Moral Philosophy* (Washington, D.C.: Catholic University of America, 1950) p. 3.

23　Dillon pp. 158-159. Knight も執事の行動にタイモンの人間嫌悪という信条が揺り動かされたことを論じている。及び、Knight p. 228.

24　フランソワ・ラロック『シェイクスピアの祝祭の時空』中村友紀訳（東京：

柊風社，2008）pp. 281-282.

25　ジュヴァリエ・ジャン、ゲールブラン・アラン『世界シンボル大事典』金光
仁三郎・熊沢一樹・小井戸光彦・白井泰隆、山下誠、山辺雅彦訳（東京：大
修館書店，1996）p. 913.「洞穴」（cavern）は＜誕生・回帰＞である。また、
＜煉獄＞をも意味し、洞穴に誕生したキリストは天に上がる前の地獄下りの
間も又、洞穴に埋められていたとされ、この地獄下りは普遍的に新生への前
提とされる。

26　Klein, Introduction to 13.

27　ラロック p. 282.

28　Dillon, pp. 159-160.　Soellner もタイモンの死を自殺だと述べている（Dillon
49）。

29　Klein Introduction to 30. 及び、Susan Handelman, "Timon of Athens: the
Rage of Disillusion," American Imago 36 (1979) 45-68. 48.

30　『世界シンボル大事典』「洞穴」、pp. 913-914.

31　Howard R. Patch, The Goddess Fortune in Medieval Literature (New York:
Octagon Books, 1967) p. 164.

32　Klein Introduction to 2. 29.　岩崎宗治によれば、「運命の女神」は中世をとおし
てチョーサーの物語や写本の押絵などで圧倒的であったが、近代に入ると、マキア
ヴェリの影響を受け、徐々にその威力を失ったとされる。岩崎宗治『シェイクスピ
アの文化史』（名古屋：名古屋大学出版会，2002）p. 59. また、Francis Bacon
も一個人が自分自身の運命の作り主という考え方を示している。Francis Bacon,
The Essays or Counsels, Civill and Morall, ed., Michael Kiernan (Cambridge,
Massachusetts: Harvard University Press, 1985) p. 264.

33　Macbeth からの引用及び行数表示は全て A. R. Braunmuller, ed., Macbeth
(Cambridge: Cambridge University Press, 1997) による。和訳は全て『マク
ベス』小田島雄志訳（東京：白水社，1983）による。

34　Werner Habich, "Tree Properties and Tree Scenes in Elizabethan Theater,"
Ren D n.s.4 (1971) 69-92.　この引用は Soellner, p. 148 からのものである。
Thomas Kyd, Soliman and Perseda（5.3.87）や Thomas Dekker, The Whore
of Babylon（2.1.276）等では王の運命が木に喩えられている。黒瀬保『運命
の女神』（東京：南雲堂，1970）pp. 75-76 に詳しい。上記引用行数表示は
Kyd, Thomas Kyd, The Works of Thomas Kyd, ed., Frederick S. Boas. (Oxford:
Clarendon Press, 1955)、及び Thomas Dekker, The Dramatic Works of Thomas
Dekker I-IV, ed., Fredson Bowers (Cambridge: Cambridge University Press,
1953-1961) による。

35　『世界シンボル大事典』「石」（stone）、p. 66. 「木」（tree）p. 278.

36　Spencer p. 265. Plutarch, 'The Life of Marcus Antonius'.

37　*Coriolanus* からの引用及び行数表示は全て Lee Bliss, ed., *Coriolanus* (Cambridge: Cambridge University Press, 2000) による。和訳は全て『コリオレーナス』小田島雄志訳（東京：白水社，1983）による。

38　ウィリアム・シェイクスピア「タイモン」小松月陵訳『シェイクスピア翻訳文学書全集 31』（東京：大空社，2000）p. 227．下線は論者。

39　*As You Like It* からの引用及び行数表示は全て G. Blakemore Evans, ed., *The Riverside Shakespeare* (Boston: Houghton Company, 1997) による。和訳は全て『お気に召すまま』小田島雄志（東京：白水社，1999）による。

40　3 幕 2 場。人々は虚飾に目を惑わされ、裁判では巧みな弁舌が悪を善にする。そのような上辺だけの美に懐疑心を抱き、バッサーニオ（Bassanio）はあえて鉛の箱を選ぶ。「虚と実」はシェイクスピア劇のテーマの一つである。

41　Spencer p. 265.

42　フィリップ・アリエス『死と歴史』伊藤晃・成瀬駒男訳（東京：みすず書房，1983）p. 133.

43　*The Merchant of Venice* からの引用及び行数表示は全て M.M. Mahood, ed., *The Merchant of Venice* (Cambridge: Cambridge University Press, 1987, 2003) による。和訳は全て小田島雄志訳『ヴェニスの商人』（東京：白水社，1983）による。

44　Moelwyn W. Merchant, "Timon and the Conceit of Art," *Shakespeare Quarterly* 6, ed., James G. McManaway (New York: Ams Reprint Company, 1955, 1964) 249-257. 253-254.

45　「わたしと一緒に手で鉢に食べ物を浸した者が、わたしを裏切る」（Matthew, 26.23）。

46　Knight はタイモンが森に逃げた後、召使たちはタイモンの召使としてではなく、"a loved and world-crucified master"、つまり、キリストの使徒として存在していると論じている（Knight 218）。

47　『世界シンボル大事典』「石」（stone）p. 69, p. 65．また、聖書では「神の子なら、これらの石がパンになるように命じたらどうだ」という問いに、イエスは『人はパンだけで生きるものではない。神の口から出る一つ一つの言葉で生きる』と書いてある」と答えた（Matthew, 4. 3-4）。

48　梅森元弘『エピタフ―英国墓碑銘集―』（東京：荒竹出版，1984）pp. 183-184.　参考にした墓碑銘の定義は、Thomas Joseph Pettigrew (1791-1865) の *Chronicle of the Tomb* からの梅森の引用である（梅森 183）。

49　この四行墓碑銘は Plutarch の 'The life of Marcus Antonius' から "caitiffs"（材源では "wretches"）以外は、ほぼそのまま使用されている。前半二行はタイモン、後半二行は詩人カリマカス（Callimachus）により書かれたものである

(Spencer 265-267)。この劇に於いて、墓碑銘は5幕3場にもう一つ存在するが（5.3.2-4)、兵士（Soldier）はこの四行墓碑銘だけしか蝋で写し取って来ないので、アルシバイアディーズはこの四行墓碑銘にしか言及しない。また、この四行墓碑銘は前半のカプレットでは自分を名乗らず、後半のカプレットでは自分を名乗るという矛盾が指摘されているが（Oliver 139-140)、論者は自己成長の証としたい。*The Life of Timon of Athens*, ed., H.J. Oliver (London: Methuen, 1959)

50 Soellner pp. 141-142.

51 Larry S. Champion, *Shakespeare's Tragic Perspective* (Athens: The University of Georgia Press, 1976.) p. 212.

52 Dillon p. 158.

53 Shakespeare William and Middleton Thomas. *Timon of Athens*. eds. Anthony B. Dawson and Gretchen E. Minton (London: Cengage Learning, 2008) Introduction to 108.

54 Dawson and Minton, Introduction to 109. 16 世紀の間、生者と死者の関係性についてはかなり議論されており、死者の声は失われていたが、全く沈黙ではなかったとされる。

55 村田辰夫、ノーマン・アンガス編注者『英詩をどうぞ』（東京：南雲堂，2000）p. 144. また、[t] の仲間としては [p]、[b]、[d]、[k]、[g] がある。

56 「過ぎがけに心ゆくまでのろえ、されど、とく過ぎ行きて、ここに歩みをなどめそ」、「アセンズのタイモン」八木毅訳『シェイクスピア全集8悲劇Ⅲ　詩』（東京：筑摩書房，1973）。「過ぎがけに心ゆくまで呪ひね。さもあれ疾く過ぎよ、こゝに歩をな留めそ」、「アセンズのタイモン」坪内逍遥訳『新修シェークスピヤ全集第三十三巻』（東京：中央公論社，1934）

57 Klein は "Timon, by 'rich conceit', has thus made the sea his chief mourner" と註を付けている（174)。'rich conceit' の行為主はタイモンである。人々の想像ではない。

58 Farnham pp. 136-137.

59 Kinght p. 239.

60 *Romeo and Juliet* からの引用及び行数表示は全て G. Blakemore Evans, ed., *Romeo and Juliet* (Cambridge: Cambridge University Press, 2003) による。和訳は全て『ロミオとジュリエット』小田島雄志訳（東京：白水社，2002）による。

61 アリエス p. 134.

62 岡地 嶺『英国墓碑銘文字序説』（東京：中央大学出版部，2000）pp. 2-5.

63 David Cook, "*Timon of Athens*," *Shakespeare Survey* 16, ed., Allardyce Nicoll (Cambridge: Cambridge University Press, 1963.) 83-94. 84.

第4章　　「クレオパトラ」言説に覆い隠された
アントニーの凋落

　悲劇『アントニーとクレオパトラ』（*Antony and Cleopatra*, 1606）の主
たる材源はプルターク（Plutarch）の『英雄伝』（*The Lives of the Noble
Grecians and Romans*）とされ、劇の筋はほぼ忠実にこの史伝に従って
いるとされる。この劇は共和制末期とされる紀元前 40 年から同 30 年ま
でのローマ史の一部が縮図化されているが、アントニー（Antony）とク
レオパトラ（Cleopatra）の悲劇的な愛が並置されている。

　クレオパトラ批評に共通するのは、A. P. Riemer がこの劇を「アント
ニーの耄碌の中で、油断ならない売春婦に裏切られたことによる偉大な
将軍の没落として読むことができる」[1] と述べているように、アントニー
の凋落がクレオパトラの存在に起因するという定石通りの見方である。
Linda Woodbridge がクレオパトラに対する批判的な態度について、「攻撃
的な、或いは、巧みに操る女性への特別な（或いは、個人的な）深い恐怖
を表している」[2] と論じているように、クレオパトラはアントニーを罠に
掛けた娼婦であり、魔女とされている。本論では、アントニーの真の没落
はクレオパトラの愛の魔力によるものではなく、人生の斜陽の中で、自ら
の手に起因するものであり、その事実を覆い隠すために、「クレオパトラ」
言説とういう盾を利用したのではないかということを考察したい。

Ⅰ.「クレオパトラ」という虚構

　この劇に於いて、ステレオタイプとしての「クレオパトラ」言説はアン
トニーの敗北を覆い隠すのに寄与している。Homi K. Bhabha はステレオ
タイプについて次のように述べている。

　　ステレオタイプ（或いはフェティッシュ）は不安と防衛と同様の支配
　　と喜びという関係性に基づくアイデンティティを作り上げる。なぜな

らば、それは差異の容認と否認という多様で矛盾した在り方だからである。喜びと不快、支配と防衛、認識と否認、不在と存在、これらの対立概念は植民地言説に於いて、根本的に重要な意味を担っている[3]。

ステレオタイプは差異の認知と否認という矛盾の上に成り立つものである。青山誠子は、ファイロー（Philo）の冒頭の台詞の "Nay, but"（1.1.1）という始まりに、「受容と拒否、同化と異化」[4] が観客に求められるパラドキシカルな劇の始まりであると指摘しているが、ステレオタイプの様相に近似している。

　冒頭から、家臣ファイローは主人であるアントニーを手厳しく批判する。観客は否応なしに、ファイローの視点から語られるアントニーとクレオパトラ像を強烈に脳裏に焼き付けることになる。

> PHILO. Nay, but this dotage of our general's
> 　　　　O'erflows the measure. Those his goodly eyes,
> 　　　　That o'er the files and musters of the war
> 　　　　Have glowed like plated Mars, now bend, now turn
> 　　　　The office and devotion of their view
> 　　　　Upon a tawny front. His captain's heart,
> 　　　　Which in the scuffles of great fights hath burst
> 　　　　The buckles on his breast, reneges all temper
> 　　　　And is become the bellows and the fan
> 　　　　To cool a gipsy's lust.
> 　　　　Look where they come.
> 　　　　Take but good note, and you shall see in him
> 　　　　The triple pillar of the world transformed
> 　　　　Into a strumpet's fool. 　　（1.1.1-13）[5]

いや、われらが将軍の惚れこみようときたら
まったく度がすぎている。あの威厳に満ちた目は、
かつては甲冑に身を固めた軍神マルスさながらに
炯炯と輝いて三軍を叱責激励したものであった、

　　それがいまでは本来の役目を忘れ、目の色を変えて
　　浅黒い顔に見とれている。あの武将にふさわしい心臓は、
　　かつては激戦のさなかに胸の締め金をはじき飛ばすほど
　　勇気凛々と高鳴ったものであった、それがいまでは
　　すっかり自制を失い、鞴、団扇になりさがって
　　ジプシー女の情欲をさましている。

ファイローによれば、軍神マルスさながらだったアントニーは今やローマの三執政官の一人としてエジプトに赴任しているという任務を忘れ、クレオパトラというエジプトの女王への愛に溺れている。得体の知れない他者への不安と自己防衛がことばとなって現われる。この作品が書かれたロンドンに於けるジプシーについての時代背景は以下のとおりである。

　　ジプシーはもっぱらエジプトから来ていると考えられており、狡猾で、占いができ、だらしない振る舞いをするという評判をもっていた。R.C. Hood によると、イングランドの中世の法律では、ジプシーであるということだけで死刑にし、1570 年、ヨークでは何の理由もなくジプシーの人たちは絞首刑にされた[6]。

ジプシーだから狡猾でだらしないという構図の中、クレオパトラは、ステレタイプな常套語で、「浅黒い顔」、「ジプシー女」、「淫売女」として差異化される。
　『リア王』（*The Tragedy of King Lear*）では、リア（Lear）は三人の愛娘に、自分への愛情の度合いをことばで量ろうと企て、そのことばの巧みさに基づき、財産を分配しようとする。しかしながら、リアは最終的に、「価値」をことばで表すことが如何に愚かなことかと悟る。クレオパトラに愛の度合いを尋ねられたアントニーは、「どのくらいと言えるような愛は卑しい愛に過ぎぬ」（1.1.15）と答える。これらに共通するものは、形のないものに形のあるもので価値を見出そうとする愚かさである。つまり、ステレオタイプというものは、差異の容認と否認という矛盾した意識の中で、形のないものに実態を伴わない形を見出そうとする態度と同じかも知れない。

Ⅱ．周縁化されるアントニー

　1幕1場、アントニーはコペルニクスの宇宙観が台頭したにも関わらず、"Here is my space"（1.1.36）と、太陽が地球の周りを回るという従来のプトレマイオスの天文学に固執する。最終幕で、クレオパトラはアントニーの声を「天上の音楽」"the tuned spheres"（5.2.83）と回顧する。"world"[7]と"sphere"或いは"space"が「現実の世界」と「過去の世界」に弁別的に使用されているこの劇において、アントニーは幕開けから最終幕迄、時代錯誤な人間として社会の周縁に置かれている。

　エリザベス朝時代、騎士道的な考え方や慣習が復活し、女王の戴冠式などでは騎士道的トーナメントやページェントで祝福されていた。シェイクスピアや同時代の劇作家の作品では騎士道の儀式が劇化されたが、もっぱら、頽廃的な支配階級の懐古的な時代錯誤や現実逃避的な幻想として見られていた[8]。アントニーは時代錯誤な騎士道精神を体現した義理や名誉にこだわり続ける。

1．騎士道的精神への固執

（1）「義理」"maudlinness"[9]

　アーサー王（King Arthur）の名剣エクスキャリバーに呼応するようなアントニーの名剣フィリッパンの存在は騎士道を想起させる。『アーサー王の死』（*King Arthur's Death*）で、円卓の騎士ランスロット（Lancelot）はアーサー王を殺す機会がありながらも、恩義を前にして、逃がしてしまう。このランスロットの行動は「義理」に値する。Wilbur Sanders はこの「義理」をアントニーに見る。

　　この劇に特別にローマ的な何かがあるとすれば、それは道徳的譴責や政治的実践ではなく、義理である。ポンペーもそれに苦しみ、レピダスもそれと生死を共にし、アントニーもそれに燃え尽きる[10]。

アクティアムの海戦では、陸戦の名将であるアントニーは「やつ（オクテーヴィアス）がそう挑んでいるからだ」（3.7.29）という理由だけで、副官キャニディアス（Canidius）や家臣イノバーバス（Enobarbus）、そ

して、兵士らの反対を押し切り、海戦を選択する。さらに、アントニーは、クレオパトラが申し出た六十艘もの船数を、乗組員不足の対策として、敵側の船数に合わせて、余剰な船を焼き払う。しかも、乗組員は戦歴のない馬方や草刈り人夫から集められた烏合の衆である。船数を減らせば、一艘につき、十分な兵力が確保できる。しかしながら、アントニーのその不条理な海戦の決定にキャニディアスは憤る。

> CANIDIUS. Soldier, thou art; but his whole action grows
> 　　　　　Not in the power on't. So our leader's led,
> 　　　　　And we are women's men.
> （3.7.68-70,　下線部は論者）

> そのとおりだ、だが将軍の全行動は今や、
> ご自分の力を考えてなされはしない。わが指揮官は
> 指揮される身、われわれは女の部下なのだ。

アントニーは今や、かつての陸軍の名将ではなく、女性の指揮官に去勢される。
　アクティアムの敗戦後、アントニーはオクテーヴィアスに使者を送る。アントニーはエジプトに住み続ける許しを請い、それが叶わなければ、「一市民」（3.12.15）として、アテネで長らえたいと申し出る。一方、クレオパトラはオクテーヴィアスに服従を誓い、トレミー家の王冠を自分の跡とりに継がせてもらいたいと願う。しかしながら、オクテーヴィアスは、クレオパトラの願望と引き換えに、アントニーをエジプトから追放するか、或いは、殺害するか、そのどちらかをクレオパトラに求め、アントニーの願いは却下される。これに憤ったアントニーは、やがてはアレグザンドリアの戦いに発展していく、オクテーヴィアスに時代錯誤な剣と剣による一騎打ちを挑む。上り坂にあるオクテーヴィアスが落ち目にあるアントニーの挑戦に応じるはずがない。そのことについて、イノバーバスが「人間の分別というやつは運命と表裏一体らしい」（3.13.31-32）と傍白するように、運命の下落はアントニーの分別を蝕んでいく。
　4幕7場、起死回生を掛けたアレグザンドリアの戦いはアントニーが得

意とする陸戦で始まる。オクテーヴィアス自らが剣を取り戦わなければならない程苦戦を強い、アントニー側は優勢になる。しかしながら、アントニーは、退却する敵に追い討ちをかければ勝利は間違いないと確信する家臣らのことばに、耳を貸すことはない。アクティアムの海戦で敗戦という辛酸を嘗めたにも関わらず、翌朝、海で戦う準備をしている敵を見て、「敵は今日海で戦う準備をととのえている、陸で攻めては歓迎されぬだろう」（4.10.1-3）と、性懲りもなく海戦を選択する。アントニーの先鋭部隊が船に乗り込んでいるのを承知のオクテーヴィアスは、その裏をかき、陸で静観する。策略的に戦いを進めるのか、それとも、「義理」で戦いを進めるのか、勝敗は一目瞭然である。

　2幕5場、クレオパトラはかつてアントニーと楽しんだ川釣りのことを懐古する。酔い潰れたアントニーに、クレオパトラは自分のスカーフとマントを掛け、代わりに、名剣フィリパンを自分の腰に付ける。Nicholas Grene が指摘するように、祝祭世界な異性装による性的役割の転覆が描かれており、アントニーは去勢される[11]。また同時に、名剣フィリパンがおもちゃに格下げされ、騎士道精神が等閑に付される。

（2）「名誉」"nobility" への固執と喪失

　騎士道的精神のもう一つの例として「名誉」が挙げられる。アクティアムでは、戦いは互角、むしろ優勢であったにも関わらず、「雌鴨の尻を追う雄鴨」（3.10.19）のようにクレオパトラの後を追い戦場を後にしたアントニーには、「おれはおれの名誉を汚したのだ、これ以上の恥ずべきあやまちはない」（3.11.48-49）と、内心忸怩たるものがある。イノバーバスは、「恥ずべきことは負け戦ではない、それよりも逃げるあなたの旗を追い、あっけにとられた味方の船を置き去りにしたことだ」（3.13.10-12）、つまり、「おのれの情欲を理性の支配者にしたのですから」（3.13.3-4）と、クレオパトラを擁護する。

　3幕13場、アントニーはクレオパトラがオクテーヴィアスの使者サイアリアス（Thidias）に庇護を求めたことを知るや否や憤る。アントニーはその使者を鞭打ちの刑に処したいものの、命令を受けるべく従者は直ぐに駆けつけない。

ANTONY. [*Calling for Servants*]
　　　　Approach, there! － Ah, you kite! － Now, gods and devils,
　　　　Authority melts from me. Of late, when I cried 'Ho!',
　　　　Like boys unto a muss kings would start forth
　　　　And cry 'Your will?' － Have you no ears? － <u>I am</u>
　　　　<u>Antony yet</u>.　　（3.13.91-4, 下線は論者）

おい、だれかおらぬか！この売女め！ええい、畜生！
おれの権威は失せたのか、ついこのあいだまでおれが
「おい」と呼べば、おもちゃに飛びつく子供のように
王たちが飛び出し、「ご用は？」と答えたものだ。
おい、耳はないのか？おれはまだアントニーだぞ。

『リア王』で、"Ay, every inch a king"（4.5.103）[12] と、最後まで王として
の権威にしがみついていたリアと同じである。
　アレグザンドリアでの敗因がクレオパトラの裏切りにあると思い込
むアントニーは、「まだおれはおれに見えるか？」（4.14.1）とイアロス
（Eros）に問う程の自己喪失感に苛まれる。

ANTONY. My good knave Eros, now thy captain is
　　　　Even such a body. Here I am Antony,
　　　　Yet cannot hold this visible shape, my nave.　　（4.14.12-14）

イアロス、いまのおまえの将軍は、まさに
そういうものなのだ。いま、このおれはアントニーだ、
だがこの姿をいつまでも保つことはできまい。

アントニーは龍や獅子に見える雲があっという間に形を失っていくさまを
自分自身に重ね合わせる。「将軍」という権威あってのアントニーは単な
る肉の塊と化す。チャーミアン（Charmian）が「魂が肉体と別れるより、
王者が権力と別れるほうがその苦しさは上と申します」（4.13.5-6）と言
うように、アントニーには過酷な現実となる。

　アクティアムの敗戦後、オクテーヴィアスが服従を誓うクレオパトラに求めたアントニーの身の処し方は、追放か殺害であり、マクベス（Macbeth）が「おれは断じてローマのばかどものように、おのれの剣で死んだりはせぬぞ」（5.8.1-2）[13] という自害などではない。しかしながら、アレグザンドリアの敗因もクレオパトラの裏切りにあると決めつけるアントニーはクレオパトラを殺し、そして、時代錯誤なローマ的流儀である自害をするつもりである。そのような折、アントニーはクレオパトラが自害したという偽りの知らせを受ける。クレオパトラに先を越されたアントニーは「女の勇気ももたぬ」（4.14.59-60）と揶揄され、名誉が損なわれるのを避けたい。このように、アントニーの護身的な自害の動機付けは名誉ある潔い死さえ彼に与えることはない。

```
        [He falls on his sword]
    ANTONY. How, not dead?  Not dead?
        The guard, ho!  O, dispatch me!     （4.14.103-4）
```

（剣の上に身を投げる）
ええい、まだ死ねぬか、まだ！
おい、衛兵！とどめを頼む！

何とも滑稽な場面であるが、アントニーは自害に失敗し、家臣に幇助を求める。生きることへの執着は、自国ローマが教える名誉ある自害という手段によっても、自らの手で、自分自身を征服することを許さない。アントニーは、自害に失敗後、クレオパトラの腕の中で息を引き取るとき、次のように言う。

```
    ANTONY. The miserable change now at my end
        Lament nor sorrow at, but please your thoughts
        In feeding them with those my former fortunes,
        Wherein I lived the greatest prince o'th'world,
        The noblest;     （4.15.53-57）
```

　　おれの末路のこのみじめな変わりようを、
　　嘆き悲しんでくれるな。それよりも、かつておれが
　　もっとも偉大な、もっとも気高い、世界の王者として、
　　華やかにすごした日々を思い起こし、その心を
　　慰めてくれ。

アントニーが最後まで固執していたものは世界王者としての過去の名誉である。過去のことばで語られる虚構の中に、アントニーの未来が存在することはない。
　ポンペー（Pompey）も「名誉」に固執する。ポンペーは、2幕7場、ガリー船上で、三執政官を殺す機会にありながらも、「利益が名誉に先立つのではない、名誉が先なのだ」（2.7.72-73）と、ミーナス（Menas）の奸計を固辞する。ミーナスはこのような好機を名誉のために捨ててしまう主人の判断を、「衰えかけたあなたの運命」（2.7.77）と同一視する。

（3）「寛大さ」"magnanimity"
　また、特筆すべきアントニーの人間性として「寛大さ」"magnanimity"が挙げられる。アントニーは、アレグザンドリアの戦いの前夜、酒宴を開き、従者らの労を労う。

　　ANTONY. ─ Give me thy hand,
　　　　　Thou hast been rightly honest ─ so hast thou ─
　　　　　Thou ─ and thou ─ and you. You have served me well,
　　　　　And kings have been you fellows.　　（4.2.11-14）

　　さあおまえの手を／これまでよく忠実に働いてくれたな─おまえもだ─
　　おまえも─おまえも─おまえも─よく仕えてくれた、
　　同輩には諸国の王たちもいたが。

イノバーバスはアントニーを見捨て、身の回りの物を全て残して、主人の元を去る。そんな家臣の元に、アントニーは、"gentle adieus"（4.5.14）ということばを添えて、残された彼の持ち物を送り届ける。オクテーヴィ

アスに仕える兵士は「おまえの大将はさすがいまなおジュピターだな」
（4.6.29-30）と、アントニーを気前の良い神に喩える。アントニーからオ
クテーヴィアスに寝返ったイノバーバスは良心の呵責に耐えられず、「深
い寛容の心をもつ」（4.9.19）アントニーの名を呼びながら死んでいく。

　この寛大さとは無縁の策略家オクテーヴィアスは信頼している家臣から
裏切られる。オクテーヴィアスの家臣ドラベラ（Dolabella）は、オクテー
ヴィアスがクレオパトラをローマの凱旋の飾りに企てていることを、クレ
オパトラに秘密裏に知らせる。裏をかかれたクレオパトラの自害で、オク
テーヴィアスの計画は台無しになる。

2.　占いへの執着

　2幕3場、アントニーは占い師から、オクテーヴィアスとの勝負、全て
において、必ず敗れると宣告される。オクテーヴィアスの生まれもった幸
運によるものだが、アントニーは自分の力では太刀打ちできない運命の下
僕となる。占い師はアントニーに、彼の勇敢で崇高な守護霊がオクテー
ヴィアスの側では威圧される故に、エジプトに帰るように告げる。その占
いを前にして、アントニーは、オクテーヴィア（Octavia）と政略結婚を
しておきながら、なす術もなく、最終的にエジプトに戻る。マクベスが魔
女からの予言に野心を助長させるのとは異なり、「技ではおれが勝る勝負
事でもやつの運にしてやられる」（2.3.36）と、アントニーは負の連鎖に
陥っていく。

　4幕2場、アレグザンドリアの戦い前夜、アントニーが召使らに給仕を
頼み、「二度とおれの顔を見ることもあるまい、あるとすれば傷だらけの
死体となったおれだ」（4.2.27-28）と言うとき、既に、勝敗は決まってい
た。アントニーの愛するヘラクレスの霊も彼を見捨て立ち去っていく。

3.　クレオパトラへの責任転嫁

　アントニーは、「この強固なエジプトの足枷を断ち切らねば。さもない
と愛に溺れておれ自身を見失うだろう」（1.2.112-113）と自覚している。
しかしながら、妻ファルヴィア（Fulvia）の死の知らせを受けたとき、「女
王の魔力からこの身をふりほどかねば。このまま自堕落にすごしている
と、想像もつかぬほどの無数のわざわいが生じるだろう」（1.2.125-127）

と自戒するものの、クレオパトラへの愛を断ち切ることはできない。

　「おまえは知っていたはずだ、おまえがどこまでおれを征服したかということを、またおれの剣が愛ゆえにもろくなり、なにごとであれ愛の言いなりになることを」（3.11.64-67）と、アントニーはアクティアムでの敗戦をクレオパトラの責任にしようとする。イノバーバスが指摘するように、たとえクレオパトラが両軍の艦隊が威嚇し合う戦争から逃げ出したとしても、アントニーが指揮官としての役割を放棄し彼女を追って逃げて良いはずがない。Bertrand Evans はこのアントニーの責任転嫁について次のように述べている。

　　　アントニーは差し迫った自身の没落に気付き、敗戦の原因がオクテーヴィアスの優勢にあったのではなく、クレオパトラへの愛の隷属よるものであると、世間に知らしめようと目論んでいる[14]。

アレグザンドリアでの更なる敗戦後も、アントニーは理不尽にも、敗戦の原因をクレオパトラに押し付け、怒鳴り付ける。アントニーはクレオパトラを責めることで、「クレオパトラの魔力に囚われたアントニー」という伝説に磨きをかける[15]。

　アントニーの戦の動機は「エジプトの女王のため」（4.14.15）にあった。それならば尚更、愛するクレオパトラのためにも勝ち戦が求められるはずだ。アントニーは、「白い毛が鳶色のに、おまえは軽率だと食ってかかると、おまえこそ臆病でもうろくしているとやり返す始末だ」（3.11.13-15）や「この髪に白いものがまじりはじめた」（4.8.19-20）などと、老いを意識する。一度目は不利な海戦にも関わらず、二度目の初日は陸戦という利点もあり、両戦いに於いて優位に立ちながらも、アントニーは勝利に導くことはできなかった。敗因は「義理」だけに留まることはないだろう。アントニーから戦う士気を奪う老いも否めない。アントニーは、「あの若僧」（3.11.61）オクテーヴィアスとの世代交代の時期にあることを知る。抗うことのできない人生の斜陽を前に、アントニーはかつての名将が自己崩壊していく様に耐えられず、「クレオパトラ」言説を盾に自らの名誉を守ろうと試みたのではないだろうか。

Ⅲ. 盾としての「クレオパトラ」言説

　2幕5場では、クレオパトラが、ローマに帰国したアントニーとオクテーヴィアとの結婚の知らせをもってきた使者を、殴り倒したり、引きずり回したりするという暴力的な側面が描かれている。一方、クレオパトラは、シドナス河では、潜水夫を雇い、川底でアントニーの釣り針に海の魚を付けさせて、彼を喜ばせるという、天真爛漫な女性としても描かれている。

　プルタークはクレオパトラのことを多言語に精通し、知的で魅力的な女性として紹介している。

　　さて、彼女の美しさについては、周知の如く、比類なきものでも、男性を虜にするまでもないが、彼女との会話には一人の男性を魅了するに十分な甘美さがあった。また、彼女の美しさはさておき、上品な話し方、会話や振る舞いの随所に見られる礼儀正しさが心を引きつけた。さらに、彼女の声と話は不思議な程に心地よいものであった[16]。

この劇で描写されるクレオパトラは、プルタークが描くクレオパトラ像とは異なる。

「クレオパトラ」言説の矛盾

　1幕1場の冒頭は、家父長制社会[17]の男性ファイローがステレオタイプなクレオパトラ像を観客に印象付けるという、心理的効果を狙った戦略的な舞台構成である。本橋哲也は、「ローマ人がエジプト人を他者として規定すると同時に、女性というもう一つの他者を、ローマ帝国主義を維持するのに有効なオクテーヴィアのような上層の白人女性とそれを攪乱するクレオパトラのような異人種の女性とに分類しなければならないという強迫観念」[18]に依拠する、「貞女」と「魔女」という二項対立化がローマ支配層の基本的な戦略であると分析している。浜名恵美はクレオパトラの役割について、次のように述べている。

ローマの家父長制や植民地主義の支配的な視線や言説にとって、根源的に異質で、外在的な、征服されるべき絶対の＜他者＞として位置づけられている[19]。

女性はアダムを堕落させたイヴと見なされ、カトリックの説教壇の神父による女性蔑視が、宗教改革後のエリザベス朝時代まで残っていた時代背景から、女性は男性を堕落させるものという構図が出来上がっていた。ローマ家父長制社会の男性を危険に晒すクレオパトラの存在について、浜名が「この他者は、過剰なセクシュアリティ、女性性、母性などを表象するために、ローマの男性性にとっての脅威でもある」[20]と述べているように、クレオパトラはローマ家父長制社会が理想とする伝統的女性像とは差異化された、攻撃的で巧みに男性を操る危険な娼婦となる。

1.　クレオパトラの従順性

　アクティアムの海戦に際し、イノバーバスはクレオパトラに、アントニーと共に出陣すれば、雄馬が雌馬に翻弄されることは周知のことと反対される。しかしながら、クレオパトラはエジプトの元首、男として出陣する決意をする。にも拘らず、海戦を選択するアントニーに、クレオパトラは「海上で！それがいちばんだわ！」(3.7.28) と言い、六十艘の船を申し出るだけで、アントニーが陸戦の名将であることなど忘れ、明確な戦略も示さない。これに対し、マクベス夫人（Lady Macbeth）は、国王になりたい野心をもちながらもダンカン王（Duncan）を殺害してまで目的を達することに少なからず戸惑いを覚えるマクベスを、国王殺害に向け、誘導していく。そして、自ら手を血で染めていく。Grene はアントニーとマクベスについて、「私たちが実際目の当たりにしているものは、男性の支配の道具に過ぎない女性によって支配されている男性」[21]と分析しているが、1幕1場、自堕落に暮らすアントニーがローマからの使者を蔑ろにするとき、クレオパトラはアントニーに使者に会うよう促し、「ここにぐずぐずしていてはいけないわ」(1.1.28) と、エジプトに赴任しているという自覚を促すが、牛耳ることはない。

　アクティアムの敗戦で失意にあるアントニーにクレオパトラは理不尽にも責められる。

CLEOPATRA. O my lord, my lord,
      Forgive my fearful sails! I little thought
      You would have followed.   （3.11.53-5）
CLEOPATRA. Pardon, pardon!   （3.11.67）

ああ、あなた、臆病風に吹かれた
私の船の帆を許して！ついておいでになるとは
思ってもみなかったので。

ああ、許して！

クレオパトラは女性として戦いが恐ろしくなったから逃げたという、単純な構図が見えてくる。また、アレグザンドリアの陸戦の早朝、戦の準備をするアントニーに、「もう少しお休みになったら」（4.4.2）と声を掛けるクレオパトラのことばから、彼女が如何に戦い無頓着であるのかが分かる。また、再度、アレグザンドリアの敗戦後の行き場のない怒りをアントニーから受けるとき、チャーミアンから死んだ振りを提案されたクレオパトラは、素直にその指示に従う。クレオパトラはアントニーに言い訳はすれども口答えすることはなく、主従関係を転覆させることはない。
　一方、オクテーヴィアは、ミシーナス（Maecenas）が彼女を念頭に置いて、「もし美と、英知と、貞節が、アントニーの心を落ちつかせることができるなら」（2.2.251-252）と言うように、「クレオパトラ」の対立概念として、家父長制社会が理想とする伝統的な女性として語られる[22]。しかしながら、語られることばと実像には齟齬が見られる。オクテーヴィアは夫アントニーと弟オクテーヴィアスの和解に向けた仲介役を自分の意志で務め、伝統的な女性の性的役割を逸脱する。また、3幕2場、オクテーヴィアは、政略結婚を済ませ、オクテーヴィアスとの別れ際、夫アントニーの目の前で、オクテーヴィアスに耳打ちをする。このオクテーヴィアの行動は近親相姦的であり、美徳や貞節像からは乖離する。また、アントニーの先妻ファルヴィアも、義理の弟ルーシアス（Lucius）討伐のため、先頭に立ち出陣するという女性として描かれている。アントニーによると、ファルヴィアは短気で手に負えない女性であり、彼をエジプトか

ら呼び戻すために戦争を始めている。オクテーヴィアやファルヴィアが積
極的に男性社会に関わるのに対し、クレオパトラは家父長制社会が理想と
する伝統的な女性の性的役割の域を脱していない。

2.　クレオパトラの純粋な愛

　開幕時、アントニーは、後に病死をする妻ファルヴィアをローマに残し
てきた。その後、3幕2場、オクテーヴィアスの姉オクテーヴィアと政略
結婚をするが、その間、クレオパトラとの関係は継続する[23]。
　1幕2場、アントニーはクレオパトラの愛を「足枷」（1.2.112）と表
現し、赴任先エジプトでの自堕落な生活はクレオパトラの狡猾さにある
と思い込んでいる。

> ANTONY. She is cunning past man's thought.
> ENOBARBUS. Alack, sir, no, her passions are made of nothing but
> 　　　　　the finest part of pure love.　　（1.2.141-143）

> アントニー　　あの女の芝居のうまさはわれわれの想像を絶している
> 　　　　　　　のだ。
> イノバーバス　いや、とんでもない、あの人の情熱はまじりけなしの
> 　　　　　　　純粋な愛そのものです。

しかしながら、傍でクレオパトラを見てきたイノバーバスは、その狡猾さ
を否定し、彼女に純粋な愛を見る。
　事実、アントニーがローマに立ってからは、使者を代わる代わる二十人、
彼の元に遣わす程に、クレオパトラの頭の中は、彼のことで一杯である。
クレオパトラは、ジュリアス・シーザー（Julias Caesar）を愛していた
ときも、彼のことを想い、彼の名前ばかり口に出していたことを、チャー
ミアンから冷やかされる。相手が変われども、クレオパトラには、一人
の男性にきちんと向き合う純粋な愛の姿が見られる。そこには、「クレ
オパトラ」言説にある＜娼婦＞のような淫乱な女性としての姿は見られ
ない。

シェイクスピア作品研究

3. クレオパトラの自己表象
（1）家父長制社会が理想とする伝統的な女性を座標軸にして

>CLEOPATRA. Think on me,
>　　　That am with Phoebus' amorous pinches black
>　　　And wrinkled deep in time.　　（1.5.28-30）

>　考えていてくださるかしら、
>　日の神フィーバスにかわいがられて肌をこがし、
>　時の手で皺を刻まれた私のことを？

　クレオパトラは、肌が白くないことを、顔に皺が刻まれていることと同じテーブルで並置する。クレオパトラは白い肌に価値基準を置いている[24]。

　クレオパトラは、オクテーヴィアスの凱旋の飾りになれば、ローマでは「黄色い声の小僧が演じるクレオパトラは淫売婦然として」（5.2.218-220）、見世物にされ、女王としての品位が汚されることを危惧する。クレオパトラの脳裏には「貞節」の対極に「淫売婦」があり、「貞節」の方に座標軸がある。

　クレオパトラはアントニーとオクテーヴィアとの再婚の報告を受けるとき、オクテーヴィアの容姿の方が気に掛かる。オクテーヴィアの背の丈はクレオパトラより低く、低い声をしており、歩き方には威厳が無く、未亡人で、三十歳位で、丸顔で、髪は鶯色で、狭い額をしていることを知るや否や、「たいした女ではないらしい」（3.3.40）と安心する[25]。

　これらの例から、クレオパトラの自己及び他者の評価基準は家父長制社会が理想とする伝統的な女性像になっていることが分かる。

（2）「供え物」或いは「弱きもの」としての女性

>CLEOPATRA. Broad-fronted Caesar,
>　　　When thou wast here above the ground I was
>　　　<u>A morsel</u> for a monarch. And great Pompey

　　　Would stand and make his eyes grow in my brow;
　　　（1.5.30-33,　下線は論者）

　額の秀でたジュリアス・シーザーがこの世にあったとき、私は
　帝王にふさわしい供え物だった。大ポンペーも
　その目を私の額から離さず、そこに視線の錨をおろし

クレオパトラは自分が「帝王にふさわしい供え物だった」こと、つまり、女性が男性の「供え物」であることを自慢さえしている。アクティアムの敗戦後、オクテーヴィアスから送られてきた使者に、クレオパトラは、一度は、「エジプトの女王の運命をゆだねます」（3.13.78-79）と服従する旨を伝える。そのことを知ったアントニーはクレオパトラと同じ表現を使い慣る。

　　　ANTONY. I found you as a morsel cold upon
　　　　　Dead Caesar's trencher; nay, you were a fragment
　　　　　Of Cneius Pompey's,　　（3.13.119-121,　下線は論者）

　おれがはじめて会ったとき、
　おまえは死んだシーザーの皿の冷たい食い残しだった、
　いや、ニーアス・ポンペーのこぼした食いかすだった

クレオパトラはシーザーの皿の「冷たい食い残し」であり、ポンペーの「こぼした食いかす」と揶揄される。これら二人の台詞から、アントニーの「女性は男性の食べ物（或いは供え物）」という価値基準をクレオパトラも共有していることが分かる。
　5幕2場、アントニーの死後、クレオパトラはオクテーヴィアスに、「これまでしばしば女性の名誉を汚してきた心の弱さをこの身も背負ってきました」"I have / Been laden with like frailties which before / Have often shamed our sex"（5.2.121-123）と告白する。ハムレット（Hamlet）が母ガートルード（Gertrude）の早過ぎる再婚に、「心弱きもの、おまえの名は女！」"frailty, thy name is woman"（1.2.146）と言うように、クレ

オパトラも、「心弱きもの」が女性の属性であることを認識している。この劇では、クレオパトラはアントニーの愛人である。愛人と承知の上、クレオパトラはアントニーへの愛を断ち切れない、それが、女性の弱さとして表現されているが、愛人であることの後ろめたさは、貞節という価値基準からくる。

4. イノバーバスが語るクレオパトラ像

イノバーバスは、「天下国家の大義にくらべれば、女などとるにたらぬ存在です」(1.2.134-140) と、女性を卑下しながらも、クレオパトラの魅力は認めざるを得ない。イノバーバスは、2幕2場、シドナス河でアントニーを一目惚れさせたときのクレオパトラの魅力を語る。

> ENOBARBUS. The purple the sails, and so perfumed that
> The winds were <u>lovesick</u> with them. The oars were silver,
> Which to the tune of flutes kept stroke, and made
> The water which they beat to follow faster,
> As <u>amorous</u> of their strokes. For her own person,
> It beggared all description: she did lie
> In her pavilion-cloth of gold, of tissue-
> O'erpicturing that Venus where we see
> The fancy outwork nature.
> (2.2.203-11, 下線は論者)

帆は真紅、それにかぐわしい香りをたきこめてあるので、
風も恋わずらいに身をこがしていた、櫂は銀、
それが笛の音にあわせてやさしく水をうつので、
波もその愛撫を求めてわれ先にと追い慕っていた。
あの女その人と言えば、いかなる美辞麗句も
たちまち枯渇するほどのものであった、金糸と絹を
織りなした天蓋のなかに身を横たえたその姿は、
想像が自然を越えることを示す画中のヴィーナスを
はるかに越える美しさであった。

同じ描写をプルタークのものと比較してみたい。

> [...] the sails of purple, and the oars of silver, which kept stroke in rowing after the sound of the music of flutes, howboys, citherns, viols and such other instruments as they played upon in the barge. And now for the person of herself: she was laid under a pavilion of cloth of gold of tissue, apparelled and attired like the goddess Venus commonly drawn in picture; [26]

> 真紅の帆、そして、銀の櫂、これらは、フルート、オーボー、シター ン、ヴィオル、そして、船の上で演奏される他の楽器の音色に合わせ、 漕ぎ続けた。さて、彼女についてだが、彼女は、薄絹に金糸の織り込 まれた天蓋の中で、絵画で一般的に描かれる女神ヴィーナスのような 衣装を纏い、横たえていた。

David Bevington が「マルスとヴィーナスという記号は詳細なことばを もたず、ルネサンスの伝統には付きものであった」[27]と論じているよう に、両者に於いて、ヴィーナスのイコンがクレオパトラ像を具体化する。 プルタークは、クレオパトラについては、「絵画で一般的に描かれる女神 ヴィーナス」のような姿に留めている。しかしながら、イノバーバスは、 "lovesick" や "amorous" などのことばで魅惑的な情景描写の上に、「想像 が自然を超えることを示す画中のヴィーナスをはるかに超える美しさで あった」（2.2.209-211）と、彼の主観が織り成す虚構として、過剰なセク シュアリティをクレオパトラ像に付与している。アントニーがクレオパト ラを捨てることはないと、イノバーバスが豪語する理由は、彼女の変わ らぬ容姿や飽きを感じさせない魅力にある。イノバーバスも又、「ほかの 女は男を満足させれば飽きられる、ところが女王は満足させたとたんに さらに欲しがられる」（2.2.246-248）と、クレオパトラを男性の食欲で喩 える。

　アレグザンドリアの敗戦後、クレオパトラにとって、エジプトを守る唯 一の方法は、オクテーヴィアスに服従することしか残されていない。しか

しながら、クレオパトラはエジプトの女王としてローマの勝利の凱旋の飾りになり、ローマ市民から屈辱を受けることに耐えられないが、それ以上に、「愚鈍なオクテーヴィアのまなざしの鞭」（5.2.53-54）を受け、恋敵の目の前で恥を晒すことだけは避けたい。そうなれば、クレオパトラには、「私こそ私の征服者」（4.14.62）とオクテーヴィアスに知らしめるしか、道は残されていない。

> CLEOPATRA. Peace, peace!
> Dost thou not see my baby at my breast,
> That sucks the nurse asleep? (5.2.302-304)

シーッ、静かに！
これが見えないの、赤子が私の胸で乳を吸い、乳母を
寝かしつけているのが？

クレオパトラは蛇を赤子に見立て、乳を吸わせる母親の姿で、ローマ的流儀に倣い自害を遂げる。しかしながら、その母親と赤子の役割は転覆し、蛇である赤子に母親は寝かし付けられる。エジプトの女王としてローマに服従することで国民を守るという責務は見られず、一個人としての女性の姿がある。浜名は、5幕2場で自殺の決意を固めたクレオパトラは、ローマ人の妻、アントニーの大理石のような堅固な妻という伝統的な性的役割に移行して行くと[28]、指摘する。確かに、自害に際しては、「女の気持など微塵もない」（5.2.237-238）と言うが、それは女性性を捨てることと同義語では語られていない。自害という行為にはそれだけ強い決意が求められるということである。しかしながら、クレオパトラは、これまで考察してきたように、初めから、家父長制社会が理想とする伝統的な女性としての性的役割の範疇にあった。また、アレグザンドリアの戦いにアントニーを送り出すとき、クレオパトラは「この大戦がシーザーとの一騎打ちで決着をつけれるものなら！」（4.4.36-37）と願うように、クレオパトラも時代錯誤な人間を生きていた。クレオパトラは「クレオパトラ」言説の犠牲となり、アントニーの没落に多大な影響を与えた狡猾な魔女とされていた。

IV.　結語

　Howard Felperin は「この劇の主要な曖昧さは古い世界と新しい世界の並置から生じている」[29]と指摘する。確かに、この劇には、ローマという家父長制社会が体現する男性社会及び政治の世界、クレオパトラが女王の、去勢された宦官が仕えるエジプトという女性社会及び酒宴が前景化される祝祭世界という二項対立の世界に、新旧の世界観が並置されている。この劇に、浜名は、英雄としての威厳をもちながらも愛に溺れるアントニーがもたらす二国間での宙吊り感（換言すれば、家父長制社会の価値観とそれに相反するもの）と、エジプトの女王であり国王でもあるという二重のジェンダーをもつクレオパトラの流動的ジェンダー性を指摘する[30]。しかしながら、アントニーは、開幕時は自堕落な執政官として、やがて、時代錯誤な去勢された将軍として、そして、老いを抱えた弱者として、最後までエジプトが体現する女性社会という社会の周縁にいた。一方、クレオパトラについては、流動的なジェンダーというよりはむしろ、エジプトの女王でありながらローマ家父長制社会が理想とする伝統的な女性像に価値基準を置いて生きるという矛盾、つまり、「クレオパトラ」言説への矛盾が、舞台に曖昧な世界観をもたらしているのではないだろうか。
　史実に沿えば、開幕時、アントニーは四十三歳、クレオパトラは二十九歳、オクテーヴィアスは二十三歳とされる。アクティアムの海戦はその九年後であるから、アントニーは既に齢五十を超えている。若いオクテーヴィアスに実権を握られることへの焦りと錆びていく自身の剣を前に、アントニーは勝利のビジョンを描くことができない程に士気を低下させていく。4幕4場、アレクサンドリア戦の初日の朝、アントニーはクレオパトラに「おまえはおれの心に鎧を着せてくれればいい」（4.4.6-7）と言う。戦場でのアントニーの鎧はクレオパトラの心の鎧という脆弱なものであり、占いという足枷のついた重い鎧でもあった。
　アントニーは「クレオパトラ」言説を盾にして、自分自身よる凋落の事実を葬り去ろうとしたのではないだろうか。
　アントニーの魅力は策士とは対極にある義理や人情に溢れた人柄にある。そのようなアントニーをクレオパトラは愛し、自害に逡巡することなく、天国での逢瀬に飛び立つ。

註

※ この論文は福岡女子大学英文学会 *KASUMIGAOKA REVIEW* 第 13 号（福岡：福岡女子大学英文学会, 2007）に掲載された 'Antony's Dissolution within the Discourse of Cleopatra' を日本語に直し、改題、加筆、修正をしたものである。（73-79）

1 A. P. Riemer, *A Reading of Shakespeare's Antony and Cleopatra* (Sydney University Press, 1968) p. 82.

2 Linda Woodbridge, "Egyptian Queens and Male Reviewers: Sexist Attitudes in *Antony and Cleopatra* Criticism," *Shakespeare: An Anthology of Criticism and Theory 1945-2000,* ed., Russ McDonald (Oxford: Blackwell, 2004) 570-590. 571.

3 Homi K.Bhabha, "The Other Question: Difference, Discrimination and the Discourse of Colonialism," *Out There: Marginalization and Contemporary Cultures* eds., Russell Ferguson and Martha Gever (New York: The New Museum of Contemporary Art, 1990) 71-87, 80.

4 青山誠子『シェイクスピアにおける悲劇と変容－リア王からあらしへ』（東京：開文社, 1985）p. 205.

5 *Antony and Cleopatra* からの引用及び行数表示は全て、David Bevington, ed., *Antony and Cleopatra* (Cambridge University Press, 1990) による。和訳は全て『アントニーとクレオパトラ』小田島雄志訳（東京：白水社, 1988）による。

6 Bevington, Notes to 78-79.

7 Frank Kermode は、"world" ということばがこの劇のテーマや野望と関連し、弁別的に使用されていると論じている。Frank Kermode, "Language: Critical Extracts," *Shakespeare's Tragedy,* ed., Emma Smith (Oxford: Blackwell, 2004) 149-161. 152. 例えば、"The triple pillar of the world" (1.1.12) は現実の "world" を示し、その対極にあるのが "Here is my space" (1.1.36) の "sphere or space" であるが、この劇では両者が弁別的に使用されている。ミーナスがポンペーに三執政官暗殺をもちかけるときの台詞、"Wilt thou be lord of the whole world" (2.7.57) でも、現実の世界を指す。

8 Richard C. McCoy, *The Rites of Knighthood* (Berkeley: University of California Press, 1989) pp. 14-15.

9 「感傷、涙もろさ」などと訳されるが、騎士道的な「義理」としたい。

10 Wilbur Sanders and Howard Jacobson, *Shakespeare's Magnanimity* (London:

Chatto and Windus, 1978) p. 100.

11 Nicholas Grene, *Shakespeare's Tragic Imagination* (Basingstoke: Macmillan, 1992) p. 226.

12 *The Tragedy of King Lear* からの引用及び行数表示は全て、Jay L. Halio, ed., *The Tragedy of King Lear* (Cambridge: Cambridge University, 1992) による。

13 *Macbeth* からの引用及び行数表示は全て A. R. Braunmuller, ed., *Macbeth* (Cambridge: Cambridge University Press,1997) による。和訳は全て『マクベス』小田島雄志訳（東京：白水社，2001）による。

14 Bertrand Evans, *Shakespeare's Tragic Practice* (Oxford: Oxford University Press, 1979) p. 257.

15 Evans p. 263.

16 T. J. B. Spencer, ed., *Shakespeare's Plutarch* (Harmondsworth: Penguin, 1964) p. 203.

17 ローマは家父長制の縮図とされ、政治的支配者は家長のような支配権を占有し、子である人民に対して、保護と抑圧、温情と懲戒を自由に行使したとされる。浜名恵美「性の政治学／解釈の政治学―『アントニーとクレオパトラ』を読む―」『シェイクスピアの歴史』日本シェイクスピア協会編（東京：研究社，2004）215-233. 216.

18 本橋哲也『本当はこわいシェイクスピア―＜性＞と＜植民地＞の渦中へ』（東京：講談社，2004）p. 199.

19 浜名 228.

20 浜名 228.

21 Grene p. 225.

22 他には、「美しさ」（2.2.136）、「徳の高さ、教養の広さ」（2.2.138）、「清らかで、冷たくて、口数が少ない女」（2.6.120）と描写されている。

23 アントニーはオクテーヴィアとの結婚を提案されたとき、「おれには妻はないのだ」（2.2.131）と言う。Plutarch の "Antonius had been widower ever since the death of his wife Fulvia. For he denied not that he kept Cleopatra; but so did he not confess that he had her his wife (Spencer 210)" に依拠しているとされる。

24 史実上のクレオパトラの人種はマケドニア・ギリシャ系で、ネグロイド系のハム人種であるエジプト人の血は混じっていない「純粋の白人種」と言われている（本橋 188）。

25 額は広い方が美人とされていた。"I conjure thee by Rosaline's bright eyes, / By her high forehead and her scarlet lip, / By her fine foot…." (*Rom.* 2.1.17-19). *Romeo and Juliet* からの引用及び行数表示は全て G. Blakemore Evans, ed.,

Romeo and Juliet (Cambridge: Cambridge University, 2003) による。

26 Spencer p. 201.
27 Bevington, Introduction to 36.
28 浜名 229-230.
29 Howard Felperin, *Shakespearean Representation* (Princeton: Princeton University Press, 1977) p. 106.
30 浜名 226-229.

Ⅱ
ドラマツルギーとしての大衆祝祭的な結婚表象

第 1 章　　　　　　『ハムレット』
―下部構造をなす結婚解消儀式―

　『オセロー』（*Othello*, 1604）では、オセロー（Othello）とデズデモー
ナ（Desdemona）の、当時の社会道徳を逸脱した白人と黒人という異人
種間の、年齢差のある、さらには、娘が父親の意思に逆らうという、幾
重にも障壁のある結婚が描かれている。一方、『ハムレット』（*Hamlet*,
1601）でも、夫の死後の間もない、しかも近親相姦という社会道徳に
逸脱した結婚が描かれている。これらの不適切な結婚は、共同体による
祝祭的儀式であるシャリヴァリのもとに非難攻撃を受ける要因となる。
Michael Bristol は近代初期のヨーロッパに見られたシャリヴァリの社会
的慣習からくる「結婚解消」の儀式が『オセロー』の下部構造にあること
を論じた[1]。つまり、オセローは大衆祝祭的な道化的花婿として嘲笑と罵
倒の客体になっているのだ。Bristol は、『オセロー』の芝居構造は社会制
度としての結婚のカーニヴァル的錯乱の様相を呈し、その制度内の異性
的欲望の矛盾的役割の具体例ではないかと提案する[2]。つまり、それは、
階級差のある、尚且つ、美しい白人女性とムーア人とが互いに惹かれあ
うという、異種混交のカーニヴァル的錯乱を意味する。人種差別に対す
る罪悪感が希薄であった当時の観客は、主役たちの喜劇的除け者のドラ
マツルギーを容易に受容したとされる[3]。フランソワ・ラロック（François
Laroque）は、『ハムレット』の冒頭に存在する婚礼と葬儀という二つの
私的祝祭の並列から、「最初から祝祭が暴力と綯い交ぜであり、流血によ
る結末は不可避であった」[4]と述べている。
　シャリヴァリとは、「かつて、特にフランスで、年齢が離れ過ぎた結婚
をした者や、夫の死後直ぐに再婚した女性などを非難する行為であり、鍋
や釜を叩いて囃し立て、共同体が演じる騒がしい祝祭的な非難攻撃の慣
行、及び、その喧騒のこと」[5]を言う。エリザベス朝のイングランドでも、
シャリヴァリはスキミントンとも呼ばれ、青年講社の習慣として存在して
いた[6]。一般的にはセクシャリティーの全体的監視が目的である。鍋や釜
のような調理場のイメージは、巨大な、全世界に広がる台所として描かれ

るカトリック教会の比喩であり、調理場のもつ普遍的意義を内包する。ま
た、後には、プロテスタントの風刺的な意味、つまり、カトリックの教会
や儀式を物質的・肉体的下層（調理場のイメージなど）に移すことによっ
て格下げを内包するようにもなった[7]。カーニヴァルと同属に挙げられる
シャリヴァリも通常の軌道を逸脱した生を表象し、「裏返しにされた」、つ
まり「あべこべの」世界を象徴する[8]。

　本論の目的は、『ハムレット』にも『オセロー』と同様に、シャリヴァ
リの「結婚解消」の儀式が下部構造をなしていることを考察することであ
る。

Ⅰ．道化と服装倒錯者と「結婚の非難」

　婚姻関係とは夫婦が社会的及び儀式的に承認され「再生産関係」を満た
し維持する責任共同体である[9]。近代初期の結婚の儀式的形式は、シャリ
ヴァリの形で結婚の祝宴のパロディ的ダブリング（代演）を伴っていた。
大衆文化の両義性はパロディ作用と世界を転覆させる力を特徴とする[10]。
このダブリングは、三人組の演劇的エイジェント（代理人）―道化 "the
clown"（花婿を表象）、服装倒錯者 "the transvestite"（花嫁を表象）、「結
婚の非難」"the scourge of marriage"（黒服を着せられることが多く、独
り者の男性あるいは「青年」を表象）―に相当するカーニヴァル的舞台衣
装によって組織される[11]。これら三人組は、結婚式の三人―花嫁、花婿、
司祭―をパロディ化し、当事者と一緒になって結婚式のまがいものを演じ
てみせる。『ハムレット』において、クローディアス（Claudius）とガー
トルード（Gertrude）は結婚式における花婿と花嫁の当事者であり、ま
た、パロディ的ダブリングの道化と服装倒錯者という両義性を担ってい
る。シャリヴァリを舞台化するには、社会規範を逸脱した結婚を解消させ
る目的のために、進行係を担う一人の大衆祝祭的「首謀者」が必要とさ
れた。ハムレット（Hamlet）は、パロディ的ダブリングの「結婚の非難」
に従事するとともに、この大衆祝祭的シャリヴァリの首謀者も兼ねてい
る。首謀者は「性的欲望そのもののネメシス（人間に罰を与える女神）と
して機能し、予定された契約を破棄しようとすることもある」[12]。実際の

シャリヴァリの場では、新婚の夫婦そのものが世間の笑いものになり、厳しい罰を受けることもあった。

1.「道化」（花婿）を演じるクローディアス

　この劇の冒頭の婚礼と葬儀の並列は、両義的祝祭の形を呈している。つまり、クローディアスが、既に悲劇的道化、或いはカーニヴァルの偽王、又は無礼講の王に過ぎないことが示唆されているのだ。王としての在位期間が農神祭中の偽王の執政期間と類似して短いのもこの特徴の一つに挙げられる[13]。

　この道化の仮面はミハイル・バフチン（Mikhail Bakhtin）の言葉を借りれば「他者になる権利」、すなわち、「アイデンティティの拒否」である[14]。ハムレットはクローディアスからイングランド行きを告げられる。その時、ハムレットはクローディアスのアイデンティティの同一化を拒む。

　　　HAMLET. I see a cherub that sees them. But come, for England.
　　　　　　Farewell, <u>dear mother.</u>
　　　KING.　　　　　　　　　　<u>Thy loving father</u>, Hamlet.
　　　HAMLET. <u>My mother</u>. Father and mother is man and wife.
　　　　　　Man and wife is one flesh. So ― <u>my mother</u>.
　　　　　　Come, for England!　　（4.3.47-51,　下線は論者）[15]

　　　ハムレット　その気持ちを見抜いている天使が目に見える。まあいい。
　　　　　　　　　さあイギリス行きだ！行ってまいります、母上。
　　　王　　　　　おまえの父だぞ、ハムレット。
　　　ハムレット　母上です。父と母は夫と妻、夫と妻は一心同体、したがって、
　　　　　　　　　母上。さあ、イギリス行きだ！

クローディアスは王妃ガートルードとの再婚で国王の地位に就いた。ゆえに、このハムレットの台詞には、夫婦間の転覆した力関係に対する暗黙裡の皮肉が込められている。つまり、ガートルードは、その地位において、配偶者クローディアスを支配下におく夫である。両者の転覆した関係性に

おいては、正にその逆、クローディアスが妻の役割を担うことになり、延いては、ハムレットの母親となる。これは、道化の役割を担うクローディアスのアイデンティティが同一化されるのを拒む様相を示す。また、「夫婦一心同体」[16]というハムレットの台詞は聖書からの引用であり、あたかも彼が結婚式での司祭役を演じているかのようだ。

　また、シャリヴァリのパロディにおいて、花婿はステレオタイプの道化又は野暮天として表象される。3幕4場、ガートルードの居室にて、ハムレットは彼女に先王とクローディアスの絵姿を比較して見せる。

> HAMLET. Look you now what follows;
> 　　　　Here is your husband like a mildewed ear
> 　　　　Blasting his wholesome brother. Have you eyes?
> 　　　　Could you on this fair mountain leave to feed
> 　　　　And batten on this moor?　　（3.4.61-65, 下線部は論者）

> こちらはどうです、
> あなたのいまの夫、かびの生えた麦の穂のように
> すこやかなその兄までも枯らしたやつだ。
> あなたには目があるのですか？美しい山の草地をすて、
> この泥沼に餌をあさるとは？

上記引用下線部に明白なように、ハムレットはクローディアスのことを「かびの生えた麦の穂」や「泥沼」と表象する。"moor" という言葉の響きも、当時、嘲笑と罵倒のイメージを担っていた「ムーア人」という言葉と融合する[17]。

> HAMLET.　　　　　A murderer and a villain,
> 　　　　A slave that is not twentieth part the kith
> 　　　　Of your precedent lord, a vice of kings,
> 　　　　A cutpurse of the empire and the rule,
> 　　　　That from a shelf the precious diadem stole
> 　　　　And put it in his pocket, ―

QUEEN.　　No more!
HAMLET.　　　　－ a king of shreds and patches －
　　　　　　（3.4.94-99，下線は論者）

ハムレット　　人殺しの大悪党、
　　　　　　　前の夫にくらべれば爪の垢にもたりない
　　　　　　　下司下郎、王を演じるおどけ役、
　　　　　　　尊い王冠をあるべき額から盗みとり、
　　　　　　　至上の大権を汚れた手でかすめとって
　　　　　　　わがものとした王国泥棒―
王妃　　　　　もうやめておくれ。
ハムレット　　まだら衣装の道化の王―

また、ハムレットは、「王を演じるおどけ役」や「まだら衣装の道化の王」
というクローディアス表象をとおし、彼を道化的花婿に作り上げている。
明らかに、この劇には道化的花婿に対する喜劇的除け者の構造が存在する
のである。
　一方、クローディアスは当事者として複雑な様相を呈している。

KING. Therefore our sometime sister, now our queen,
　　Th'imperial jointress to this warlike state,
　　Have we, as 'twere with a defeated joy,
　　With an auspicious and dropping eye,
　　With mirth in funeral and with dirge in marriage,
　　In equal scale weighing delight and dole,
　　Taken to wife.　　（1.2.8-14，下線は論者）

それゆえにこそわしは、かつての姉を妃とし、
この武勇の国の王位をわかち合うことにした。
わしはいわば、うちひしがれた喜びをもって―
つまり片目には喜びを、片目には涙をたたえ、
葬儀には歓喜の調べを、婚礼には挽歌を奏し、

幸と不幸を胸の秤にひとしくかける思いで―
これを妻にしたのだ。

クローディアスが結婚の披露を兼ねた戴冠式で語る「葬儀には歓喜の調べ」や「婚礼には挽歌」等の撞着語法の修辞的技巧を凝らした台詞には、たとえ、先王の死から間もない時期での祝辞としても、二人の社会規範を逸脱した結婚が体現する、「喜び」と「後ろめたさ」が共存する。正式な結婚とシャリヴァリとしてのパロディ的儀式の共存が、厳粛な結婚の儀式と嘲笑と罵倒の儀式の両義性を体現するが如く、クローディアスの台詞には、不適切な結婚に反対して共同体が演じる祝祭的な非難攻撃を掻い潜ろうとする姿勢が見られる。

2.「服装倒錯者」（花嫁）を演じるガートルード

　近代初期の大衆文化のコンテキストでは、男性が女装することと、女役を演じることはシャリヴァリやその他の様々な祝祭的行事の折には一般的であった。このような習慣は、一つには社会的規範に逸脱した女性の具現化、及び挑発する女性に対する「恐怖」を表現することにあった。同時期に広がっていた女性嫌悪の風潮の中では、女性と女性がもつ欲望は社会的ヒエラルキーを転覆させる脅威と見なされていた[18]。カーニヴァルに女装で現れる青少年は女性的なものをグロテスクに誇張することで、「女性を本来の場所に戻す」ことに従事していた[19]。また、男性が女性役を演じることはエリザベス朝とジェームズ朝のドラマツルギーであった。女性の役を演じる少年俳優の女性性は男性としての視点をとおし、「少年俳優の肉体の中に客体化された女性的人工物」[20]を構築していった。

　ガートルードは花嫁の衣装を纏ってはいるものの、クローディアスに王という冠を与えたことにおいて、絶対的に君臨する王妃であり、つまり、女装をした男性であり、正しく、服装倒錯者となる。先夫の弟クローディアスと王妃ガートルードの結婚がもたらす夫婦間の倒錯した世界と、夫の死後間もない、しかも近親相姦による性的倒錯を社会的規範から逸脱した花嫁として、ガートルードの反社会的行動は舞台に上げられ、嘲笑と罵倒の標的となる。

3. 「結婚の非難」を演じるハムレット

『オセロー』の冒頭で、オセローとデズデモーナとの関係を妬むイアーゴー（Iago）は、夜中にもかかわらず、ブラバンショー（Brabantio）の家の前で大声を上げて騒ぐ。

> RODERIGO. What ho, Brabantio! Signior Brabantio, ho!
> IAGO. Awake! What ho, Brabantio! Thieves, thieves!
> 　Look to your house, your daughter, and your bags!
> 　Thieves, thieves!　　(1.1.79-82) [21]

> ロダリーゴー　　おーい！ブラバンショー、ブラバンショー閣下、たいへんだ！
> イアーゴー　　起きろ！ブラバンショー、泥棒だ、泥棒だ、泥棒だ！
> 　　大丈夫か、お宅は、お嬢さんは、金袋は！
> 　　泥棒だ、泥棒だ！

Bristol はこの「イアーゴーの罵詈雑言、大げさな喧騒、暴力的な支配などの即興的行為をカーニヴァル的騒動の記号、すなわち、この芝居の中心人物の結婚に抗議して組織化されたシャリヴァリの記号」[22] と結びつけている。オセローとデズデモーナの結婚解消に対するイアーゴーの原動力はハムレットのそれに似ている。

　シャリヴァリの儀式のパロディ的ダブリングの「結婚の非難」は黒服を着た独り者の男性あるいは青年である。『ハムレット』の1幕2場、クローディアスの戴冠と結婚を祝う席に、ハムレットは黒服姿で現れ、ガートルードから嗜められる。

> QUEEN. Good Hamlet, cast <u>thy knighted colour</u> off
> 　And let thine eye look like a friend on Denmark.
> 　（1.2.68-69, 下線は論者）

　ハムレット、その夜に閉ざされた顔色をはらいのけ、

あかるい親しみのまなざしを国王にお向けなさい。

この "thy knighted colour" とは、「黒の喪服」と「悲しみに沈んだ振る舞い」
"mournful behaviour" の両方を意味する[23]。この王妃からの叱責に対して、
ハムレットは次のように言う。

> HAMLET. 'Seems' madam — nay it is, I know not 'seems'.
>   'Tis not alone <u>my inky cloak</u>, cold mother,
>   Nor <u>customary suits of solemn black</u>,
>   Nor windy suspiration of forced breath,
>   No, nor the fruitful river in the eye,
>   Nor the dejected haviour of the visage,
>   Together with all forms, moods, shapes of grief,
>   That can denote me truly.　　（1.2. 77-83, 下線は論者）

見えるですって、母上！いや真実そうなのだ。
見えるとやらは知りません。この黒い上着、
しきたりどおりのものものしい喪服だけで、
いや、わざとらしく天を仰いでの長溜息、
目からあふれこぼれる川のような涙、
うちひしがれて憂いにゆがむ顔、
その他ありとあらゆる悲しみの姿、形、表情も、
私の真実をあらわしてはいません。

> HAMLET. But I have that within which passes show,
>   These but the trappings and <u>the suits of woe</u>.
>   （1.2.85-86, 下線は論者）

だが私の心のなかには見せかけを越えるものがある。
目に見えるのは悲しみの飾り、お仕着せにすぎません。

ハムレットは、執拗なまでに誇張表現を駆使し、先王を失った悲しみと、

王妃と叔父の再婚に対する複雑な思いを語る。ハムレットの言葉が纏う過剰なまでに美しく飾られた悲しみの衣装も大衆祝祭的なグロテスクの象徴である。ハムレットの佯狂も世の中を欺く仮面である。因みに、ケネス・ブラナー（Kenneth Branagh）監督、主演映画『ハムレット』（1996）では、クローディアスとガートルードが戴冠式と婚礼に相応しい豪華な衣装に身を包む中、ハムレットは黒い喪服を纏い登場する。その異様な光景は大衆祝祭的演出以外の何ものでもない。

　『オセロー』における「結婚の非難」役イアーゴーはバフチンのいう「笑わない者」或いは「苦虫族」"agelast"[24]を体現しているのだが、ハムレットも然りである。Bristol は、このような人物について、一般に「偽善と偽装のネメシスを装って現われ、曖昧性批判と欺瞞への意思とを公言する社会的／認知論的プロセスの重要な異型であり、エロティックな愛着の否認とエロティックな想像力を軽蔑的に扱う」[25]ものと定義している。

　3幕4場、ガートルードの居室の場面、ハムレットがガートルードに浴びせる機関銃のような言葉による非難の嵐は、シャリヴァリの鍋や釜を叩いて囃し立てる喧騒を想起させる。ブラナー監督の映画でのハムレットには、カーニヴァルの解放的なシンボルである、無遠慮な広場での発話、露骨な言葉使い、罵倒や嘲笑など[26]が顕著に演出されている。

　要約すれば、ハムレットは「結婚の非難」であるとともに、大衆祝祭的な首謀者として、社会規範を逸脱した結婚をこきおろす役を担っている。

II．結婚解消に向かって
―セクシャリティーの全般的監視としての機能

　シャリヴァリは未婚の若者たちから組織される共同体によりセクシャリティーの全体的監視として行われたものである[27]。その判断基準については彼等に監督権が与えられていた。この若者たちは、このセクシャリティーに敵意を抱く男性結束の社会原理を代表していた[28]。

　先述どおり、ハムレットはシャリヴァリのパロディ的結婚式における「結婚をこきおろすもの（結婚の非難）」であると同時に、儀式の「首謀者」をも演じ、大衆祝祭的慣習の担う役割、つまり、「女性を本来の場所に戻す」ことに従事する。

　ガートルードのセクシャリティーについて、Janet Adelman は「亡霊
やハムレットにとって、ガートルードの主要な罪は彼女の自由奔放なセ
クシャリティーにある」[29]と分析している。また、Jacqueline Rose も
「ガートルードのセクシャリティーはこの劇ではスケープゴートとなって
おり、それがエディプスコンプレックスに基づくこの作品解釈を無効に
させる」[30]と指摘する。しかしながら、ガートルードの「自由奔放な」
セクシャリティーは、主としてハムレットにより構築されたものであり、
彼は共同体を代表する未婚者の一人として、その判断基準をもつ監督者と
なる。このハムレットの女性に対する倫理観は、オフィーリア（Ophelia）
を罵倒する台詞にも共通する。

> HAMLET. Ay, truly. For the power of Beauty will sooner
> 　　transform Honesty from what it is to a bawd than the force of
> 　　Honesty can translate Beauty into his likeness.　　(3.1.110-112)

　　いや、そうではない、美しさは貞淑をたちまち売女に変える、
　　貞淑のほうで美しさを貞女に変えようとしても力がおよばないのだ。

ハムレットの説く美と貞節との相対関係は、近代初期に存在していた女性
嫌悪の風潮を具現化する。女性嫌悪はシャリヴァリを象徴する記号の一つ
である[31]。ハムレットの抱く女性嫌悪は婚姻制度の否定へと発展し、オフ
ィーリアには「さ、行くのだ、尼寺へ」（3.1.148）という始末だ。女性性
が孕む危険性は社会的根源悪となり、女性嫌悪の風潮の中で、挑発する女
性への恐怖から、ハムレットは「女性を本来の場所に戻す」必要があった
のだ[32]。イヴの系譜としての女性を悪の権化とする家父長制を体現するか
のようなハムレットは女性の性も自分の管理化におく必要があるのだ。ハ
ムレットはイデオロギー的な見解でガートルードやオフィーリアを定義す
る[33]。周知の如く、ハムレットと同様に、「結婚の非難」役イアーゴーも
女性嫌悪を抱いていた。
　ハムレットは父親である先王を暗殺したクローディアスよりも、彼の倫
理観に基づく「貞淑な寡婦」像に対するガートルードの背信行為が許せな
い。ハムレットは、ガートルードの近親相姦の結婚よりも、早すぎる再婚

を公に非難する目的で『ゴンザーゴー殺し』の芝居を演出する。この劇の上演に際し、ハムレットはホレーシオ（Horatio）にクローディアスの先王殺しの証拠を掴むために、彼の顔色を見るようにと命じる。しかしながら、この劇の目的はクローディアスの暗殺を暴くことではなく、王妃の良心を試すことにある[34]。ラロックはハムレットが二人を晒し者にすることで彼等に苦痛を与える芝居は、シャリヴァリそのものであり、不可避の儀礼的殺人に彼の満足があると論じている[35]。

> HAMLET. [...], for look you how cheerfully my
> 　　mother looks, and my father died within's two hours!
> OPHELIA. Nay, 'tis twice two months, my lord.　　（3.2.119-121）

ハムレット	そら、見ろ、母上の顔を。たいそう楽しそうではないか。父上が亡くなって二時間とたたぬというのにあれだ。
オフィーリア	いいえ、もう二月の倍にもなります。

ブラナー監督の映画では、このガートルードの早すぎる再婚への非難の台詞は宮廷で上演を待つ他の貴族たちにも聞こえるように大きな声でなされる。ガートルードばかりでなく国王も貴族たちの前で晒し者となり、嘲笑と罵倒の場に上げられているのだ。

　この劇中劇では、先王ハムレットを想起させるような国王と、ハムレットの理想とする寡婦像を体現する王妃が夫婦を演じる。それを見ているのがクローディアスとガートルードである。同じ空間に、パロディ的ダブリング（クローディアスとガートルード）、劇中劇の国王夫妻（真の結婚表象を意味する）、そして両義的に「結婚の非難」と「司祭」の両者を演じるハムレットが一堂に会し、まるでシャリヴァリの結婚の儀式を体現するかのような舞台設定である。そのような状況のもと、劇中劇の王が、自分の死後の再婚を妻に許すも、劇中劇の王妃は「二度目の夫に抱かれ口づけを許すは、亡き夫をもう一度殺すも同然」（3.2.167-174）と再婚をきっぱり否定する。その劇中王妃に向かって、ハムレットは「その誓い、いまに破りはしまいな！」（3.2.218）と、ガートルードの良心を試すが如く、野

次を飛ばす。しかしながら、ガートルードの良心には無益な徒労と化す。

> HAMLET. Madam, how like you this play?
> QUEEN.　The lady doth protest too much, methinks.
> HAMLET. O, but she'll keep her word.
> 　　　　（3.2.223-225，下線は論者）

> ハムレット　　母上、いかがです、この芝居は？
> 王妃　　　　　あの妃は誓のことばが多すぎるように思うけど。
> ハムレット　　なるほど、だが誓ったからには守るでしょう。

上記引用のように、この劇はガートルードの良心の片鱗にも触れない。ハムレットが期待したベルトルト・ブレヒト（Bertolt Brecht）の異化作用は功を奏さない。

　こうして、ガートルードの改悛に失敗したハムレットは、3幕4場、彼女の居室にて、執拗にも彼女を非難し続ける。しかしながら、ガートルードは、「なんのことです、いったい、のっけからそのようにどなりつけるようなこととは？」（3.4.37-38）と言う。ガートルードはハムレットが何を言いたいのかさえ、見当もつかない。

> HAMLET.　Such an act
> 　That blurs the grace and blush of modesty,
> 　Calls virtues hypocrite, takes off the rose
> 　From the fair forehead of an innocent love
> 　And sets a blister there, makes marriage vows
> 　As false as dicer's oaths — O, such a deed
> 　As from the body of contraction plucks
> 　The very soul, and sweet religion makes
> 　A rhapsody of words.　　（3.4.38-46）

> あなたがしたことは、女のつつしみ深さに泥をぬり、
> 貞淑の美徳を偽善者呼ばわりすることだ、

　　　汚れない愛の額からバラの冠を奪いとり、
　　　そのかわりに売春婦の烙印を押すことだ、
　　　結婚の誓いを踏みにじり、博打うちの
　　　空約束にすることだ、ああ、あなたがしたことは、
　　　夫婦の約束からその魂を抜き去り、神に誓ったことばを
　　　たわごとの羅列にすることだ。

上記引用に顕著なように、ハムレットは、貞節を美徳とする伝統的な女性賛美と、その対極に具現化される女性非難の両方をガートルードに提示することで、彼女の良心に訴えようとする。当時、既婚者の貞節は重要視されており、貞節とは処女性とは別に、個人の良心に基づく私的で内面的な美徳であった[36]。しかしながら、ガートルードは「私がなにをしたというのです、おまえにそのような口のきき方をされるとは？」（3.4.49-50）と言い、再婚に対する罪の意識は希薄である。

　　HAMLET. Rebellious hell,
　　　　　If thou canst mutine in a matron's bones,
　　　　　To flaming youth let virtue be as wax
　　　　　And melt in her own fire; proclaim no shame
　　　　　When the compulsive ardour gives the charge,
　　　　　Since frost itself as actively doth burn
　　　　　And reason pardons will.
　　QUEEN.　　　　　　　　　　O Hamlet, speak no more.
　　　　　Thou turn'st my very eyes into my soul
　　　　　And there I see such black and grieved spots
　　　　　As will leave there their tinct.　　（3.4.80-89）

　　ハムレット　　ああ、羞恥心はどこへ消えた？忌まわしい情欲が
　　　　　　　　　いい年をした女の血をさわがせるものなら、
　　　　　　　　　燃えさかる青春の血には、つつしみなど蠟も同然、
　　　　　　　　　たちまちとけてしまうだろう。若さの情念が
　　　　　　　　　火と燃えるのは恥ではない、冷たいはずの霜まで燃え、

                理性が情欲の取り持ち役をつとめるのだから。
   王妃   ああ、ハムレット、もう何も言わないで。
                おまえは私の目を心の奥底に向けさせる、
                そしてそこに見えるのは、どす黒いしみ、
                洗っても落ちはしまい。

再婚が貞淑な寡婦の美徳に反するとは自覚していないガートルードも、女としての理性を問われたときに、つまり、老いらくの恋についての羞恥心を問われたときに、自分の良心と対峙する。祝祭的精神は、その時代に興隆しつつあった自由主義や個人主義に拮抗する存在であったのだが[37]、ガートルードは伝統的な寡婦像に回収されることなく、果敢にも自由主義、個人主義を生きる女性として、良心と対峙しているのだ。

　ハムレットは、ガートルードの反省の弁を聞き、クローディアスの寝床に行くことを禁止し、彼女を伝統的寡婦として本来の場所に戻す。こうして、ハムレットはシャリヴァリの大衆祝祭的首謀者として結婚解消の儀式を達成する。

　また、オフィーリアも「狂人」というさかさまの世界で、或いは、社会のヒエラルキー構造や、それに伴う崇拝や礼儀作法などの社会秩序が取り払われ、自由で無遠慮な人間関係が許されるシャリヴァリという祝祭[38]に於いて、ガートルードに対して、無礼講としての祝祭的非難攻撃をする。

OPHELIA. There's fennel for you, and columbines.
     There's rue for you, and here's some for me. We may
     call it herb of grace o 'Sundays. You may wear your rue
     with a difference. There's a daisy. I would give you
     some violets, but they withered all when my father
     died.　　(4.5.173-178)

あなたには、ふた心のウイキョウと、不義のオダマキ。あなたには悲しみ悔いるヘンルーダ。私にも少しとっておかなければ。これは安息日の恵み草とも言うのよ、だからあなたとは別の意味ね。それから不実なヒナギクも。ほんとは忠実なスミレをあげたいのだけど、みんな

しおれてしまった、お父様が亡くなった日に。

　オフィーリアの狂気の中で語られる、「ふた心のウイキョウ」、「不義のオ
ダマキ」、「不実なヒナギク」、そして萎れてしまった「忠実なスミレ」は、
王妃への非難を内包する。オフィーリアは、あたかも共同体の一員の如
く、彼女の台詞をしてガートルードを女性本来の場所に戻す。しかし
ながら、オフィーリア自身も男性結束による女性排除の構図の犠牲者と
なる。
　しかしながら、シャリヴァリという集団的伝統と独身者の青年講社のお
祭り騒ぎが復讐という個人的欲求を満たすために歪曲され、最終的には
流血の狂宴に様変わりする。そして、この混乱は主催者の身、つまり、イ
アーゴーやハムレットの身に跳ね返り、幕を下ろす[39]。

Ⅲ．結語

　斯くして、ハムレットを大衆祝祭の首謀者としたシャリヴァリの結婚解
消儀式は終了したかのように思われた。しかしながら、Bristol は「シャ
リヴァリは孤立したエピソードとして現れるわけではないし、舞台上の最
初の騒ぎが終わった時に完成するわけではなく、芝居全体としては、中心
人物の除け者化と重罰をめぐって構成される」と論じている[40]。
　最終的にはオセローがデズデモーナを自らの手で殺めたように、クロー
ディアスもガートルードを自ら用意した毒で誤って殺めてしまう。デズデ
モーナの死後、オセローが自害し、中心人物の除け者化が達成されたよう
に、ガートルードとクローディアスの死をもって、中心人物の除け者化は
達成される。
　また、大衆祝祭的儀式において、戴冠と奪冠の両者はまとまって一つの
両義的な儀式を構成するように、この劇の冒頭でのクローディアスの儀式
において、既に戴冠と奪冠の儀式は存在していた。王の戴冠と奪冠はカー
ニヴァル的世界の核心をなす交替変化であり、「死と再生のパトス」[41]で
ある。また、周知の如く、カーニヴァルとは万物の破壊と再生の祭りで
ある。そのシンボルは生と死であり、「誕生は死を、死は新生を孕んで

いる」[42]。つまり、カーニヴァルが祝うのはその両義性の交替のプロセスである[43]。ハムレットはクローディアスを殺害し、一時的にも、王になり、フォーティンブラス（Fortinbras）に王位を委ね息絶える。換言すれば、この劇は『オセロー』と同様に、除け者と暴力の構造を可視化する[44]。5幕において、ハムレットの死は新生を孕み、フォーティンブラスという王の誕生で幕は下りる。

註

※ この論文は福岡女子大学英文学会 *KASUMIGAOKA REVIEW* 第 19 号（福岡：福岡女子大学英文学会，2013）に掲載されたものに加筆、修正したものである。（1-17）

1　Michael D. Bristol, "Charivari and the Comedy of Abjection in *Othello*," *Materialist Shakespeare,* ed., Ivo Kamps (London) 142-156. 及び、M. D. ブリストル「『オセロー』におけるシャリヴァリと除け者の喜劇」『唯物論シェイクスピア』アイヴォ・カンプス編、川口喬一訳（東京：法政大学出版局，1999）157-176.
2　Bristol 143.
3　Bristol 143.
4　フランソワ・ラロック『シェイクスピアの祝祭の時空』中村友紀訳（東京：柊風舎，2008）p. 351.
5　Bristol 142.
6　ラロック pp. 149-151. 告解火曜日は庶民の正義の制裁が行われ、1562 年と 1563 年のシャリヴァリの記録が残っている。
7　ミハイール・バフチーン『フランソワ・ラブレーの作品と中世・ルネッサンスの民衆文化』川端香男里訳（東京：せりか書房，1997）pp. 161-162.
8　ミハイル・バフチン『ドストエフスキーの詩学』望月哲男、鈴木淳一訳（東京：筑摩書房，2007）p. 248.
9　Bristol 144.
10　ラロック p. 66.
11　Bristol 144-145.
12　Bristol 145.
13　ラロック p. 351.
14　Bristol 146. 及び、M.M. Bakhtin, *The Dialogic Imagination*, trans. Caryl

Emerson and Michael Holquist (Austin: University of Texass Press, 1981) pp. 158-167.

15 *Hamlet* からの引用及び行数表示は全て Ann Thompson and Neil Taylor, Eds. *Hamlet* (London: Cengage Learning, 2006) による。和訳は全て『ハムレット』小田島雄志訳（東京：白水社, 2006）による。

16 Genesis, 2.24, Matthew, 19.5-6, Mark, 10.8.

17 Bristol 143.

18 Bristol 148.

19 Bristol 148.

20 Bristol 149.

21 *Othello* からの引用及び行数表示は全て Norman Sanders, ed., *Othello* (Cambridge: Cambridge University Press, 1984) による。和訳は全て『オセロー』小田島雄志訳（東京：白水社, 1998）による。

22 Bristol 142.

23 Thompson and Taylor, Notes to 170.

24 バフチーン p. 250.

25 Bristol 151. 川口訳「笑わないもの」、河端訳「あらゆる苦虫族」とある。

26 バフチン pp. 261-262. 17世紀まで、人々はカーニヴァル劇やカーニヴァル的世界感覚に直に関与していた（バフチン 263）。

27 Bristol 142.

28 Bristol 142. 及び Eve Kosofsky Sedgwick, Between *Men: English Literature and Male Homosocial Desire* (Columbia: Columbia University Press, 1985) に詳しい。

29 Janet Adelman, *Suffocating Mothers* (London: Routledge, 1992) p. 15. また、ガートルードのセクシャリティーがハムレットの女性観を汚染させていると論じている（Adelman 14）。

30 Jacqueline Rose, "*Hamlet* ― the Mona Lisa of *Literature*," *A Shakespeare Reader: Sources and Criticism,* eds., Richard Danson Brown and David Johnson (Milton Keynes: The Open University, 2000) 182-191. 187.

31 Bristol 148.

32 Bristol 148. 及び Linda Woodbridge, *Women and the English Renaissance: Literature and the Nature of Womankind, 1540-1620* (Illinois: University of Illinois Press, 1984) に詳しい。

33 イレイン・ショーウォーター「オフィーリアを表象する―女、狂気、フェミニズム批評の責務」浜名恵美訳『シェイクスピア批評の現在』青山誠子、川地美子編（東京：研究社, 1993）80-111. 82.

34　Adelman p. 34.
35　ラロック p. 350.
36　青山誠子『シェイクスピアの女たち』（東京：研究社 , 1981）p. 82.
37　ラロック p. 3.
38　バフチン p. 249.
39　ラロック p. 353.
40　Bristol 142.
41　バフチン p. 251.
42　バフチン p. 252.
43　バフチン pp. 251-252.
44　Bristol 154.

第2章　『オセロー』—「再生」を閉ざす二人の結婚—

　Samuel T. Coleridge が「動機なき悪意が動機探しをしている」[1] と、イアーゴー（Iago）のオセロー（Othello）への復讐に関して言及して以来、多くの批評家がイアーゴーの動機に様々な関心を示してきたのは周知のことである。

> IAGO. But partly led to diet <u>my revenge</u>,
> 　　For that I do suspect the lusty Moor
> 　　Hath leaped into my seat"　　（2.1.275-77，下線は論者）[2]

　だが少なくとも半分はやつに恨みをはらしたいためなんだ。
　というのも、あの助平なムーアめが、おれの馬の鞍に
　またがったことがあるらしい。

イアーゴーはオセローと自分の妻エミリア（Emilia）との不義を疑い、「寝取られ夫」にされたのではないかと思い込んでいる。少なくとも、その個人的な恨みがイアーゴーにオセロー対して悪意ある復讐の動機を抱かせる要因の一つになっていることは明白である。しかも、イアーゴーとオセローが共に「寝取られ夫」という妄想の怪物に囚われてしまう。「寝取られ夫」の題材は、主として、喜劇に多く見られるモチーフであることから、『オセロー』（Othello）は悲劇ではありながらも、下部構造にバーレスクの側面が見られるのは否めない。事実、Michael Bristol は「『オセロー』におけるシャリヴァリと除け者の喜劇」という論文で、近代初期のヨーロッパに見られたシャリヴァリの社会的慣習からくる「結婚解消」が下部構造にあると証明した[3]。シャリヴァリとは「かつて、特にフランスで、年齢が離れ過ぎた結婚をした者や、夫の死後直ぐに再婚した女性などを非難する行為であり、鍋や釜を叩いて囃し立て、共同体が演じる騒がしい祝祭的な非難攻撃の慣行、及び、その喧噪のこと」[4]を言う。ムーア人と白人女性の異人種による、年齢差のある、社会的階級差のあるオセ

ローとデズデモーナ（Desdemona）の結婚は、大衆祝祭世界のシャリヴァリでは社会的制裁を受けるものに該当し、バーレスクを構成する要素の一つになる。イアーゴーは自身の復讐心から、オセローを「寝取られ夫」にする奸計を企て、二人の結婚の解消に向けて儀式的な社会制裁を課していく。

　本論の第一節では、Bristol が指摘するシャリヴァリとしての劇構造は踏襲するが、この劇のバーレスクの側面について、第二節では、社会規範を逸脱した結婚をしたデズデモーナとオセローの社会的地位の転覆について、第三節では、イアーゴーがオセローへの復讐に利用したハンカチの役割について考察する。そして、大衆祝祭の儀式では、カーニヴァルに象徴される「死と再生のパトス」⁵があるが、社会規範を逸脱した二人の結婚に、大衆祝祭世界に象徴される、再生に向かう秩序回復の道は用意されているのかを考察したい。

Ⅰ．ドラマツルギーとしてのバーレスク構造

　喜劇において、結婚は幸福の絶頂として劇の集大成となるモチーフであるが、『オセロー』では、オセローとデズデモーナの結婚が劇の起点となっている。内密に結婚を済ませた二人は、ヴェニス大公と元老院との承認を得て、その夜にトルコ軍と戦うためにキプロス島へ向かう。しかしながら、すさまじい嵐のためトルコ軍は自滅し、オセローを総督としたヴェニス軍は戦わずして勝利を収める。戦勝後の祝宴という祝祭的場面は日常的世界を非日常の世界へと変える。つまり、「ヴェニスでの国事にかかわる時間は、歴史の時間、すなわち、クロノロルジカルに流れるエリートの時間であるのに対して、キプロス島での時間は、時計のない時間、歴史の歯車からひととき解放された自由あるいは放縦の〈反秩序〉の時間であり、民衆的祝祭の時間」⁶となろう。大衆祝祭世界では、社会的地位の上下関係のみならず、男女の伝統的な性的役割は逆転する。

　オセローはデズデモーナとの結婚を「最大の不協和音」（2.1.190）と自画自賛する。それは、軍神マルス（Mars）と美と愛の女神ヴィーナス（Venus）の結びつきに代表されるように、相反するものの中からこそ調

　和が生まれると考えられたルネサンス思想に基づいている。事実、二人の結婚は一傭兵将軍とヴェニスの元老院議員の娘、しかも年齢の差のあるムーア人と白人の、換言すれば、階級差や人種の違いを越えた、しかも、親の同意も得られないというヴェニスの社会規範を逸脱したものである。このシャリヴァリな二人の結婚はバーレスクそのものとなる。なぜならば、舞台の上で、顔を黒塗りしたムーア人の花婿は嘲笑の的となるイメージを払拭することが不可能だからである。少なくとも、オセローを演じる役者が顔を黒塗りする必要がなくなるには十九世紀まで待たなければならなかった[7]。Bristol は「二人の結婚はムーア人のステレオタイプ的人間像をパロディ化した滑稽な怪物と、美しい女性とが魅かれあうという大衆祝祭的な、社会通念を侵犯した結婚である」と論じている[8]。
　一幕の冒頭、イアーゴーとロダリーゴー（Roderigo）は、夜中、ヴェニスの街中にあるブラバンショー（Brabantio）の家の前で、娘デズデモーナとオセローの結婚の事実について喚き散らす。ブラバンショーが「なにごとだ、この騒々しい騒ぎは？」(1.1.83)と困惑するように、幕開けから、舞台には、社会規範を逸脱した結婚に対して共同体が執り行なう儀式、つまり、シャリヴァリを象徴する喧騒がある。
　3幕3場では、オセローとイアーゴーには奇妙な儀式的行動が見られる。いよいよイアーゴーの奸計によるオセローの「寝取られ夫」に対する復讐計画の機は熟す。オセローはデズデモーナの息の音を止めること、イアーゴーはキャシオー（Cassio）を殺害すること、この二つの目的を果すべく、二人が実行宣言を行っている。

> *He [Othello] kneels.*
> *He [Iago] kneels.*
> *They rise.*　　　　　　　（3幕3場、強調は論者）

> 彼（オセロー）はひざまずく
> 彼（イアーゴー）はひざまずく
> 二人は立ちあがる

この場面で、二人が共同での復讐を誓い、跪いては同時に立ち上がるとい

111

う奇妙な儀式的な行動は、バーレスク以外の何ものでもない。

II．「将軍」デズデモーナ

　デズデモーナはオセローが経験してきた危険ゆえに彼を愛し、一方、オセローはその危険に憐憫を示す彼女に愛を抱くようになった。これはオセローの見解である。「ヴェニスの裕福な美青年をも婿にしようとはしなかった」（1.2.67-8）デズデモーナは、親に促された結婚に身を置くことはもとより、結婚そのものを拒んできた女性である。そのようなデズデモーナに父親の同意も得ず結婚を決意させたものは何であろうか。父ブラバンショーが「年齢も、人種も、外聞も、すべてを忘れて―、目にするのも恐れていたものを愛することがあろうか！」（1.3.96-98）と疑う程の娘の結婚である。

> DESDEMONA. I saw Othello's visage in his mind.
> 　　　　　And to his honours and his valiant parts
> 　　　　　Did I my soul and fortunes consecrate.　　（1.3.248-250）

> 　その心にオセローの真の姿を見たからこそ、
> 　この人の名誉と雄々しい武勲のかずかずに
> 　私の魂と運命を捧げ、妻となったのです。

デズデモーナの「オセローの心に彼の顔を見る」という台詞はムーア人の顔つきに対する暗黙裡の言及がある。オセローのこれまでの戦場での体験や過酷な人生に対して哀れみと共に貪るような興味を示してきたデズデモーナは、社会規範を逸脱した結婚を「向こう見ずな運を天にまかせた行動」（1.3.245-246）と認識しつつも、彼の「軍人としての人柄」（1.3.246-47）に惹かれて結婚を決意している。つまり、デズデモーナを結婚へと導いたものは宮廷風恋愛に見られるような、或いは、クリストファー・マーロー（Christopher Marlowe）が『ヒアローとリアンダー』（*Hero and Leander*, 1598）で高らかに謳う「一目惚れ」ではない[9]。

　それでは、オセローがキプロス島へ赴任する際、なぜデズデモーナは同伴を望んだのだろうか。公爵（Duke of Venice）はデズデモーナにオセローの赴任中は父親の世話になることを勧めるが、彼女は父親の面前でその助言を一蹴する。軍人オセローに惹かれたデズデモーナが認識している結婚とは、家父長制社会に見られる伝統的な「妻」として、「夫」オセローに仕えるのではなく、「将軍」オセローに仕えることではないかと仮定することは可能だろうか。当初、オセローはデズデモーナを戦場に連れて行くつもりはない。しかし、デズデモーナは同行を願い出る。

> DESDEMONA. So that, dear lords, if I be left behind
> 　　　　　A moth of peace, and he go to the war,
> 　　　　　The rites for which I love him are bereft me,
> 　　　　　And I a heavy interim shall support
> 　　　　　By his dear absence.　　（1.3.251-255.　下線は論者）

　　それなのに、皆さま、私一人あとに残って
　　平和をむさぼり、この人が戦争に行くとなると、
　　愛する人がそばにいないため、重い気持ちに
　　耐えるだけでなく、妻としての権利が奪われます。

　この "rites" に関して、Norman Sanders が "rites of love"「結婚の儀式」という註をつけているように[10]、多くの批評家は「愛の儀式としての結婚初夜」として受け止め、一見純情と見えるデズデモーナの二面性を強調する。つまり、彼女には、純粋無垢な面と、あっけらかんとした解放的な面との二面性があるというのである。しかし、あえて、これを同じ発音記号をもつ "rights"（「妻の権利」）として解釈し、デズデモーナは「妻の権利」として「夫」オセローに同行し、「将軍」オセローに仕えたいという願望が込められていると解釈することができないだろうか。
　Cambridge 版テキストの注釈によると、ジェームズ一世（James I）の時代の正書法の「気まぐれ」"vagaries" に起因して、二つ折本（F1）と四つ折本（Q1）での "rites" の綴りは "rights" を意味することができたようである[11]。四つ折本（Q1）が 1622 年、二つ折本（F1）が 1623 年とい

う近い年数に出版されていることから鑑みても、この "rites" の綴りがもつ意味の曖昧性は否めない。一方、Arden 版の注釈において、編者 M. R. Ridley はテキストが "rites" と書いてある以上、"rights" と取るにはそれなりの証拠が必要ではないかと論じている[12]。また、OED には、"rite" は「場合によっては "right" として使われる」"in some cases perh. used for right"[13] と書かれている。それならば、同じ発音記号をもつ二つの単語をオセローが「聞く」という行為に於いて、デズデモーナの発話を恣意的に解釈することができるのではないか。また、"rites" ということばをデズデモーナがどのような社会的、或いは、言語的コンテクストの中で発話したのかをも特定することは不可能なことである。なぜならば、デズデモーナの結婚観が社会規範を逸脱しているからである。Alexander Leggatt はデズデモーナに結婚を決意させた理由に関して、次のように述べている。

> デズデモーナはオセローと軍人生活を共有したいという願望によって問題を大きくしている。オセローの冒険話に対する彼女の反応に極めて曖昧なところがある。「わたしもそういう男にめぐりあいたかった、と申しました」"She wished / That heaven had made her such a man"（1.3.161-162）、つまり、彼女はこのような男にそばにいて欲しいばかりでなく、このような男になりたいと願っている。彼女の新生活では、家族や家庭といった伝統的規範は取り除かれ、彼女は異なった男性的なアイデンティティに憧れる。彼女が戦地に赴く夫に同行すべきだというのは彼女自身の考えなのである[14]。

ブラバンショーはデズデモーナのことを「やさしく物しずか」（1.3.95）な娘と語っているが、Leggatt が指摘しているように、家父長制社会に見られる伝統的な「妻」としてのステレオタイプを彼女に押し付けることには無理がないだろうか。事実、明らかにオセローは、デズデモーナの "rites" を "rights"（家父長制社会に見られる伝統的な妻として夫に仕える権利）という意味で解釈している。なぜならば、オセローは "rites"（「愛の儀式」）という意味ではないということに念を押すかのように、「愛欲のために彼女を同行させるのではない」（1.3.257-58）と彼女の言い分を援護し、彼の軍人としての矜持を保とうとしているからである。

　一方、Leggatt が論じているように、オセローのような男性になりたいと切望するデズデモーナは、「兵士」としてオセローに同行したいと望んではいまいか。このデズデモーナの密かな考えは、オセローにハンカチを紛失したことで咎められるときに顕著になる。

> DESDEMONA. Beshrew me much, Emilia,
>   I was—unhandsome warrior as I am—
>   Arraigning his unkindness with my soul;　（3.4.144-145）

　　私がいけなかったのよ、エミリア、
　　戦場にお供をする兵士としては落第だわ、
　　あの人のつれなさを責めたりして。

　オセローのつれない態度にも、デズデモーナは「兵士」としての自覚を忘れることはない。また、4幕2場、オセローに「お前は誰だ？」（4.2.32）と問われたとき、デズデモーナは「あなたの妻ですわ、貞淑で忠実な妻です」"Your wife, my lord; your true and loyal wife"（4.2.33）と言い、「忠義な」"loyal" という兵士に相応しいことばを用いている。また、最終幕で、デズデモーナは「私のやさしい主人によろしく」"Commend me to my kind lord"（5.2.126, 下線は論者）と、あたかも戦場で一兵士が将軍と今生の別れで交わす挨拶であるかのような堅苦しいことばで息を引き取る。
　しかしながら、「兵士」として夫に仕えていたはずのデズデモーナは、対外的には、将軍オセローの「将軍」であるという現実が待ち構えていた。1幕1場、イアーゴーは「立身出世は後ろ盾と情実がものをいうんだ」（1.1.36）と、ヴェニス社会の現状を嘆く。オセローは、あくまでも国家に対する自分自身の功績がデズデモーナと結婚できるに相応しい地位を与えたと考えている。しかしながら、それだけでは不十分なオセローの社会的地位は、人望があり、議決に対して公爵に劣らぬ発言権をもっている元老院議員を父にもつデズデモーナと結婚することによって、ヴェニスという白人社会に確固たるものが約束されるのである。それを裏付けるかのように、キャシオーはデズデモーナのことを「偉大な将軍のそのまた将軍」"our great captain's captain"（2.1.74）と言い、イアーゴーも「わ

れわれの将軍の奥さんがいまのところ将軍だ」"Our general's wife is now the general"（2.3.286）と皮肉っている。このように、デズデモーナは社会的地位においてオセローの「将軍」となる。

　さらに、オセローとデズデモーナの間に横たわる夫婦としての伝統的な性的役割も転覆した状態にある。キャシオーの復職に関して、事実上の将軍であるデズデモーナは夫オセローに対し「服従させる」"tame"という言葉を使う。

> DESDEMONA. I give thee warrant of thy place. Assure thee
> 　　　　　If I do vow a friendship, I'll perform it
> 　　　　　To the last article. My lord shall never rest,
> 　　　　　I'll watch him <u>tame</u> and talk him out of patience;
> 　　　　　His bed shall seem a <u>school</u>, his board a shrift;
> 　　　　　I'll intermingle every thing he does
> 　　　　　With Cassio's suit.　　（3.3.20-26.　下線は論者）

　　あなたの復職はお約束します。はっきり申し上げます、
　　私はいったん友情を誓えば、とことんまで
　　実行いたします。主人はもう休ませません、
　　徹夜してでも言うことをきかせます、根負けするまで
　　話してやります。寝床は教室、食卓は懺悔室と見えるよう、
　　あの人がなにをするにもキャシオーのお願いを
　　折りこんでやります。

デズデモーナは元副官キャシオーの復職が必ずや彼女の手中にあることを仄めかす。そして、オセローは彼女の要望に対し、「お前には、何一つことわれない」（3.3.75, 83）と二度も繰り返さなければならない。また、「教室」"school"ということばは、「七歳のころから」（1.3.83）もっぱら戦場で暮らしてきたオセローの、学問とは無縁の成育環境、敷衍すれば、教養不足を示唆することになる。

　シャリヴァリの儀式では、「花嫁は、しばしば女性の服装をした男性」[15]として表象される。デズデモーナが女性の服を着た男性として、将軍オセ

ローに兵士として仕えようとしていたように、オセローとの結婚を機に、伝統的な女性としての性的役割の転倒が見られる。

Ⅲ．ハンカチの喪失が導くオセローの破滅

　一方、オセローはどのようにデズデモーナと向き合おうとしたのか。オセローはデズデモーナに贈ったハンカチを、「大切な目」（3.4.62）のように大事にしておくようにと命じる。そのハンカチは、オセローにとっては、魔法使いのジプシー女が彼の母親にくれたものであり、身に付けておけば、夫の愛を独り占めできるという品物である[16]。オセローは、一つには、家父長制社会に求められる女性の貞節をこのハンカチに投影し、ハンカチの紛失は貞節に対する彼女の裏切りと考える。そして、二つには、キプロス島に到着したオセローがデズデモーナに「おお、美しい兵士！」（2.1.174）と呼びかけるように、彼女に「一兵士」としての役割を担わせている。オセローは、そのハンカチに戦場における旗のような役割を担わせ、デズデモーナに、彼に仕える「一兵士」としてばかりか、「旗手」として、そして、「旗」そのものとしての役割を求め、自分への忠誠を誓わせようとした。旗というものに将軍オセローのアイデンティティが織り込まれているとするならば、それを確固たるものにするデズデモーナは、ヴェニス社会におけるオセローのアイデンティティそのものとなる。James Calderwood は「デズデモーナ自身がヴェニスにおけるオセローの旗、即ち、ムーア人の美徳と価値をひけらかす美しい白い旗である」[17]と論じている。デズデモーナがハンカチを紛失してからは、オセローは旗、そして、旗手を無くし、混沌とした戦場、嫉妬という戦場で八方塞がりとなる。オセローはハンカチに魔力という幻影を与え、妻デズデモーナを管理しようとしたつもりだが、彼自ら、女性の貞節を投影したハンカチという魔力にとり付かれ、魔力を行使する主体から客体へと転落していったことは皮肉な顛末である。

　そして、男のアイデンティティと価値が「女性との関係ばかりではなく、その名誉と名声を保証する男との関係に依存している」[18]とするならば、義父、元老院議員ブラバンショーの死とともに、オセローがヴェニ

ス社会での社会的盾を失い、キャシオーを後任にして、ヴェニスへの帰還命令を受けるのは当然のことであろう。だからこそ、オセローはキプロス島の総督になったばかりなのに、元副官キャシオーにその座を明け渡さなければならないのである。この帰還命令はオセローにとって不服なものである。ヴェニス公爵からの書状を持参したロドヴィーコー（Lodovico）はオセローの不機嫌について、「きっと手紙の文面が気にさわったのだろう。あれは帰国せよという命令なのだ、キャシオーを後任にしてな」（4.1.225-27）と推し量っている。「当時、軍事のことは本を読んだだけで経験がないにもかかわらず宮廷の配慮から軍人になった者と、実践を経た経験ある軍人との対立は大きな問題」[19]であったようだ。換言すれば、「戦場に出て軍隊を指揮したことなどない」（1.1.22）キャシオーの復職への元老院の配慮は前述したイアーゴーの「立身出生は後ろ盾と情実がものをいうんだ」（1.1.36）と呼応する。故に、デズデモーナでさえ、元老院議員の父親を失えば、一傭兵将軍の妻に過ぎないのである。もはやヴェニス社会に堂々とはためく白い旗ではなくなる。4幕2場でのイアーゴーが「やつは生まれ故郷のモーリタニアにいく」（4.2.217）[20]と言うように、ムーア人オセローがヴェニス社会に参入できるのは、あくまでも一傭兵将軍としての地位があるからに他ならない。オセローは公爵や元老議員らからの信頼も厚いが、ヴェニス社会にどれだけ貢献しても、オセローは傭兵将軍以上の地位は望めず、ムーア人としての人生の円環を断ち切ることはできない。

Ⅳ. 結語

　この劇は夜中に始まる。開幕するや否や、ブラバンショーは寝床から起こされ、娘デズデモーナの駆け落ちを知らされる。同夜にオセローとデズデモーナは別々にではあるがキプロス島に赴く。キプロス島でも夜の酒宴では、酒に弱いキャシオーが泥酔状態で夜警をし、途中で一波乱起こし、副官の職を失ってしまう。ロデリーゴーによるキャシオー殺害未遂、そして、5幕に於いてオセローがベッドに横たわるデズデモーナを殺めるのも夜である。このようにこの劇では、ヴェニス、キプロス島、その両方に於いて、二人の結婚と同時に、非日常的な無秩序な世界が始まり、夜に象徴

されて描かれている。幸福の絶頂という結婚で帰結点を迎える喜劇とは異なり、この劇では、その結婚が起点となっている。その起点となる社会規範を逸脱した結婚も、一般的には、大衆祝祭世界に晒され、無秩序から秩序回復、そして、再生へと手順を踏んでいくはずである。第二節で論じたように、デズデモーナはオセローの「将軍」となることで、夫婦間の社会的地位は転覆し、秩序回復への道を歩んでいく。しかしながら、第三節では、オセローはデズデモーナを「兵士」と呼びかけ、将軍と兵士という二人の関係性に転覆はない。デズデモーナが対外的にオセローの将軍とは知る由もない。また、オセローはデズデモーナを「ハンカチ」という物に見なす。人間と物では比較対象にならない。つまり、オセローにとって、社会的地位、或いは、伝統的な性的役割としての夫と妻の立場がさかさまになることはない。換言すれば、大衆祝祭世界で、二人の関係性が転覆することはなく、再生への道筋は閉ざされる。「寝取られ夫」の怪物と化したオセローは、貞淑で最後まで夫を愛して止まなかった無実の妻、そして、最愛の妻を殺めてしまい、自らも命を絶つという結末を迎える。大衆祝祭世界は「寝取られ夫」オセローに破壊だけをもたらし、再生の道を閉ざす。デズデモーナの父親の許しを得ない結婚、そして、伝統的な「妻」という受身的な性的役割から、一兵士として将軍オセローと共に積極的に社会に関わりたいという願望も、最終幕では、強固な家父長制社会によって闇に葬られることになる。大衆祝祭世界から鑑みれば、社会的規範を逸脱した二人の死により、結果として、社会的秩序は回復したことになる。しかしながら、二人にはカーニヴァル的な交替変化、つまり、死が孕む新しい生が与えられることはない。

註

※ この論文は福岡女子大学英文学会 *KASUMIGAOKA REVIEW* 第 14 号（福岡：福岡女子大学英文学会，2008）に掲載されたものに改題、加筆、修正したものである。(1-14)

1　Samuel Taylor Coleridge, "Lectures," *Shakespeare Criticism: A Selection 1623-1840*, ed., D. Nichol Smith (Oxford: Oxford University Press, 1916) 241-306.

302-303.

2　*Othello* か ら の 引 用 及 び 行 数 表 示 は 全 て Norman Sanders, ed., *Othello* (Cambridge University Press, 1984) による。和訳は全て、『オセロー』小田島雄志訳（東京：白水社, 1983）による。イアーゴーは又、「キャシオーもおれの枕に寝たことがあるらしいからな」（2.1.288）と、キャシオーと妻の関係も疑っている。

3　Michael D. Bristol, "Charivari and the Comedy of Abjection in *Othello*," *Materialist Shakespeare*, ed., Ivo Kamps (London: Verso, 1995) 142-156.

4　Bristol 157-158.

5　ミハイル・バフチン『ドストエフスキーの詩学』望月哲男、鈴木淳一訳（東京：筑摩書房, 2007）p.251.

6　岩崎宗治『シェイクスピアの文化史』（名古屋：名古屋大学出版, 2002）pp. 129-130.

7　Sanders, Introduction to 44.

8　Bristol 142-143. 和訳はマイケル・ブリストル「『オセロー』におけるシャリヴァリと除け者の喜劇」『唯物論シェイクスピア』アイヴォ・カンプス編、川口喬一訳（東京：法政大学出版局, 1999）157-176. 158 による。

9　"Who ever loved, that loved not at first sight?" (176)
Christopher Marlowe, *The Complete Poems*, ed., Mark Thornton Burnett (London: The Guernsey Press, 2000)

10　Sanders, Notes to 79. 小田島訳は「妻としての権利」となっている。

11　Sanders, Notes to 79.

12　M. R. Ridley, ed., *Othello* (London: Methuen, 1958) Notes to 36.

13　初出は 1599 年、Shakespeare の作品、*Much Ado About Nothing* であり、Claudio の台詞 "Time goes on crutches till / love have all his rites"（2.1.353-54）となっている。*Much Ado About Nothing* からの引用及び行数表示は全て Sheldon P. Zitner, ed., *Much Ado About Nothing* (Oxford: Oxford University Press, 1993) による。

14　Alexander Leggatt, *Shakespeare's Tragedies* (Cambridge: Cambridge University Press, 2005) p. 119.

15　Bristol 142.

16　五幕二場では、ハンカチについて、オセローはデズデモーナに最初に贈った品物であり、それは父が母に与えた思い出の品物と言及している。

17　James L. Calderwood, "Signs, Speech, and Self," *Shakespeare's Middle Tragedies* ed., David Young (New Jersey: Simon & Schuster, 1993) 146-163. 147.

18　Carol Thomas Neely, "Women and Men in *Othello*," *Shakespeare's Middle Tragedies* ed., David Young (New Jersey: Simon and Schuster, 1993) 91-116. 102.

19　河合祥一郎『ハムレットは太っていた！』（東京：白水社，2001）p. 164.

20　Michael Neill は "There is no other evidence that this is Othello's intention, and it may simply be Iago's fiction designed to goad Roderigo into action" と注を付けている。Michael Neill, ed., *Othello* (Oxford University Press, 2006) Notes to 355.

III

内包されるイデオロギー

第1章　　　　リチャード三世の身体表象
―虚構とメタファー―

　『リチャード三世』(*King Richard III*) は、神の正義の模範を与え、現在に過去を描き、王に政治の手本、いわば鑑を掲げるという歴史劇の役割を担っている[1]。一方、主人公リチャード (Richard) に焦点を当てると、イアーゴー (Iago) と同様に道徳劇に見られる悪 (The Vice) の流れを汲んだ人物、あるいは、マキャベリアン的な策士家として、又は、近代的自我に目覚めた人物として捉えることができる。最近の研究では、リチャードと観客との共犯関係をはじめとする観客受容を対象にするものも見られる。ティリヤード (E. M. W. Tillyard) は、リチャードを極悪非道の権化と見ると同時に、彼が自分の奇形の容姿ゆえに他者から身体的に劣っていると意識するときの、これを補おうとする彼の心理的動向に着目する必要性を論じた[2]。Tillyard が指摘するように、この劇では、リチャードの奇形な身体表象が散在しており、これを蔑ろにすることは不可能である。
　ルネッサンス期は、地球を中心に据えた大宇宙という中世的世界観と、この時代に芽生えた、人間を中心に据えた小宇宙という世界観が共存する時代であった。

　　ルネッサンス期の人々に共通する考えの一つに完全体としての人間小宇宙というものがあった。手足を一杯に拡げた五体満足の人間の姿はその臍を中心とする円と正方形に接し、人間の各部位はそれらの幾何学図形の均整のとれた諸点に対応し、人間がこの上なく調和のとれた秩序に従った被造物であるという、いかにもルネッサンス的な人間中心主義的な考えであった。そして、この人間小宇宙は天地創造にあたって神が人間に与えた大宇宙と照応するものと考えられた。[...] 小宇宙と大宇宙のこの照応は、形式と内容が調和し一致した自然の秩序―神の真意―とりもなおさず、真善美が人間のなかに表現されたという、ルネッサンス期特有の考え方であった[3]。

この世界観から鑑みれば、リチャードの奇形な外見は内なるものの不完全、あるいは、不調和の体現であると捉えることができる。不完全体で表象されるリチャードは真善美とは対極にある、偽悪醜の体現者となる。

　リチャードの奇形な身体を、悪党の体現者と関連付ける批評は多く存在する。しかしながら、私見ではあるが、リチャードのアン（Anne）求愛への執着を、彼の身体と関連付けて論じられてきたのは少ない。また、Mark Burnett は、エリザベス女王統治下の後継者不在という不安定なイングランド国家の姿を、不完全体としてとしての様相、すなわち、歪な姿に喩え、リチャードの奇形な身体と重ね合わせている[4]。しかしながら、Burnett はその様相をリチャードが執着し続けた「結婚」と関連付けては論じていない。

　本論の目的は、リチャードのアンへの求愛、また、彼が頻繁に口にする長子相続制度と、それに起因する「結婚」に対する不満、そして、後継者不足のイングランド表象、これらがリチャードの奇形な身体と深く関わっていることに着目して、彼の身体が表象するものを考察することである。合わせて、これらに通底している記号が「結婚」であることを論じたい。第一節では、リチャードが、アンへの求愛成就後（結婚の承諾を得た後）、心理的に、完全体をもつエドワード（Prince Edward）に自己同一化して構築する虚構の世界と、アン暗殺後に、その虚構の世界が崩壊していく様相を考察する。そして、第二節では、リチャードの身体が、社会問題を抱え、不健全な姿をしたイングランド国家のメタファーとして表象されている様相を考察する。ここでの社会問題とは長子相続制度に起因する社会秩序の転覆と、独身のエリザベス女王に懸念されるイングランドの世継ぎ不在をいう。

　この劇が歴史劇というジャンルに属することから、長子相続制度についての問題は王族についてであり、一般人及び王族に属さない貴族が抱えている状況とは一線を画す必要がある。例えば、『お気に召すまま』（*As You Like It*, 1599-1600 年頃）では、三男のオーランドー（Orlando）は一介の紳士であり、父親の遺産分与どころか、教育さえ受けさせてもらえない状況に不満を口にする。しかしながら、彼は公爵の娘ロザリンド（Rosalind）と結婚することで、公爵領承継者へと地位の向上を果たす。当時、年下のこどもは称号も、財産も相続不可能であり、何らかの職業に

就いて、自ら財を成さない限り、立身出生の道は厳しい状況下にあった[5]。だが、資本主義の台頭により、「結婚」だけが立身出生の道ではなくなった[6]。一般大衆から王族までという当時の観客受容に鑑みれば、観客其々が長子相続制度に対するリチャードの不満を敷衍して各自の問題と重ね合わせながら、この劇を受容していたと忖度することは可能である。この意味において、本論では敢えて王族の長子相続制度をその一例として取り上げる。

Ⅰ．虚構世界の構築とその崩壊

　この劇ではヨーク家がテュークスベリーの戦いでランカスター家に勝利し、エドワード四世（Edward IV）が王位に即いた直後から、リチャードがランカスター家の血を引くリッチモンド（Richmond）に敗れ、長い薔薇戦争の終焉とともに、チューダー王朝が発足するまでが描かれている。そもそも歴史上のリチャードは極悪人ではなく、また、身体的にはせむしでもなく、脊髄が後方に弓形に曲がっていたようである。しかしながら、シェイクスピアはリチャード像をトーマス・モア（Thomas More）の『リチャード三世の生涯』（*The History of King Richard the Third*）に依拠していると思われる。

　　リチャード（三男）は機知と勇気を同じ位もっていた。そして、体と武勇となると遥かに劣っていた。なぜなら、背は低く、手足は不格好で、背中は湾曲し、左肩は右肩よりかなり高かったからだ。強面で将軍の地位にいた。彼は悪意があり、怒りっぽく、妬み深かった[7]。

モアが描くリチャードの悪党としての性格、奇形な身体は、シェイクスピアがこの劇の中で描くリチャードに近似している。
　1幕1場の冒頭、リチャードの兄、エドワード四世が即位し、ヨーク家に栄光の夏が訪れたというのに、彼は、醜い姿ゆえに、色恋遊びに縁がない自分を嘆き、素直にその喜びを享受できないでいる。

RICHARD.

But I that am not shaped for sportive tricks
Nor made to court an amorous looking-glass,
I that am rudely stamped and want love's majesty
To strut before a wonton ambling nymph,
I that am curtailed of this fair proportion,
Cheated of feature by dissembling nature,
Deformed, unfinished, sent before my time
Into this breathing world scarce half made up,
And that so lamely and unfashionable
That dogs bark at me as I halt by them,
Why, I, in this weak piping time of peace,
Have no delight to pass away the time,
Unless to see my shadow in the sun
And descant on mine own deformity.　　　（1.1.14-27）[8]

だがおれは、生まれながら色恋遊びには向いておらず、
鏡を見てうっとりするようなできぐあいでもない。
このおれは、生まれながらひねくれて、気どって歩く
浮気な美人の前をもったいつけて通る柄でもない。
このおれは、生まれながら五体の美しい均整を奪われ、
ペテン師の自然にだまされて寸詰まりのからだにされ、
醜くゆがみ、できそこないのまま、未熟児として、
生き生きと活動するこの世に送り出されたのだ。
このおれが、不格好にびっこを引き引き
そばを通るのを見かければ、犬も吠えかかる。
そういうおれだ、のどかな笛の音に酔いしれる
この頼りない平和な時世に、どんな楽しみがある。
日向ぼっこをしながら、おのれの影法師相手に
その無様な姿を即興の歌にして口ずさむしかあるまい。

醜くゆがんだ姿で、不格好にびっこを引くという自己表象がある。リ

チャードは鏡を見るのもおぞましく、太陽が映し出す影法師にさえ自虐
的である。なぜなら、太陽の高度と時間により、映し出される影は彼の
奇形な容姿を二重に歪なものにするからである。そのリチャードの醜い
容姿は社会との係わりを疎遠なものとし、リチャードに孤独をもたらす。
Janette Dillon はその孤独について次のように述べている。

　　身体的な特徴は、リチャードを否応なしに他人から遠ざけ、彼が自分
　　の殻に閉じこもり、人と人を繋ぐ社会的な絆を拒むことに敢えて甘ん
　　じようとする精神的な孤立を作り出す[9]。

この身体的な疎外感は、リチャードが世の中を恨み、策士家的な悪党とし
て、王座を目指して姦計を企てる要因の一つでもある。その手始めがアン
への求愛である。彼女と結婚しても王位に就くことは不可能である。一
体、これは何を示唆しているのだろうか。
　リチャードに夫エドワード（Prince Edward）と義父ヘンリー六世
（Henry Ⅵ）を無残にも殺害されたアンは、当然の如く、リチャードに対
して強い憎悪の念を抱く。ヘンリー六世の棺を前に、アンの容赦ないリ
チャードへの憎しみは「恐ろしい地獄の手先」（1.2.46）、「汚らわしい悪
魔」（1.2.50）、そして「この醜い不具者」（1.2.57）という言葉となり、彼
女の口から発せられる。また、アンのリチャードに注ぐ罵声、「この世の
ものならぬ残虐非道な」"inhuman and unnatural"（1.2.60）、しかも、「獣
以下」（1.2.71）という言葉から、リチャードの不完全な身体がもつステ
レオタイプの人間像、すなわち、悪の化身としての姿を観客は再認識させ
られる。リチャードは、感情的になっているアンを前に、彼らを殺害した
因果が「あなたの美しさ」（1.2.126）にあり、「この世界が太陽の恵みに
よって生きているとすれば、私はあなたの美しさによってだ、私の光、私
のいのち」（1.2.134-135）と言う。正に、太陽にさえ祝福されなかったリ
チャードが、アンの美に照らされることで新たな自分を獲得できる虚構の
世界を作り上げようとしている。
　リチャードは「もっとりっぱな夫」（1.2.144）をアンに宛がうために
エドワード（Prince Edward）を暗殺し、そして、それが自分だと言う。
十七歳の弟ラトランド（Lutland）の死を前にしても哀れみの涙を流した

ことがないと豪語するリチャードは、アンの前で涙を流してみせ、男根の象徴である剣を彼女に委ね、女性の象徴である指輪を渡す。完璧な円を描く指輪は完全体としての人間小宇宙のメタファーでもある。本来ならば女性が男性に渡す、女性の象徴である指輪を、リチャードがアンに渡す。あたかも、その指輪が体現する完全体の自分を受け取ってもらうが如く。

> RICHARD.
> 　Look how my ring encompasseth thy finger.
> 　Even so thy breast encloseth my poor heart.　　（1.2.207-208）

ああ、私の指輪があなたの指を抱きしめている。
そのように、あなたの胸も私の心を包みこんでいる。

Phyllis Rackin は、このときのリチャードとアンの倒錯した様相を、「剣と指輪の所有者は指を貫き、心臓を貫き、所有する男、服従した女の二役を演じていることになる」と論じている[10]。『ヴェニスの商人』（The Merchant of Venice）では、結婚の証として贈られる指輪は、シャイロック（Shylock）、バッサーニオ（Bassanio）、そして、グラシアーノ（Gratiano）に、それぞれの妻から手渡される。リチャードの場合は、正に、指輪を与えるものと受け取るものが倒錯している。また、剣で刺して欲しいと横たわるリチャードの様相も、男女間の性の転覆でもある。不完全体として表象されるリチャードは自然の秩序を転覆させる脅威そのものとして描写されている。この転覆した無秩序の世界でアンは翻意させられる。

> RICHARD.
> 　On me, whose all not equals Edward's moiety?
> 　On me, that halts and am misshapen thus?　　（1.2.253-254）

すべてを合わせてもエドワードの爪の垢にもおよばぬこのおれに？
びっこでこんなにできそこないのこのおれに？

奇形の身体ゆえに色恋に縁の無かったリチャードは求愛成就に驚く。リ

チャードは、アンを媒体に、虚構とも気付かず、自己の鏡像を作り出す。
アンの愛を勝ち取ったことで、リチャードは「眉目秀麗で、大自然に惜し
みなく与えられて、若さと、雄々しさと、賢さと、言うまでもなく、高貴
さを兼ね備えた」(1.2.246-248) エドワード（Prince Edward）に自己投
影をし、実は、自分は「すばらしい美青年」（1.2.258）ではなかったのか
とまで妄想を膨らませる。そして、ナルキッソスのように自己の鏡像に酔
いしれたリチャードは、自己愛の象徴である鏡を購入したい気分になる。
リチャードはアンという鏡に映し出される虚構の世界に閉じ込められてし
まう。ジャック・デリダ（Jacques Derrida）の「代補」に基づけば、リ
チャードが補ったはずの完全体としてのエドワード（Prince Edward）が
リチャード本体を侵食し、自己同一化を図るどころか、亡霊のようなもう
一つの自己を作り出し、自己の統一を解体していく過程となろう[11]。

　しかしながら、リチャードが「あの女はおれのものとする、だがいつま
でも手もとにおく気はない」(1.2.233) と胸中を吐露するように、アンの
愛はもともと必要ではない。リチャードにとって、この求愛成就は完全体
としての人間小宇宙になるための通過儀礼なのである。また同時に、結婚
により、「夫婦」という完全体の成就でもある[12]。しかしながら、4幕3場、
リチャードはアンを殺害し、事実上、独り身となる。アンという鏡を失っ
た以上は、彼はもはやエドワード（Prince Edward）に自己同一化するこ
とは不可能となる。

　5幕4場、ボズワースの平原で、跛を引くリチャードは、跨っていた馬
を敵軍に倒され、不具な足で立って戦う。この大団円で、リチャードは
馬を求めて、「馬をくれ、馬を！馬のかわりにわが王国をくれてやる！」
(5.4.7, 13) と二度も叫ぶ。実質的に不可能な「馬」と「王国」の交換は
リチャードの身体の叫びである。騎乗したとき、「馬」は彼の足となる。
しかしながら、落馬したとき、彼は自分が完全体としての身体をもつ人間
ではなかったことを再認識させられる。奇形な身体をもつリチャードが
必要なのは「馬」であり、「国」ではない。「国」に彼の足の代用はでき
ない。リチャードが現実に戻ったとき、完全体としての身体は自己の亡霊
が築いた虚構に過ぎないことに気付く。リチャードと馬の関係性は彼とア
ンとの夫婦関係と同じである。後継者を誕生させる可能性を秘めた妻を
失ったリチャードは健全な国家を築くことのできない無能者として描か

れている。

II．メタファー化される身体

　Mark Burnett が、エリザベス女王統治下、イングランド国王の後継者不在という不安定な様相をリチャードの奇形な身体に投影していると論じていることは、先に述べた。確かに、この劇では、エリザベス女王の後継者不在の問題は隠喩的に仄めかされている。また、同時に、リチャードは長子相続制度への不満を明白な言葉で語っている。王族にとって、この長子相続制度の脅威となるものは王位簒奪である。この二つの社会問題が、イングランドを歪な姿にし、それをリチャードの奇形な身体に投影されていると解釈することは可能である。

1．長子相続制度への不満―王位簒奪への序章

　リチャードは長子相続制度[13]に不満を抱いている。長子以外のこどもとして生まれたものは王位を継承できず、良い縁組に地位向上を託すことに躍起にならざるを得ない。
　リチャードの兄、エドワード四世との結婚に際し、妻エリザベス（Elizabeth）は先夫[14]間の子供ドーセット侯（Dorset）とグレー卿（Grey）を連れてきた。リチャードは日頃から結婚によりエリザベスばかりでなく連れ子たちの地位が向上したことに不満を募らせていることが、彼女に向けられた台詞に垣間見られる。

> RICHARD.
> 　　Let me put in your minds, if you forget,
> 　　What you have been ere this, and what you are,
> 　　Withal, what I have been, and what I am.　　（1.3.128-130）

　お忘れなら思い出させてさしあげよう、
　昔のあなたはどうであり、いまはどうであるかを、
　ついでに昔の私はどうであり、いまはどうであるかも。

リチャードが「下司どもが貴族になりあがり、貴族たちが下司になりさ
がっている」(1.3.71-72) と皮肉を言うとき、それはエリザベス及び彼
女の連れ子への当て付けである。このように、「結婚」は社会秩序を転覆
させる脅威ともなる。『ヘンリー六世』第三部（The Third Part of King
Henry the Sixth）の 2 幕 6 場にて、兄エドワードを王にせんがために駄
馬のように働いてきた報酬にと、三男ジョージ（George）にはクラレン
ス（Clarence）の公爵、四男[15]のリチャードにはグロスター（Gloucester）
の公爵の称号が与えられる。この公爵の称号に二人は不満をもっている。
『ヘンリー六世』第三部 4 幕 1 場において、リチャードは兄エドワード四
世に財産豊かなスケール卿（Scales）の跡取り娘との縁組を妻エリザベス
の弟にではなく、自分か、クラレンスにすべきであり、自分の兄弟を見放
したことに不満を述べる。クラレンスも同様に、ボンヴィル卿（Bonville）
の跡取り娘をエリザベスの連れ子に与え、自分たちは勝手に他を探せと言
わんばかりの兄エドワード四世に不満をぶちまける。故に、リチャードが
四男の地位を向上させるには地位ある女性との結婚、又は兄弟殺しの末の
王位篡奪しか残されていない。

CLALENCE.
    Belike the elder; Clarence will have the younger.
    Now, brother king, farewell, and sit you fast,
    For I will hence to Warwick's other daughter,
    That though I want a kingdom, yet in marriage
    I may not prove inferior to yourself.
    (Henry VI. Part 3. 4.1.118-122)[16]

姉娘のほうだろう、妹娘はこのクラレンスがもらうぞ。
では、兄上、さようなら、王座にしがみついていなさいよ、
おれはこれからウォリックの妹娘のところへ行く、
そして、王国こそもたぬ身だが、結婚においては
あんたにはひけをとらぬことを証明してみせよう。

これはクラレンスが兄エドワード四世に言う台詞であるが、「結婚」とい

うものが長子以外の男子にとって如何に重要な役割を担っていたのかが分かる。奇形な容姿をしているリチャードとは異なり、クラレンスは自らウォリック伯（Warwick）の娘と結婚を望み、そして、兄エドワード四世の元を去る[17]。そして、クラレンスはウォリック伯の幸運の恩恵に与っている身であることを認識している[18]。兄エドワード四世から寄与された公爵領だけでは満たされず[19]、結婚を媒体にして自分の財産を確固たるものへとしていくクラレンスの姿は、長子相続制度に対して、長子以外の男子が直面している社会問題のメタファーそのものである。『ヘンリー六世』第三部では、クラレンスとは異なり、奇形で色恋から縁遠く、ましてや結婚など望めないリチャードは兄エドワード四世への不満を王位簒奪へと転化させている[20]。長子以外の男子が王位簒奪する様相は『ハムレット』（*Hamlet*）のクローディアス（Claudius）や『テンペスト』（*The Tempest*）のアントーニオ（Antonio）らに、顕著に描かれている。連綿と続く血肉の争いから鑑みれば、この制度が多くの不平分子を産出してきたことは否めない。リチャードは、正しく、この体現者として描かれている。

2. 世継不在のイングランド―独身のエリザベス女王

しかしながら、リチャードは王位簒奪と同時に、「結婚」に執着する。リチャードは、クラレンス殺害や、兄エドワード四世の二人の王子暗殺の影の実行者となり、王位簒奪を実現させるものの、揺ぎ無い王の地位を得るために、唯一残された兄エドワード四世の娘エリザベス（Elizabeth）との結婚を企てる。エリザベス女王の独身による後継者不在の問題が切実となっていた時代、リチャードの「結婚」への執着は、エリザベス女王に向けられたイデオロギーを内包しているかのようだ。

BUCKINGHAM.
The noble isle doth want <u>her</u> proper limbs;
<u>Her</u> face defaced with scars of infamy,
<u>Her</u> royal stock graft with ignoble plants,
And almost shouldered in the swallowing gulf
Of dark forgetfulness and deep oblivion.

（3.7.124-128，下線は論者）

　この気高い国もそののびやかな手脚をもぎとられ、
　その美しい顔を不名誉の醜い爪跡で傷物にされ、
　その尊い幹を卑しい接木に食い荒らされています、
　このままでは我が国は盲目の忘却に飲みこまれ、
　暗黒の海底にひきずりこまれるほかありません。

上記台詞には、エリザベス女王の世継論争[21]が、"her"（3.7.124, 125, 126）という所有格を多用することで暗示される。王位継承者の不在はチューダー朝血筋の不健全さ、及び、国の失策を象徴するものである[22]。ルネッサンスの時代、結婚は秩序ある社会の基礎であり[23]、夫婦を一つの完全体と見なせば、独身のエリザベス女王は後継者を生み出す可能性を絶たれた、不完全な人間を体現する個人を意味する。世継ぎ不在のイングランド自体が不完全体であり無秩序のメタファーとなる。
　リチャードは兄エドワード四世の二人の王子を暗殺したが、その兄の娘エリザベスと結婚をし、子供を授かることで、その王子達の命の補完をしようと提案する。

　　RICHARD.
　　　　But in your daughter's womb I bury them,
　　　　Where in that nest of spicery [24] they will breed
　　　　Selves of themselves, to your recomforture.　　（4.4.428-430）

　だが私はあなたの子供たちを娘御の体内に埋葬し、
　そこを不死鳥の巣としてよみがえらせようというのだ、
　ふたたびあなたの子供、あなたの慰めとなるように。

リチャードの口からは子孫繁栄の結婚賛美が迸る。不死鳥はエリザベス女王のイコンでもある[25]。

　　RICHARD.

I must be married to my brother's daughter,
Or else my kingdom stands on brittle glass.　　（4.2.61-62）

　おれは兄の娘と結婚せねばならぬ、さもないと
　わが王国はもろいガラスの上にあるようなものだ。

リチャードは、兄エドワード四世の娘エリザベスとの結婚の提案をするとき、結婚により「イングランドに平和」（4.4.347）をもたらすことができるからだという言い訳をする。これら一連のリチャードの台詞はエリザベス女王を取り巻くイデオロギーの代弁ともなろう。リチャードの不完全な容姿をエリザベス女王の寓意と見れば、国王が頭部を担う有機体としてのボディ・ポリティックの中で、エリザベス女王は後継者不在の不完全体として自然の秩序を転覆させる脅威そのものとなる。ゆえに、最終幕で、リッチモンドとエリザベス（エドワード四世の娘）が結婚することで、チューダー王朝が樹立し、その夫婦間に後継者の可能性を示唆する完全体としてのイングランド構築がなされている。

Ⅲ．結語

　この劇には、座標軸として、チューダー王朝樹立のプロットが存在する。その完全体としてのボディ・ポリティックの対極に位置するのが不完全体の身体をもつリチャードである。リチャードの奇形な身体は、完全体としての身体を希求し、アンへの求愛成就で「結婚」という姿の完全体に辿り着いた、しかしながら、長子相続制度下、その容姿ゆえに「結婚」の恩恵に与れなかったリチャードの矛先は、時既に遅く、兄エドワード四世の玉座に向けられていた。長子相続制度も社会秩序を転覆させる不平分子の温床となるならば、独身エリザベス女王の世継ぎ不在という問題と合わせ、イングランド国家は歪なものとしてリチャードの身体に投影されていることになる。「結婚」が社会秩序の礎と考えられていた時代、リチャードは、エリザベス女王に向けられたイデオロギーを代弁するが如く結婚賛美を唱える。しかしながら、リチャード自身が「結婚」を破綻させ、独身

で後継者不在の国王の体現者として描かれている。これらのことから鑑みると、リチャードは、一つには、その身体ゆえに悪党として、二つには、その容姿ゆえに長子相続制度が依存してきた「結婚」に疎遠な不平分子、いわば、王位簒奪者として、そして、後継者不在の独身の国王として、これら三重の体現者としてチューダー王朝樹立のスケープゴートとなり死んでいく。

　リチャードの死とともに、三十年にも及ぶ薔薇戦争に終焉がもたらされ、リッチモンドとエリザベスの結婚でチューダー王朝樹立という完全体としてのイングランド国家表象で幕が下りるとき、観客の誰もが母国の安泰を願い、エリザベス女王の結婚を望んだことだろう。たとえ彼女が「わたくしはすでにイギリスという王国と結婚し夫を持つ身になりました」[26]と言おうとも。こうして、結末で、この劇に散在していた「結婚」という記号は解読され、結実することとなる。

註

※ この論文は福岡女子大学英文学会 *KASUMIGAOKA REVIEW* 第18号（福岡：福岡女子大学英文学会，2012）に掲載されたものに加筆、修正したものである。（1-16）

1　Harold Jenkins, "Shakespeare's History Plays: 1900~1951," *Shakespeare Survey* 6, ed., Allardyce Nicoll (Cambridge: Cambridge University Press, 1953) 1-15. 9-10.

2　E. M. W. Tillyard, "Richard III and the Tudor Myth" (1944), *Shakespeare's Early Tragedies: Richard III, Titus Andronicus, Romeo and Juliet*, eds., Neil Taylor and Bryan Loughrey. (Houndmills: Macmillan, 1990) 41-56. 51.

3　『リチャード三世』山田昭広編注（東京：大修館，1987）解説 17.

4　Mark T. Burnett, *Constructing 'Monsters' in Shakespearean Drama and Early Modern Culture* (Basingstoke: Palgrave Macmillan, 2002) p. 68.

5　『お気に召すまま』柴田稔彦編注（東京：大修館，1989）解説 18.

6　Phyllis Rackin, "History into Tragedy-The case of *Richard III*," *Shakespearean Tragedy and Gender,* ed., Shirley Nelson Garner and Madelon Sprengnether, (Bloomington: Indiana University Press, 1996) 31-53. 40.　及び、Rebecca W. Bushnell, *Tragedies of Tyrants: Political Thought and Theater in the English*

Renaissance (Ithaca: Cornell University Press, 1990) p. 124.

7 Thomas More, *The History of King Richard the Third*, ed., George M. Logan (Bloomington: Indiana University Press, 2005) pp. 9-10.

8 *King Richard III* からの引用及び行数表示は全て Janis Lull, ed., *King Richard III* (Cambridge University Press, 1999) による。和訳は全て『リチャード三世』小田島雄志訳（白水社，2003）による。

9 Janette Dillon, *Shakespeare and the Solitary Man* (Macmillan: London, 1981) p. 50. Henry VI 第 3 部の 5 幕で彼の孤独は明白である。たとえば "I have no brother, I am like no brother"（5.6.80）や "I am myself alone"（5.6.83）などが挙げられる。

10 Rackin 40.

11 林好雄他『デリダ』（東京：講談社，2008）pp. 105-106. Jacques Derrida, *Margins of Philosophy*, trans., Alan Bass (Chicago: Chicago University Press, 1982) pp. 175-205. 「代補」とは「補い」と「本体」の区別が決定不可能なことを意味し、単に欠如しているところを補うことではない。

12 「それゆえ、人は父母を離れてその妻と結ばれ、二人は一体となる」マタイ福音書 19-5.

13 年下の子は称号も、財産も相続しなかったから、[…] なにかの職業に就いて自分で財産を作らぬかぎり、必然的に身分は下方へ流動することになった。柴田 解説, p. 18.

14 *Henry VI*（1 部）の中で描かれているエリザベスの祖母の夫リチャード・ウッドヴィル（Richard Woodville）は王族ではなくロンドン塔長官で小役人である。『リチャード三世』河合祥一郎訳（東京：角川文庫，2007）Notes to 39.

15 実際は四男になるのだが、次男だったラトランド（Rutland）が亡くなっているので、三男と表示している文献は多い。

16 *The Third Part of Henry the Sixth* の引用並びに行数表示は全て G. Blakemore Evans ed., *The Comlete Works* (Boston: Houghton Mifflin Company, 1997) による。和訳は全て『ヘンリー六世』第三部、小田島雄志訳（東京：白水社，1999）による。

17 ウォリック伯の長女アンはエドワード王子と結婚することになっている。(*Henry VI*. Part3. 4.1.117)

18 クラレンス公はウォリック伯に「ひたすらお前の幸運に依存している身なのだから」(*Henry VI*. Part3. 4.6.47) と言い、協力してヘンリー六世への援助となることを決める。

19 エドワード四世を王と認めないウォリック伯は以前のままの称号でヨーク公と呼び、「公爵領は立派な贈り物ではないか？」(*Henry VI*. Part3. 5.1.28) と

言うが、それに対しリチャードは「そのとおりだ、貧乏な伯爵の贈り物とし
ては」(*Henry VI*. Part3. 5.1.32) と口を挟む。公爵と伯爵との貧富の関係が如
実に描かれている。

20　*Henry VI*. Part3. 3.2.124-195.　このリチャードの長い独白は兄エドワード四
世の未亡人エリザベスとの結婚を発端に、自分の身体が抱える問題まで敷衍
し、自分より優っている連中に対して王冠を顕示することが彼の望みである
ことが明白である。

21　青山誠子『ルネサンスを書く―イギリスの女たち―』(東京：日本図書センター、
2000) pp. 53-55.　16世紀、女性は結婚するのが当然というのが社会通念とし
てあり、25歳で即位したエリザベス一世が未婚のままとどまることなどは考
えもしなかったし、彼女は王位継承者を生むことは必要であった。

22　石井美樹子『薔薇の王朝』(東京：光文社，2007) pp. 223-224. エリザベス女
王即位の翌年の1559年1月、最初の議会で、上院、下院の両院とも女王の結婚
問題を議論し、女王に一日も早く結婚すべきであると決議した。[...] 女の身で
一国を背負うのは不可能、結婚して夫の補佐をえ、世継ぎをもうけて国民を
安心させて欲しいと願い出た。

23　Mary Beth Rose, *The Expense of Spirit: Love and Sexuality in English
Renaissance Drama* (Ithaca: Cornell University Press) pp. 96-98.

24　Lull, Notes to 181.

25　Lisa Jardine, *Still Harping on Daughters* (Princeton: Princeton University
Press, 1981) p. 194.

26　石井 p. 224.

第2章　絶対君主、或いは教育者プロスペローに内包される有益な改革の意図

　国王一座のパトロンであったジェームズ一世（James I）は博学として知られており、『悪魔学』（*Daemonologie*, 1597）を書く程に魔術に造詣が深かった。『テンペスト』（*The Tempest*, 1611）は、1613年、国王の娘エリザベス（Elizabeth, 当時16歳）の結婚式で披露されている。ファーディナンド（Ferdinand）とミランダ（Miranda）の結婚を祝福するために挿入されている仮面劇は、プロスペロー（Prospero）の魔術により幻想的に演出され、国王へのオマージュになっている。孤島に漂着したゴンザーロー（Gonzalo）は「万事世のなかと逆」（2.1.144）[1]と断りながらも、彼なりの国家論（2.1.144-153及び、2.1.156-161）を披瀝する。この彼の国家論はモンテーニュ（Michel de Montaigne, 1533-1592）の『随想録』（1580-1588）の中から、新大陸の「食人種について」に依拠している[2]。「食人種について」の件は、往古の詩人たちが黄金時代や人間の幸福な境遇を称賛するのに用いた表現であり、哲学者の観念を凌駕するものとされる[3]。黄金時代の支配者は度々エリザベス一世やジェームズ一世賞賛と関連付けられてきた[4]。しかしながら、このゴンザーローの国家論は専制政治的様相を帯びだしたジェームズ一世への政体批判を内包する[5]。そして、この新大陸の民族は教育とは無縁であり、素朴であるがゆえに、野蛮さと関連付けられてきた[6]。この野蛮な側面だけがキャリバン（Caliban）のイメージに胚胎されてきた。しかしながら、Meredith Anne Skuraはキャリバンを無垢なこどもとすることで、「ヴァージニアン　インディアン（a Virginian Indian）」や「黒人奴隷」、或いは、「失われた環（missing link）」、そして伝統的「野人」とは無縁な存在として解釈する[7]。

　プロスペローは、王権神授説を唱え絶対君主に座したジェームズ一世と同一視されてきた。プロスペローは孤島で構築された小社会の家父長であり、キャリバンとミランダの教育者でもある。キース・トマス（Keith Thomas）によれば、当時のイングランドでは教師は「絶対君主」や「横暴皇帝」として君臨していた[8]。本論の目的は、当時の人文主義者やモラ

リストが掲げる思想とともに、当時の学校教育を背景に、プロスペローの絶対君主、或いは教育者としての様相を考察することである。因みに、ルネサンスの人文主義者トマス・モア（Thomas More, 1478-1535）の『ユートピア』（1515-16）に関して、田村秀夫は、ここでモアは「最善政体」を語ったのではなく、主人公の語りをとおして読者に疑問を提示し、「有益な」改革の意図を織り交ぜたルネサンス的な遊びを下部構造に置いていると述べている[9]。『ユートピア』は初期近代イングランド社会に対するモアの批判的見解であり、パロディーやユーモア、そしてアイロニーを内包している[10]。この劇にも「有益な」改革の意図が下部構造に内包されているように思われる。

Ⅰ.「絶対君主」としての教師プロスペロー

この劇は、この孤島の所在に言及する「バミューダ」（Bermudas, 1.2.229）ということばから、プロスペローとキャリバンの関係を「文明」と「未開」という二項対立の枠組みで解釈されてきた。つまり、植民地言説的語りに於いてキャリバンは悪魔化される必要があった。キャリバンは母親のシコラクス（Sycorax）と何らかの記号で意思疎通をしてきたと思われる。しかしながら、プロスペロー親子はキャリバンがもつ意味不明の記号やアイデンティティを否定し、支配者と被支配者の関係で上層言語を教え込んできた。この様相は植民地主義政策の片鱗であり、イングランド社会に於けるパラダイムの再構築でもある。この植民地政策こそ絶対王政の縮図であった。『ユートピア』の中で、「国王の地位は、人民が自由と富をえて気ままで豊かにならない限り安泰である」[11]と述べられている。プロスペローもキャリバンとエアリエル（Ariel）、そして、ミランダの自由を封じ込む孤島の絶対君主であるが、専制君主にも近似している。

1. 言語教育における主従関係―キャリバン教育に関して

そもそも、"Caliban" という呼び名は人肉を食べることに関連付けられる "cannibal" のアナグラムとも言われているが、モンテーニュが新世界の人々を総称して用いたことばでもある[12]。このキャリバンは、第1・二

つ折本では「野蛮で醜い奴隷」と人物紹介がなされている。リチャード（Richard）の醜い容姿のイメージが劇のプロットに巧緻に仮託されているのと異なり、この劇ではキャリバンの容姿は重要なことではない。Skura はキャリバンについて、「彼はほとんど肉には触れず、根や木の実、時折、魚を食べていた」と述べ、彼の肉食にイメージされる野蛮さを否定する[13]。

　1幕2場、キャリバンはプロスペローに「奴隷！キャリバン！土くれ！」（1.2.314-315）と怒鳴られ、初めて舞台に姿を現す。キャリバンは登場するなり、韻文でプロスペロー親子に対する呪いの言葉を吐く。韻文は「宮廷で使われることば」[14]に分類され、ヨーロッパにおける父権性社会のヘゲモニーの顕現化でもある。キャリバンによれば、プロスペロー親子はこの島に漂着した当初、唯一の住人であった彼を可愛いがり、意思の疎通を図るため彼らの母語を教えていった。しかしながら、ミランダ陵辱未遂事件を契機に、キャリバンは岩穴に追いやられ、プロスペローとはラディカルな主従関係に変化した。それ以来、プロスペローはキャリバンにとって呪うべき客体に変わった。Jonathan Bate はプロスペローはキャリバンに呪うことを教える結果となったが、それがキャリバンの性格に起因するのか、彼の教育方法に問題があるのかは不明であると述べている[15]。また、藤田実はプロスペローにキャリバンを支配する権力者と、キャリバンに憎悪を抱かせる教育者としての側面を見る[16]。つまり、両者が教育者と生徒の関係にあることは否めない。

　2幕2場はキャリバン、ステファノー（Stephano）、そして、トリンキュロー（Trinculo）らにより繰り広げられる大衆祝祭の世界である。「人間か魚か」（2.2.23）と表象されるキャリバンが自国の言語を駆使することに、ステファノーは「いったいどこでこいつ、おれたちの言葉を覚えやがったんだ？」（2.2.60-61）と驚く。この時代、言語能力は理性を表象し社会的地位を分かつものであった[17]。キャリバンはステファノーがプロスペロー殺害計画に乗り気だと分かるや否や、彼を偽王と崇め韻文を使い始める。

CALIBAN. Yea, yea, my lord, I'll yield him <u>thee</u> asleep,
　　　　Where <u>thou</u> mayst knock a nail into his head.
　　　　（3.2.54-55, 下線は論者）

143

できるとも、わがきみ。寝てるところに案内するから、
そいつの脳天に釘をうちこむことだってできらあ。

キャリバンは韻文とプロスペローには決して使用しない "thee" や "thou"
の併用を巧みにこなす。John Holt はキャリバンの言い回しや慣用表現に
野蛮で古風、或いはグロテスクというような特別なものは見られないと述
べている[18]。プロスペローによる言語教育は「キャリバンの現在を支配す
るとともに未来を制限する」[19]。プロスペローは言語教育をとおしてキャ
リバンに主従関係のヘゲモニーを教え込み、西洋的パラダイムへ回収す
る。しかしながら、その言語教育はキャリバンにとって新たな抵抗の武器
となる。それゆえに、プロスペローは魔術で権力の転倒を封じ込める必要
があったのだ。

2. 時代を反映するプロスペローの教育

　過去に遡るが、日本を震撼させた教育者による体罰指導に関し、多くの
専門家は暴力で教育は不可能であり、心を傷つけるのみで、もはや時代錯
誤だと、大方の意見は一致している。

　教育に苦痛が伴うというのは当時イングランドが抱えていた問題でも
あった。そもそも罰と説教、つまり、「剣」と「言葉」の両方に訴えか
ける戦略はピューリタンの聖職者たちが提案したものである。しかしな
がら、この聖職者たちの質の改善も教会が抱えていた問題でもあった[20]。
十七世紀の初め、学校教育は重要視されていた。当時の資料が残されて
いるのは、唯一、グラマー・スクールに関してではあるが、生徒を市井
の生活から切り離し、服従と修行に慣れさせ、宗教、行儀、そして、丁
寧な言葉使いなどが叩き込まれた。ここで教化される道徳は本能の放棄
であった。そして、教師は「絶対君主」や「横暴皇帝」として一存で
采配を揮い、彼らが纏うガウンとともに鞭も権威の象徴として機能した。
長期間に及ぶ隷属状態と数多の心痛と恐怖、絶え間ない恐ろしい鞭打ち
の懲罰によって学校は維持されていた[21]。当時、エラスムス（Desiderius
Erasmus, 1466? ～ 1536）ら人文主義者が掲げる理念とは相反して、反抗
的な生徒への確固たる体罰は合法的、且つ、教育機関においても推奨され
ていた[22]。モアも「全世界のものが、生徒に口でいってきかせるよりも、

むしろ鞭にものをいわせたがる悪い学校教師に似ている」[23]と喩える程に、教師による鞭打ちは人文主義者の議論の的であった。正に、プロスペローの魔法のガウンと杖という出立ちは教師の象徴であるガウンと杖（鞭に相当する）という両義性を担っている。

（1）キャリバンに対する教育
　プロスペローが孤島に漂着したとき、キャリバンは孤児状態であった。しかしながら、ミランダとキャリバンは唯一プロスペローにだけ育てられるという非常に閉鎖的な状況下に置かれていた。Skura はキャリバンを"childish"と解釈し、「幼少期」を次のように定義する。

　　幼少期とは、誰もが、最も権力をもつエリザベス朝時代の貴族でさえ、支配権をもつ人との隷属関係、その隷属関係からくる屈辱を経験し、それに対する仕返しや復讐をする夢を見る時期である[24]。

当時イングランドでは、こどもは身分の如何を問わず、父親たる主人に隷属状態に置かれていた。また、教育現場と同様に家庭での躾も常に体罰を伴い、幼子も原罪を現す格好の見本とされた[25]。最初にプロスペローはキャリバンのこどものような無垢さに魅了されたが、又同時に、手に余るこどもの属性に憤りを覚え、やがて支配するようになったと、Skura は述べている[26]。生後、いくら学んでも生得のものを本質的に変えることはできないという問題は、現代に至る永遠のテーマである。

　　PROSPERO. A devil, a born devil, on whose nature
　　　　　　　Nurture can never stick; on whom my pains
　　　　　　　Humanely taken, all, all lost, quiet lost;
　　　　　　　（4.1.188-190,　下線部は論者）

　　悪魔だ、生まれながらの悪魔だ、あの性情では
　　いくら教えても身につかぬ。おれも慈悲の心から
　　ずいぶんと苦労したが、みんな、みんなむだであった。

プロスペローの台詞 "my pains" は、裏返せば、教育者がこどもに与える
肉体的苦痛でもある。プロスペローの「違法な権力」を合法化することで
キャリバンの幼さは相殺される[27]。

　また、先に引用した Skura の「幼少期」の定義から、こどもは召使と
同等である。つまり、プロスペローの生徒キャリバンは召使でもある。こ
の召使に関して、David Evett は、肉体的苦痛を与えてキャリバンを支
配しようとするプロスペローの態度は、実際にイングランドの召使が受
けていた扱いと比較して、よりラディカルだと述べている[28]。キャリバン
の「飯ぐらいは食わせろよ」(1.2.331) という台詞から、制裁として、時
には食事が与えられていなかったことが分かる。2 幕 2 場、キャリバンは
初めて目にするプロスペロー親子以外の人間であるステファノーに「おめ
えはまだはじめちゃいねえが、いますぐおれを痛めつけようっていうんだ
ろう。わかってるんだ、おめえのからだがぶるぶるふるえているからな」
(2.2.70-71) と言い、体罰を下すプロスペローの手先人と勘違いする。体
罰を下すものの体の動きがパターン化されていることから、プロスペ
ローによる体罰の常習化が明白である。「妖精のやつがおれを痛めつける
んだ」(2.2.58)、「痛めつけないでくれ、頼むよ。これからはもっと早く
薪をはこぶから」(2.2.64)、「きっとおれをこっぴどくこらしめるんだろ
うな」(5.1.261-262) などのキャリバンのことばからも、プロスペローは
過酷な体罰で、しかも自分では直接に手を下すことのない魔力を介した体
罰で、キャリバンを教化する。プロスペローによるキャリバン教育は、当
時のイングランドで実践されていた教育の寓意となる。

(2) ミランダに対する教育
　一方、ミランダはこの島に漂着して十二年間、もっぱらプロスペローか
らのみに閉鎖的な教育を受けてきた。

> PROSPERO. Here in this island we arrived, and here
> 　　　　Have I, thy schoolmaster, made thee more profit
> 　　　　Than other princes can, that have more time
> 　　　　For vainer hours, and tutors not so careful.
> 　　　　(1.2.171-174, 下線は論者)

> 二人はこの島に流れ着いた。この島で
> おれはお前の師となり、どんな王女が受けるよりも
> すぐれた教育を授けてきたつもりだ。世の王女たちは
> 遊ぶ時間にはこと欠かぬが、おれほど心を配る師には
> 恵まれぬものだ。

　成人男性の七十パーセントが文盲の時代、女子にはグラマー・スクール
や大学進学の道は閉ざされており、家柄の良い女子は家庭教師に頼って
いたが、他の女子がたとえ小学校に行けたとしても読み書きを覚える
程度であったとされる[29]。女子教育を必要としない人文主義者もいた
が[30]、モアは男女問わず教育の必要性を『ユートピア』の中で述べてい
る[31]。Stephen Orgel が、プロスペローは父親と母親の両者を演じるこ
とで、彼自身の中に妻を内包してきたと述べているように[32]、ミランダに
教育と同様に貞節も教えてきた。Lorie J. Leininger は、プロスペローは
ミランダの貞節を頑なに守ることにおいて、彼女から「人間の自由、成
長、思考」を奪い取ってきたと論じている[33]。事実、ミランダは無垢であ
り、父親に依存している。
　ミランダはファーディナンドを一目見るや否や、「なにかしら？妖精？
あら、あんなにあたりを見まわしている！ほんとうに、お父様、すばらし
い姿をしていますのね。でも妖精でしょう」（1.2.408-410）と絶賛する。
素晴らしい姿をしているのは妖精と決めつける彼女のことばから、外見に
内面の一致を見る新プラトン主義の世界観が見られる。この世界観はプロ
スペローが彼女やキャリバンに教授してきたことの一つである。
　プロスペローはファーディナンドの身分を知っていながら、敢えて、ミ
ランダの前で、密偵者扱いする。ミランダはそのようなファーディナンド
を庇う。

> MIRANDA. There's nothing ill can dwell in such a temple.
>   If the ill spirit have so fair a house,
>   Good things will strive to dwell with't.　　（1.2.456-458）

　この気高いお姿に卑しい邪心が宿るはずがありません、

醜い邪心がこのように美しい館をもったとしても、
善良な魂が争ってそこに住みつきます。

今や、ミランダはその父親から教え込まれた知識で、教師としての父親に
歯向かうのだ。プロスペローは「なに、おれに指図しようというのか？」
"What, I say, / <u>My foot my tutor</u>?"（1.2.467-468，下線は論者）と自分に
逆らうミランダを叱責する。プロスペローの "My foot my tutor" というこ
とばからも、親子関係がよりラディカルな教師と生徒の関係に置き換えら
れる。

（3）エアリエルとファーディナンドに対する教育
　エアリエルは魔女シコラクスにより松の木の幹の裂け目に十二年間閉じ
込められ苦しみ続けていた。その彼を助けたのがプロスペローである。そ
の恩を盾として、プロスペローは彼の巧緻な復讐プロジェクトを遂行する
ためにエアリエルの自由を拘束してきた。

> ARIEL.   I prithee,
>   Remember I have done thee worthy service,
>   Told thee no lies, made no mistakings, served
>   Without or grudge or grumblings. Thou did promise
>   To bate me a full year.   （1.2.246-250）

お願いです、これまでのりっぱな奉公ぶりを思い出してください、
嘘もつかず、まちがいもしでかさず、不平も不満も
口にしませんでした。そうしたら一年縮めてやると
お約束なさいました。

エアリエルは自由になる日を夢見て忠実にプロスペローに仕えてきた。儘
ならぬ現実に、エアリエルは自由の身になりたいと訴える。しかしなが
ら、プロスペローはエアリエルが不平を言えば柏の木の裂け目に十二年間
閉じ込めると脅し、過去の苦痛体験を脅威に彼を隷属状態に置く。エアリ
エルはキャリバン同様、まるでグラマー・スクールの学生のように怠けた

り反抗したりして、これが更なる不都合に陥るのを回避しようとする状態にある[34]。しかしながら、プロスペローの生活がキャリバンに依存しているように、彼の魔法はエアリエルに依存している。プロスペローは、国民の自由を封じ込めることで地位の安泰を保つ国王のように、二人の自由を奪う。

　プロスペローの復讐プロジェクトにとって、ファーディナンドとミランダの結婚は必要不可欠である。プロスペローはファーディナンドを高貴な地位にあるナポリ王の息子と承知の上で、この島の簒奪未遂容疑という名目のもと、屈辱的で不慣れな丸太運びをさせ、ミランダへの愛を試すと同時に、夫に相応しい人間に育てようとする。

> PROSPERO. [*To Ferdinand*] Come on, obey.
>   Thy nerves are in their <u>infancy</u> again
>   And have no vigour in them.　（1.2.482-484，下線は論者）

　おい、言うことを聞くがいい、
　おまえの五体の筋肉は幼子にかえったのだ、
　なんの力もありはしまい。

この「幼子」"infancy"ということばからも、プロスペローは我が子宛らファーディナンドを幼子扱いし、苦役という鞭を与え、牢獄に入れて躾けるのだ。

Ⅱ．絶対君主たるプロスペローの資質─人文主義の理想との比較に於いて

　キャリバンは、「本がなけりゃあ　あいつもただの阿呆だ」（3.2.84-85）と言及するように、主人が魔法の本に依存していることを把握している。キャリバンはプロスペローを襲撃するときは、最初に彼から魔法の本を取り上げ、そして、殺害するという手筈をステファノーらに指南する。

　そもそも、プロスペローはミラノ大公であったのだが、国事が疎くなる程に「魔術」（1.2.77）に没頭する余り、政治を委任していた弟のア

ントーニオ（Antonio）にその座を簒奪された。プロスペローが島流し
に会うとき、ゴンザーローはプロスペローが「自分の国より大切に思う」
（1.2.168）数巻の書物を彼のためにもたせた程、彼は魔術にのめり込んだ。
『痴愚神礼賛』（エラスムス）の中で痴愚神モリア（Moria）は言う。

　　あのプラトンの有名な箴言をね。曰く、「哲人が首長たるか、首長が哲
　　人たる国家は幸いなるかな」[35]とね。とんでもない、もし皆さんが歴
　　史を紐解かれるならば、哲学や文学を体になすりつけた人間の治める
　　国家ほど悪いものはないということが、おわかりになりましょう[36]。

モリアは人間を映す鏡であり、エラスムスは痴愚神賛美の裏に、痴行愚行
を繰り広げる人間を風刺する。さらにプラトン（Plato）の『パイドロス』
の中でソクラテス（Socrates）は「文字の発明は人々の記憶力をなおざり
にし、書物を信頼する余り、みずから知識を体得するための経験を積むこ
とを怠るであろう」、そして「またそれは、上辺だけの知恵であり、見か
けだけの博識家として自惚れさえしている」とテバイの王の神タモスを
して語っている[37]。つまり、プロスペローは大公でありながら書物に没頭
する余りに国事を等閑事としたのだ。
　5幕1場、プロスペロー殺害未遂事件で、キャリバンらはプロスペロー
の前に連れて来られる。

　　PROSPERO. These three have robbed me, and this demi － <u>devil</u> －
　　　　　　For he's a bastard one － had plotted with them
　　　　　　To take my life. Two of these fellows you
　　　　　　Must know and own; this thing of <u>darkness</u>, I
　　　　　　Acknowledge <u>mine</u>.
　　CALIBAN.　　　　　　　　　　I shall be pinched to death.
　　（5.1.271-275,　下線は論者）

　　プロスペロー　　この三人は私の物を盗んだのみならず、この悪魔の
　　　　　　　　　　私生児めは、他の二人と共謀して、私のいのちまで
　　　　　　　　　　盗もうとした。その二人は、ご存じのはずだが、

　　　　　　　　あなたの召使であり、この悪魔の化け物めは
　　　　　　　　残念ながら私の下僕だ。
　キャリバン　　　　　　　　　　　　　こいつはつねり殺されそうだ。

　Skura はこのプロスペローの「私の」"mine" ということばから、この時
初めて彼はキャリバンを自分のこどもと認識していると述べている。プロ
スペローがキャリバンを自分の所有物とする重要性は彼自身にある「邪悪
さ」を認めること、つまり、彼自身が「我儘なこども」であったことを認
識する契機になる[38]。プロスペローはキャリバンのことを "devil"、つまり、
"demon" と形容するのだが、ギリシア語で「学者（知者）」（ダイモナス）
を意味する[39]。阿呆者と賢人の相違について、モリアによれば、前者は
様々な情念に導かれ、賢人は理性に導かれると定義する[40]。国事を御座な
りにして失脚させられたプロスペローは賢者ではなく、また、復讐という
情念に囚われていた彼は阿呆物である。つまり、プロスペローにとって
キャリバンは彼の内面に存在する手に負えない自己の分身でもあり、「リ
ビドー」[41]でもあるのだ。しかしながら、プロスペローは「おれは激しい
怒りよりも気高い理性に味方しようと思う」（5.1.26-27）と言い、復讐と
いう情念を捨て理性を取り戻す。プロスペローはアントーニオの罪の中
に自分の非、つまり、魔術に没頭し国事を蔑ろにした罪を認め、許しを
与える。
　キャリバンは主人殺害未遂事件に対するプロスペローの容赦ない体罰を
恐れる。しかしながら、Skura はプロスペローがキャリバンを自分のこど
もと認識した後は、これまでキャリバンに示してきた力が幾らかは弱まっ
てきたと述べている[42]。

　　PROSPERO. Go, sirrah, to my cell;
　　　　　　　　Take with you your companions. <u>As you look</u>
　　　　　　　　<u>To have my pardon, trim it handsomely</u>.
　　　　　　（5.1.289-291, 下線は論者）

　おい、岩屋に入っておれ。
　仲間も連れて行くのだ。おれの許しを得たければ

なかをきちんと掃除しておくのだぞ、いいか。

プロスペローはこの時はじめてキャリバンに対して体罰を与えない。むしろ、キャリバンを自分の家に入れるという許しを与えるのだ。

　最終的にプロスペローはこの魔法の書物を海に沈め、ミラノ大公へ起死回生を果たした。モアは国王の資質として「国王自身が自分の品行をあらため放蕩をやめ、傲慢を去ること」[43]と述べている。プロスペローは最後には政治を志すものとして自分の意のままになる魔術という傲慢さを捨てた。

Ⅲ．結語

　5幕1場、キャリバンはクラリベル（Claribel）の結婚式帰りの立派な宮廷衣装を身に纏ったアロンゾー（Alonso）一行を目にする。

　　CALIBAN. O Setebos, there be brave spirits indeed!
　　　　　　How fine my master is!　　（5.1.260-261，下線は論者）

　ああ、神様、なんてすてきな妖精たちなんだ！
　もとのご主人様もきれいな姿になって！

キャリバンは彼らを「妖精」と称賛する。これはミランダがファーディナンドを形容した「妖精」ということばと呼応する。キャリバンは又、ミラノ大公の豪華な衣装を身に纏うプロスペローの姿に驚く。豪華な衣装に関して、『ユートピア』では以下のように語られている。

　例の美しい衣裳を着ればそれだけ自分が立派になったように思う連中も、やはりこの虚妄の快楽の虜になっているのだとユートピア人は考える。そして、この連中の犯した誤りは二重だとされている。衣裳がほかよりもいいと考えている点と、だから自分たちがそれだけで立派になったと考えている点である[44]。

　豪華な衣装は度々人間の傲慢さと関連付けられてきたが、"rich or regal garments" として大公の換喩でもある[45]。また、衣服は人間性の象徴でもある[46]。王、王の弟、実弟らに対するプロスペローの尋常無き復讐に、エアリエルから、もし「私が人間でしたら」（5.1.19）彼らのことを哀れに思うだろうと非難され、その「人間」ということばを契機に、プロスペローは人間性を取り戻す。プロスペローは「いま選ぶ正しき道は、恨みを晴らすことではなく徳を施すことにある」（5.1.27-28）と言い、アロンゾー一行にかけた魔法を解き、実弟アントーニオの罪を許す。キャリバンの称賛はプロスペローがその衣装に相応しい人間性を取り戻したからに他ならない。これこそプロスペローがキャリバンに教化してきた新プラトン主義の世界観である。シェイクスピア劇の多くで見られるように、プロスペローは宮廷社会から離れ、緑（この劇では自然豊かな孤島）の世界に一旦身を置くことで、人間性を回復し、再び宮廷社会に戻る。

　この劇の語りは、田村が指摘するように、「有益」な改革の意図と織り合わされている。最後に、プロスペローはマントと杖、そして、魔術の本を放棄した。これは、一つには、マントと杖に象徴される教育者プロスペローをして教育現場の有益な改革の意図、謂わば、体罰非難を内包している。もう一つには、当時の民衆は、聖職者でさえ、正統的な神の観念とは相容れることのない、得体の知れない超自然的な占いや占星、そして魔術に関心を抱いていたとされる。1584 年のピューリタンの文書によれば、依然として古い迷信に浸透していたものは人口の 4 分の 3 までいたとされ、州によってはピューリタンの聖職者たちが道徳規律を作成し、カトリック信仰や魔術、飲酒などの道徳的違反行為を処罰したとされる[47]。プロスペローの国事を等閑ごとにして魔術に没頭した彼の非は彼自身の口から語られる。プロスペローの魔術書の放棄は黒魔術に対して悪魔学に基づくラディカルな政策を遂行していったジェームズ一世に対する有益な社会改革の意図を含意しているのかも知れない[48]。

註

※ この論文は福岡女子大学英文学会 *KASUMIGAOKA REVIEW* 第 20 号（福岡：福岡女子大学英文学会，2014）に掲載されたものに加筆、修正したものである。

（13-29）

1　*The Tempest* からの引用及び行数表示は全て David Lindley, ed. *The Tempest* (Cambridge: Cambridge University Press, 2002) による。和訳は全て『テンペスト』小田島雄志訳（東京：白水社，2003）による。

2　原二郎訳「モンテーニュⅠ」『世界古典文学全集 第37巻』（東京：筑摩書房，2005）pp. 152-153.「この国にはいかなる種類の取引も、学問の知識も、数の知識もない。役人という名前も、政治家という名前もない。奴隷の使用も、貧富の差もない。契約も、相続も、分配も一切ない。遊んでいる以外には何も仕事がない。親に対する尊敬もすべての親に共通なものしかない。着物も、農業も、金属もない。葡萄酒も、麦も一切用いない。嘘、裏切、偽装、吝嗇、嫉妬、悪口、容赦等を意味する言葉も聞かれたことがない」。これは、モンテーニュの使用人が実際に 10 〜 12 年間住んでいた場所であり、その彼からの話に依拠している。ここで謳われている場所はブラジルのことである。1555 年、フランスはリオ・デ・ジャネイロ湾にフランス植民地を建設している（「モンテーニュⅠ」Notes to 149-150）。

3　モンテーニュⅠ p. 152.

4　Lindley, Notes to 137. たとえば、Ben Jonson、仮面劇 *"The Golden Age Restor'd"* （1616）など。

5　"Livy, Machiavelli, and Shakespeare's 'Coriolanus'," *Shakespeare Survey* 38, ed., Stanley Wells (Cambridge: Cambridge University Press, 1985) 115-130. 128.

6　モンテーニュⅠ p. 152.

7　Anne Meredith Skura, "Discourse and the Individual: The Case of Colonialism in *The Tempest*," *Shakespeare: An Anthology of Criticism and Theory 1945-2000*, eds., Russ McDonald. (Oxford: Blackwell, 2004) 817-844. 820.

8　キース・トマス『歴史と文学』中島俊郎編訳（東京：みすず書房，2001）p. 162.

9　田村秀夫『トマス・モア』（東京：研究社，1996）pp. 111-112.

10　岩崎宗治『シェイクスピアの文化史』（名古屋：名古屋大学出版会，2002）pp. 182-183.

11　トーマス・モア『ユートピア』平井正穂訳（東京：岩波書店，2011）p. 64.

12　Philip C. McGuire, *Shakespeare: The Jacobean Plays* (Houndmills: Michigan State University Press, 1994) p. 178.　又、モンテーニュは「誰でも自分の習慣にないものを野蛮と呼ぶなら話は別である」と述べている（「モンテーニュⅠ」151）。

13　Skura 823.

14　David Evett, *Discourses of Service in Shakespeare's England* (New York: Palgrave, 2005) p. 199.

15　Jonathan Bate, "The humanist *Tempest*," in Claude Peltrault, ed., *Shakespeare, 'La Tempête': Etudes critiques*, 1993. p. 12; qtd. in Lindley, Introduction to 67.

16　『テンペスト』藤田実［イントロダクション及び註］（東京：大修館，1990）p. 24.

17　McGuire p. 179.

18　John Holt, *Some Remarks on The Tempest* (London: Printed for the author, 1750) p. 28.

19　ヴォーン・T・アルデル、ヴォーン・メーソン・ヴァージニア『キャリバンの文化史』（本橋哲也訳 東京：青土社）1999.　p. 225.

20　キース・ライトソン『イギリス社会史1580-1680』中野忠訳（東京：リブロポート，1991）p. 351.　1630年には聖職者の質も良くなったとされる（357）。

21　トマス　p. 154, p. 156, pp. 158-159, pp. 161-162. 及び、キース・ライトソン『イギリス社会史1580-1680』中野忠訳（東京：リブロポート，1991）p. 311. ライトソンによれば、学校とは「過度の自由を制限し、[...]宗教の教えと[...]彼ら本来の君主と為政者への礼儀、正しい忠誠と服従を教え込む」場所であった。

22　Rebecca W. Bushnell, *A Culture of Teaching: Early Modern Humanism in Theory and Practice* (New York: Cornell University, 1996) に詳しい。また、エラスムスの『痴愚神礼賛』にはハンス・ホルバイン作＜生徒を罰する先生＞が挿絵として入っている。エラスムス『痴愚神礼賛』渡辺一夫、二宮敬訳（東京：中央公論新社，2006）p. 140.

23　モア p. 25.

24　Skura 832.

25　トマス p. 197.

26　Skura 833.

27　Skura 832.

28　Evett p. 192.

29　ライトソン pp. 318-319.

30　Lindley, Notes to 107.　この時代 "prince" は高貴な男女の子供を指していた。エラスムスは女性の痴愚からもたらされる幸福を説いている（エラスムス 53）。

31　モア p. 98.

32　Stephen Orgel, "Prospero's wife," *The Tempest,* ed., Patrick M. Murphy (New York: Routledge, 2001) 231-244. 234-235.

33 Jerrell Lorie. Leininger, "The Miranda Trap-Sexism and Racism in Shakespeare's *Tempest*," *The Tempest* ed., Patrick M. Murphy (New York: Routledge, 2001) 223-230. 228.

34 トマス p. 159.

35 プラトン『プラトン全集 11 クレイトポン／国家』田中美知太郎、藤沢令夫訳（東京：岩波書店, 1987)「国家」5.473 C.D. 「哲学者たちが国々において王となって統治するのでない限り、あるいは、現在王と呼ばれ、権力者と呼ばれている人たちが、真実にかつ十分に哲学するのでない限り、すなわち、政治的権力と哲学的精神とが一体化されて、多くの人々の素質が、現在のようにこの 2 つのどちらかの方向へ別々に進むのを強制的に禁止されるのでない限り、国々にとって不幸の止む時は無いし、また人類にとっても同様だ」とソクラテスはグラウコンに述べている（394)。

36 エラスムス p. 68.

37 プラトン『パイドロス』藤沢令夫訳（東京：岩波書店, 1995) p. 274. C~E, p. 275. A, B.

38 Skura 833.

39 エラスムス p. 92. 及びプラトン『プラトン全集 2 クラテュロス／テアイテトス』水地宗明、田中美知太郎訳（東京：岩波書店, 1986) 397.D~398.C.

40 エラスムス p. 83.

41 ヴォーン p. 260.

42 Skura 834.

43 モア p. 66.

44 モア p. 140.

45 Lindley, Notes to 57.

46 岩崎 p. 179.

47 ライトソン pp. 310-311, p. 318, p. 335, p. 340, p. 343, p. 356.

48 Thomas Alfred Spalding, *Elizabethan Demonology* (London: Folcroft, 1880) p. 117. 1604 年、ジェームズ一世は「魔術法」を改正し黒魔術を禁じた。

第 3 章 『コリオレーナス』における「交換」の様相
―国家への帰属意識の観点から―

　『コリオレーナス』（*Coriolanus*）の主要な時代背景として、封建社会の崩壊と共に資本主義社会の台頭、及び、1607 年にウォリックシア（Warwickshire）を含むイングランド中部及び北部で勃発したイングランド中部地方の反乱（Midland Revolt）が挙げられる。穀物の不足、そこから生じる穀物価格の高騰、そして土地囲い込みに不満を抱えた小作人の蜂起が（時代の設定は古代ローマであるが）1 幕 1 場の冒頭に顕著に描かれている。カール・マルクス（Karl Marx）はこの土地囲い込みについて、「かくして、暴力的に土地を収奪され、放逐され、浮浪人にされた農村民」[1] と記している。飢饉に喘ぐ市民階級と余剰食料を蓄えとして持つ貴族階級の対極化は、この作品の主要なモチーフの一つである。
　市民階級と貴族階級の間にある軋轢はエリザベス女王（Elizabeth I、在位 1558-1603）の統治の時代にも明らかな社会問題であった。「エリザベス女王は、絶えず、イングランドの下院（庶民院）から、法案に関して彼らの権利を承認するようにと求める圧力のもとにあり」[2] そして、ジェームズ一世（James I、在位 1603-1625）の時代には、「議会の権力は確実に下院（庶民院）へと移行していった」[3] とされている。博学として知られ、王権神授説を唱えたジェームズ一世は、1603 年の国会演説において、よい法と組織法を充実させることの必要性を訴え、さらに国王個人の利益よりも公共および国家の福祉を優先すべきことを力説し、君主と専制君主の違いを明確に示している[4]。しかしながら、1606 年の国会で、彼は庶民院を「護民官」とし、国会の敵の如く痛烈に批判し、彼の演説とは矛盾した二面性を露呈させている[5]。この矛盾をこの劇の登場人物である市民は「貧乏人を金縛りにする過酷な法令を次々に布告する」（1.1.68-69）[6] と突く。『コリオレーナス』では、元老院、執政官制度の貴族政治的要素と、護民官制度や市民のもつ拒否権などの民主政治的要素の混合、即ち、共和制ローマの政治体制が描かれているが[7]、この共和制ローマの政治体制と、これに根源を置いたとされるイングランドの政治体制を重ね合わせること

で、当時のイングランドにおける市民と国王との間の政治的な緊迫感を垣間見ることができる。

　この劇では、コリオレーナス（Coriolanus）に体現される名誉、高貴さという封建的価値と、民主政治を象徴する民衆の声の顕在化が対極的に描かれている。

SICINIUS.　　　　What is the city but the people?
ALL PLEBEIANS. True. The people are the city.　　（3.1.200-201）

　シシニアス　　民衆不在のローマがなんだ？
　市民たち　　　そうだ、そうだ、民衆がローマなのだ。

こうして、国家あっての市民なのか、市民あっての国家なのかという相容れないイデオロギー間で、両者は常に駆け引きを伴いながらお互いの立場を主張しあう。

　Franco Moretti は *The Way of the World* において、近代ブルジョワ資本主義社会に見受けられる「交換」"exchange" という概念を「何かを失うことと引き換えに何かを得る」[8] と定義している。それは単に貨幣経済的な交換原理を意味しない。本論では、この近代ブルジョワ資本主義社会を特徴付ける交換の様相が、『コリオレーナス』に垣間見られることに着目し、登場人物の国家への帰属意識の如何をその論点として、その諸様相を考察する。

I

　1幕1場において、市民1（First Citizen）の台詞には、すでに市民階級と貴族階級の軋轢が顕著であるが、明らかに市民1は自らを商品として認識している。

FIRST CITIZEN.
　We are accounted poor citizens, the patricians good.

What authority surfeits on would relieve us. If they would yield us
but the superfluity while it were wholesome, we might guess they
relieved us humanly. But they think we are too dear. The leanness
that afflicts us, the object of our misery, is as an <u>inventory</u> to
particularise their abundance; our sufferance is a gain to them. Let
us revenge this with our pikes, ere we become rakes; for the gods
know, I speak this in hunger for bread, not in thirst for revenge.
（1.1.12-17，下線は論者）

おれたちは貧困なる市民諸君だ、寛大であるべきは貴族たちのほうだ
ろう。お偉方が食いすぎてるぶんだけでもおれたちは助かるんだぜ。
せめてその食い残しを腐らないうちにおれたちにまわしてくれりゃ
あ、おれたちだって助けてくれてなさけ深いかたたちだと思うだろう。
ところがあの連中にとっておれたちはもっと大事なんだ、おれたちが
骨と皮だけになって苦しむみじめな姿を見ると、連中はそれに照らし
合わせて自分の脂ぎったゆたかさにますます満足できるって寸法だ。
おれたちの苦しみは連中の楽しみなんだ。おれたちが骨と筋だけの熊
手みたいになっちまう前に、熊手をふりかざして骨のあるところを見
せ、筋を通そうじゃないか。神々だってご存じだ、おれが復讐しろと
言うのも、血に飢えているからではない、パンに飢えているからだ。

飢餓は市民にとって切実な問題であるのにもかかわらず、市民の惨めな姿
が貴族の「商品又は財産目録」"inventory" として喩えられている。
　また、メニーニアス（Menenius）によって語られる胃袋の寓話を介し
ての国家身体論は社会的人間の生産的諸器官の集合体としての国家を前
提としており、専制君主的である[9]。メニーニアスは他の諸器官が「共通
の目的のために奉仕し、その要求を満たすべく努力をしている」（1.1.86）
ことを市民に対して説くが、胃袋が元老院という権威に他ならないことを
認識している市民はその専制君主的有り方を許さない。
　一方、市民に対し、コリオレーナスは戦場で恐怖を抱く市民のことを兎
やガチョウに喩え、「ローマの恥さらしめ！」（1.4.32）と彼らの臆病振り
を罵る。これが正しくコリオレーナスの彼らに対する侮蔑の要因である。

MARTIUS. I thank you, general,
　　　　But cannot make my heart consent to take
　　　　A bribe to pay my sword, I do refuse it,
　　　　And stand upon my common part with those
　　　　That have <u>beheld</u> the doing.
　　　　（1.9.36-40，下線は論者）

そのご厚情には感謝します、将軍。
だが私の剣にたいする報酬として賄賂を受けとることは
私の心が許しません。おことわりします。どうか
私もみんなと同じようにあつかってください、
私の働きを助けてくれた兵士たちと変わりなく。

下線部の "beheld" という単語は "upheld" の誤謬ではないかという解釈[10]
があるが、戦いを見ていただけなのか、それとも積極的に戦って援助し
たのかでは、戦場での市民像が大きく異なる[11]。この劇の材源の一つであ
るプルターク（Plutarch）の『英雄伝』（*The Lives of the Noble Grecians
and Romans*）を参照しても、この解釈の両義性は否めない。

But Martius, stepping forth, told the Consul he most thankfully
accepted the gift of his horse, and was a glad man besides that his
service had deserved his general's commendation; and as for his other
offer, which was rather <u>a mercenary reward</u> than an honourable
recompense, he would have none of it; but was contented to have his
equal part with other soldiers.[12]　　（下線は論者）

だが、マーシャスは、前に進み出て、執政官に馬の贈り物をありがた
く頂き、そして、その上、自分の働きが将軍の賞賛に値しようとは幸
せ者であると言った。そして、名誉ある報酬よりはむしろ金銭での報
酬という彼の申し出に関するかぎり、彼はそのどちらも手にはしな
かっただろう。だが、他の兵士たちと同等のもので満足した。

しかしながら、上記「欲得ずくの」或いは「報酬目当ての」"mercenary"ということばを少なくとも "beheld" と関連付けることは可能であろう。以上のことから考察すれば、"beheld" にはコリオレーナスの皮肉が含まれており、臆病な市民のことを風刺していると解釈できるだろう。

　また、コリオレーナスは市民の声が権力を増すことにより、執政官の地位は落ち、市民を代表とする護民官と執政官の権威間の抗争は混乱をもたらし、最後には共倒れになることを危惧する。コリオレーナスはギリシャの例を出し、市民主体の国家はやがては民衆の力を収束できず、国家の機能不全へと陥った危険性の二の舞を憂慮する。前述したジェームズ一世が懸念していた政治体制における民衆の声の抑制、正しく、その具現化であろう。

　ローマの執政官であり将軍でもあるコミニアス（Cominius）は、1 幕 6 場において、戦場での戦いぶり如何では戦利品の平等分配がありうることを市民に示唆し、彼らの戦場における志気を高めようとする。しかしながら、後にアンシャムで獲た戦利品は分配されておらず、護民官ブルータス（Brutus）は口先だけの元老院に不満を抱いている。

　市民あっての国家を主張する市民は自ら国家のために戦う士気がなく、また、戦利品の分配に見合う貢献如何にかかわらず、それを要求する。一方、市民なくして存在し得ない国家は市民の声を必要とはしない。換言すれば、市民は国家の権力体制の中に組み込まれるという前近代的な様相の中にも、資本主義社会がもたらした個人主義の認識の中にある市民というダブルスタンダードがあり、一方、国家を体現する貴族階級は「ボディー・ポリティック」という階層社会を具現化する権力構造のイデオロギーから乖離することができない。いわば、両者間に交換機能の不全をもたらしているのである。

Ⅱ

　コリオレーナスにとって、これまでの祖国に対する貢献から鑑みて、執政官の地位は市民に票を請う必要などない。

CORIOLANUS. 　　　Mine own desert.
SECOND CITIZEN. Your own desert?
CORIOLANUS. 　　　Ay, but not mine own desire. 　（2.3.58-60）

コリオレーナス　　おれの功績のためだ。
市民２　　　　　　あなたの功績のため？
コリオレーナス　　そうだ、おれが望んだためではない。

コリオレーナスは自分が執政官になるのは功績ゆえであり、彼の欲望からではないと真情を披瀝する。商品を体現する市民と異なり、所謂「私的所有」[13]という概念のないコリオレーナスには、国家への貢献に関して、本来ならば、報酬を受けるに値する行為であるにもかかわらず、それに我執しない。

MARTIUS. I thank you, general,
　　　But cannot make my heart consent to take
　　　A bribe to pay my sword. 　（1.9.36-38，下線は論者）

そのご厚情には感謝します、将軍。
だが私の剣にたいする報酬として賄賂を受けとることは
私の心が許しません。

コリオレーナスにとって、男としての名誉である「剣」に対する戦利品の分配に与るのは「賄賂」に値する。命と引き換えに母国ローマへ捧げるものは姿なき名誉である。換言すれば、コリオレーナスの身体はあくまでも国家に帰属するものであり、国家を超えて、または国家なしには存在し得ない。
　一方、市民は、下記市民３（Third Citizen）（市民は名前をもたない）の台詞に顕著なように、コリオレーナスに票と引き換えに交換可能な当然の見返りを求める。

THIRD CITIZEN. You must think, if we give you anything, we hope
　　　　　　　to gain by you.
CORIOLANUS. Well then, I pray, your price o'th'consulship?
FIRST CITIZEN. The price is to ask it kindly.　　　（2.3.63-7）

市民3　　でもおわかりでしょうね、こっちだってなにかさしあげた
　　　　　ら、そのぶんだけあなたからいただきたいと思ってるんで
　　　　　すよ。
コリオレーナス　　それではうかがおう、執政官の職にいくらの値段
　　　　　をつける？
市民1　　その値段は、心からお頼みになることです。

コリオレーナスが市民の投票する行為に値段を尋ねる様子は、貨幣占有者
が労働力占有者から労働力を商品として購入する構造に匹敵する。市民が
投票権に政治的イデオロギーを介入させることはない。
　要約すると、両者間の交換の相違は、国家に帰属意識をもつ個人なのか、
それとも、国家のイデオロギーに回収されることのない、または、資本
主義社会がもたらした個人主義を体現する個人なのかということに帰結
しよう。

Ⅲ

　ヴォラムニア（Volumnia）の母性は政治に深く関与しており、その
ファシズム性は否めない[14]。国家レヴェルにおいては、事実、ヴォラムニ
アはローマという国家の枠組みの中で生きてきた人物であり、また息子コ
リオレーナスをも国家に貢献する一兵士として育てて来た。ヴォラムニア
は国家のために栄誉が得られるところには、息子が「まだ舞台で女の役を
演じる年頃」（2.2.90）でありながらも、危険を承知で彼を戦地へと赴か
せた。そして、彼女は母国のために息子の名誉ある死を望む。息子の名声
がヴォラムニアの息子となり、名誉は息子の命との交換可能な記号とな
る。ヴォラムニアはコリオレーナスの「鋳型」（5.3.22）であり、これは

国家権力に沿った母親の価値観のもと、息子コリオレーナスを育てて来た事を含意する。この母親への彼の依存心は執政官の票を市民に請う時に顕著となる。

> VOLUMNIA.　　　　　　　　　He <u>must</u>, and will.
> 　　　Prithee now, say you will, and go about it.
> CORIOLANUS. <u>Must</u> I go show them my unbarbed sconce? <u>Must</u> I
> 　　　With my base tongue give to my noble heart
> 　　　A lie that it must bear? Well, I will do't.
> 　　　（3.2.98-102, 下線部は論者）

> ヴォラムニア　　　そうしなければなりませんし、きっとそうしてく
> 　　　　　　　　れるでしょう。ね、してくれるわね。
> コリオレーナス　　この頭をさらしものにしろといわれるのか？
> 　　　　　　　　卑しい舌で気高い心に嘘つきの汚名を着せろと？
> 　　　　　　　　よろしいやりましょう。

コリオレーナスの繰り返す "must" で始まる疑問文は、これまでの戦場での彼の勇姿からは想像もできないほど母親に服従的である。それは、半ば、自己暴虐的でもある。

> VOLUMNIA. I prithee now, sweet son, as thou hast said
> 　　　My praise made thee first a solider, so,
> 　　　To have my praise for this, <u>perform a part</u>
> 　　　Thou hast not done before.　　（3.2.108-11, 下線は論者）

> 頼みますよ、おまえ。おまえは
> 私のほめことばで武人に仕立てられたとお言いだった、
> 今度も私にほめられるよう、はじめての役を
> しっかり勤めておいで。

換言すれば、コリオレーナスはヴォラムニアの演出のもと、彼に課された

役回りを演じなければならないのである。

　一方、私的レヴェルにおいて、コリオレーナスが執政官になること、即ち、権力を身に付けること、これはヴォラムニアにとって、息子を育てて来た集大成となる。その垂涎の的である最高の名誉を息子が受け取るためには、これまで彼女自身が教え込んできた男の名誉を彼に偽らせることさえ厭わない。ヴォラムニアはコリオレーナスに、権威としての執政官の地位を得ることと引き換えに男として最高の価値である「誇り」を捨てさせる。

　要約すると、ヴォラムニアは国家レヴェルにおける「名誉」、私的レヴェルにおける「執政官という権力」を獲得するために、「命」と「誇り」をコリオレーナスに捨てさせる。

IV

　5幕3場の大団円で、ヴォラムニアはアポリアな選択に迫られる。

> VOLUMNIA. Alas! How can we for our country pray,
> 　　　Whereto we are bound, together with thy victory,
> 　　　Whereto we are bound?　　(5.3.107-109)

　ああ、どうしてできよう、
　一方では私たちの大事な祖国のために祈りながら、
　同時に私たちの大事なおまえの勝利を祈ることが？

　祖国と息子、どちらを選択してもヴォラムニアには不幸しか待ち受けていない。

　ヘクバ（Hecuba）の乳[15]、即ち、母の与える乳と交換に戦場で受ける額の傷を望んできた母親ヴォラムニアにとって、それは、母性の拒否と捉えられてきたが[16]、祖国ローマの勝利と引き換えにあるのは、息子コリオレーナスの死である。彼が勝利を収めれば、母国の売国奴という汚名を着せられ、末代まで恥の顛末を語り継がれる。どちらが勝利を収めても、

ヴォラムニアを満足させる選択は残されていない。唯一残された切り札として、ヴォラムニアは勝利目前のヴォルサイ人には「慈悲を与えたぞ」"This mercy we have showed"（5.3.137）と言わせ、ローマの人には「慈悲を受けたぞ」"This we received"（5.3.138）と答えさせるという和解をコリオレーナスに提案する。ローマは慈悲を受け取るが、感謝以外に交換されるものをヴォルサイ人は受け取っておらず、錯綜した母の思いが矛盾として露呈している。

　乳に喩えられる慈悲はコリオレーナスの母親への恩を象徴し、それを受け取るのは母親であるヴォラムニアを意味している。ヴォルサイ人の陣営にいるコリオレーナスに慈悲を与えさせ、ローマ人のヴォラムニアがその慈悲を受け取る構図、換言すれば、彼女は息子に恩を返せと要求しているのである。彼女の心中で、ローマの使者としての国家レヴェルの事柄が私的レヴェルのものへと変容しているのである。

　Kate Millett は一般的に認識されている男女両性間の性的役割は本質的に文化的に構築されていると主張する[17]。また、彼女は家族の役割は父権性国家の統治の一単位として機能することであり、家族、社会、国家という父権制の三要素の運命の相関性を論じている[18]。このような父権制社会において、母親が子供を育てることは本質的なことであり、無償の行為であると考えることは可能なことだろう。

　しかしながら、下記引用下線部が示すように、ヴォラムニアは子育てに対する見返りを明確な言葉で息子に措定する。

　　　VOLUMNIA. There's no man in the world
　　　　　　More bound to's mother, yet here he lets me prate
　　　　　　Like one i'th'stocks. Thou hast never in thy life
　　　　　　Showed thy dear mother any courtesy,
　　　　　　（5.3.158-61, 下線部は論者）[19]

　　　これほどの母の恩を受けた男はいないのに、この子は
　　　母の願いを罪人の哀訴のように聞き流す。これまで
　　　おまえは一度も私に孝行をつくしてはくれなかった、

　そして、彼女は「当然母につくすべき義務を怠った罪」（5.3.166-68）を
息子に顕示する。無償の子育てに対して、その代償の要求という、この定
石への蹂躙は母子関係に転覆をもたらし、無秩序としての混沌に収斂さ
れ、惹起する悲惨な結末である息子の死を予兆させる。コリオレーナスは
母親からもらった乳への報酬に、母への服従を示す。それはコリオレーナ
スの内部で、目の前にいるヴォラムニアの姿がローマの平和の使者から一
人の母親として受容された瞬間である。しかし、それはコリオレーナスが
ローマを追放され母親から離れて始めて得ようとしていた、母からの自立
を奪われた瞬間でもある。
　そうして、ヴォラムニアは国家の安泰のため、息子の「命」と「名誉」
の交換に一縷の望みを託す。彼女は市民のことを「はした金で売買される
ためにのみ存在するボロをまとった奴隷」（3.2.10-12）と侮蔑していたに
もかかわらず、彼女の国家レヴェルでの交換が、市民が体現する交換の様
相へと変容する。
　母親ヴォラムニアが息子コリオレーナスの前に跪くという「自然に反す
る光景」（5.3.185）がもたらす、更なる親子関係の転覆は、主人公コリオ
レーナスの死を決定的なものとする。

> *[He] holds her by the hand, silent*
> CORIOLANUS. O mother, mother!
> > What have you done? Behold, the heavens do ope,
> > The gods look down, and this unnatural scene
> > They laugh at. O my mother, mother! O!
> > You have won a happy victory to Rome;
> > But for your son ― believe it, O believe it ―
> > Most dangerously you have with him prevailed,
> > If not most mortal to him. But let it come. ―
> > （5.3.183-90）

おお、母上、母上！
なんということをなさいました！ごらんなさい、天が口を開き、
神々が下界を見おろし、この自然に反する光景を笑っておいでだ。お

お、母上！
あなたはローマのために幸運な勝利をかちとられた、
だがあなたの息子を―嘘ではなく、おお、嘘では―
いのちとりのとまでは言わなくても、危険な淵に
追いこまれたのだ。このうえはなるようになるがいい。

コリオレーナスは母親の手を黙って握る。マックス・ピカート（Max
Picard）が「沈黙は決して消極的なものではない。沈黙とは単に‘語らざ
ること’ではない。沈黙は一つの積極的なもの、一つの充実した世界とし
て独立自存しているものなのである」[20] と論じているように、この沈黙と
いう遅延の中にはコリオレーナスの苦渋の決断が含意されている。そし
て、観客はこの親子の姿に同化と異化を交錯させる[21]。
　コリオレーナスは母親に恩を返すために自らの命を失い、ヴォラムニア
も自国ローマの安泰のために、息子の命を犠牲にしたのである。国家の大
義のために貴族階級に属する個人は国家に回収される。
　ローマとの和解後、コリオレーナスがローマには戻らずコリオライに
戻ったのは、彼が常にもつ国家への帰属意識であり、ヴォルサイ人と共に
戦うと決めた以上、もはやそれはローマにはない。ゆえに、彼が祖国ロー
マを攻撃したのは、精神分析的に論じられているような母親を国家ローマ
と同一視し、父親の役割を担った母親への攻撃であるという主張[22] は受入
れ難い。

結語

　コリオレーナスとヴォラムニアの親子関係が前景化されているような錯
覚に捉われるが、あくまでもこの劇の主たるテーマは国家と市民の関係に
おける相容れない政治的イデオロギーの衝突である。『コリオレーナス』
には護民官の存在、市民の投票や拒否権等、明らかに民衆の声が存在す
る。資本主義の台頭と共に、裕福になった市民階級の権威が国王を脅かし
ていたというイングランドの時代背景の中で描かれた古代ローマの護民官
制度、また、ジェームズ一世の政治が専制政治的様相を帯びだしてきたこ

とへの知識人たちの危惧感[23]はこの作品の主要なモチーフでもある。
　この劇では、古代ローマを舞台にしていたとはいえ、イングランドの王
権秩序のもとで体現されていた「ボディー・ポリティック」の中で、国家
の幸福を希求する個人なのか、あるいは、資本主義社会の個人主義を体現
し、国家に回収されることのない個人に二分される交換の様相が見受けら
れた。時代の変遷期ではあるが、近代ブルジョワ資本主義社会とは異な
り、個人主義を体現する個人には、まだ、個人の利益と引き換えに、己の
何かを犠牲にするという様相は描かれてはいない。

註

※ この論文は福岡女子大学英文学会 *KASUMIGAOKA REVIEW* 第 15 号（福岡：
　福岡女子大学英文学会，2009）に掲載されたものに加筆、修正したものである。
　（53-67）

※ この劇において、主人公 "Martius" という名前に、栄誉の印として与えられた
　"Coriolanus" という二つの名前が存在するが、本論では混乱を避けるため、引用
　以外は後者の表記を使用する。

1　マルクス『資本論』3 巻 3 節「15 世紀末以来の被収奪者にたいする血の立法。
　　労働賃金引下げのための諸法律」エンゲルス編　向坂逸郎訳（東京：岩波文庫，
　　1969）p. 377.

2　Robin Headlam Wells, *Shakespeare, Politics and the State* (Basingstoke:
　　Macmillan, 1986) p. 2.

3　Wells p. 4.

4　ジェームズ一世は 1603 年の国会演説の中で「私は、よい法と組織法を作るこ
　　とによって、公共及び全国家の福祉をはかる方が、私の特殊な個人的目的を
　　はかるより、よいと思う。国家の富と福祉を考えることが私の最大の幸であ
　　り、この世における幸福である。これこそ合法的な君主が専制君主とまさし
　　く違っている点である。[...] 高慢で野心的な専制君主は、自分の王国と人民
　　とは、彼の欲望と不合理な貪欲を満たすためにのみあると考えているのに対
　　して、正しい公正な国王は、反対に、彼自身が彼の人民の富と財産とを得る
　　ためにあると認めていることである」と述べている。ジョン・ロック『市民
　　政府論』鵜飼信成訳（東京：岩波書店，1968）pp. 201-202.

5　Anne Barton, "Livy, Machiavelli, and Shakespeare's 'Coriolanus'," *Shakespeare*

Survey 38, ed., Stanly Wells (Cambridge: Cambridge University Press, 1985) 115-130. 128. イングランドの議会は国王、貴族、庶民の三つの柱からなり、これが専制政治へのセーフガードとなっており、それは共和国ローマの政治を根底にしていたことをジェームズ一世は知っていたようだ。

6 *Coriolanus* からの引用及び行数表示は全て Lee Bliss, ed., *Coriolanus* (Cambridge: Cambridge University Press, 2000) による。和訳は全て『コリオレーナス』小田島雄志訳（白水社，1983）による。

7 藤田実「シェイクスピアのローマ史劇とローマの意味」『シェイクスピアの歴史劇』日本シェイクスピア協会編（東京：研究社出版，1994）248-67. 250-51.

8 Franco Moretti, *The Way of the World* (London: Verso, 1987) p. 17. また、*OED* においては "to change away: to dispose of (commodities, possessions, etc.) by exchange or barter; to give, relinquish, or <u>lose (something) whilst receiving something else in return</u>"（下線は論者）という "exchange" の説明がこれに相応するだろう。

9 マルクス『資本論』2巻第4節 "工場" エンゲルス編　向坂逸郎訳（東京：岩波文庫，1969）p. 402. マルクスは社会的人間の生産的諸器官の在り様を、アンドルー・ユアの著書『工場の哲学』から「1つの同じ対象を生産するために一致して間断なく作用し、したがって、いずれも一つの自動的に運動する動力に従属している無数の機械的諸器官および自己意識的器官から構成された、巨大な自動装置」を引用し、これに関して、彼は「ユアは、運動の出発点をなす中心機械を単に自動装置としてのみではなく、専制君主として表現することを好むのである」と言及している。専制君主と資本主義の類似性に注目している。

10 Bliss, Notes to 142. Capell may be correct in thinking F's 'beheld' an error for 'upheld', but it is unnecessary emendation and loses the possible implication that, despite the assertion of equality, some at least of those soldiers passively watched while Martius did the fighting, as at Corioles.

11 小田島氏は「私の働きを助けてくれた兵士たちと変わりなく」と和訳されており、これは "upheld" に基づいているようである。

12 T.J.B. Spencer, *Shakespeare's Plutarch* (Middlesex: Penguin Books, 1964) pp. 311-312.

13 ジョン・ロック『市民政府論』鵜飼信成訳（東京：岩波文庫，1968）「第5章所有権について」27節32-3.「私的所有」とは「たとえ地とすべての下級の被造物が万人の共有のものであっても、しかも人は誰でも自分自身の一身については所有権をもっている。これには彼以外の何人も、なんらの権利を有

しないのである。彼の身体の労働、彼の手の動きは、まさしく彼のものであるといってよい」と論じている。

14 朱雀成子『愛と性の政治学』（福岡：九州大学出版社，2006）pp. 142-43.

15 ヴォラムニアは "The breasts of Hecuba"（1.3.35）と "sorrow" や "lamentation" と同義語とされる "Hecuba" の名前を出している。彼女の名前を出す限り、ヴォラムニアの国家への自己犠牲は念頭にあることが分かる。

16 Janet Adelman "'Anger's my meat': Feeding, Dependency, and Aggression in *Coriolanus," Shakespeare An Anthology of Criticism and Theory 1945-2000*, ed., Russ Mcdonald (Oxford: Blackwell, 2004) 323-337. Adelman は "the image of the mother who has not fed her children enough is at its center (Adelman 324)" と述べている。

17 Kate Millett, *Sexual Politics* (Urbana: Illinois University Press, 1969) p. 28.

18 Millett p. 33. 父権制の中心は家族であり、また、家族をより大きな社会とみなし、家族とその家族の役割を、父権制社会の基本的道具、基礎単位とし、家族はその成員に適応し順応するように仕向けるだけではなく、家長を通じてその市民たちを支配する父権制国家の統治の一単位として働く。

19 Bliss, Notes to 259. ここでの "bound" は "indebted, tied emotionally" と解釈されている。

20 マックス・ピカート『沈黙の世界』佐野利勝訳（東京：みすず書房, 1964）p. 9.

21 Greenblatt は Shakespeare 作品の普遍性の一要因として、様々なイデオロギーをもつ人間同士、人間と国家など間に存在する交換や交渉を通し、そしてそれらの交換・交渉に伴う反復可能な喜び、不安、苦悩、恐怖、憐れみ、笑い、緊張、安堵、驚きなどの感情としてのエネルギーの循環に注目している。Stephen Greenblatt, *Shakespearean Negotiations* (Berkeley: California University Press, 1988) pp. 6-20.

22 Adelman 324-325. Adelman はコリオレーナスのローマへの攻撃を従順な息子が父親に反抗する様子として捉えや、市民の飢饉や囲い込みへの反発を男根崇拝への攻撃ではないかと論じている。また、Bliss によると、如何にローマ人であるべきかを叩き込んできた母親と同一視される国家ローマに対する、子供の頃からのトラウマ的な拒否反応がコリオレーナスには見られるのではないかと分析している（Bliss, Notes to 50）。

23 Barton 128.

第4章　　　　　　『恋の骨折り損』
─恋愛ソネットの意義を問う─

　ペトラルカ（Francesco Petrarca, 1304-1374）の『カンツォニエーレ』
（*Rime Sparse; Canzoniere*, 1470 年初版、於ヴェニス）は、トマス・ワ
イアット（Sir Thomas Wyatt, 1503-1542）とサリー伯ヘンリー・ハワー
ド（Henry Howard, Earl of Surrey, 1517-1547）により翻訳され、リ
チャード・トテル（Richard Tottel, 1525-1594）が出版した『トテル詩
選集』（*Songs and Sonnets; Tottel's Miscellany*, 1557）の中に収められる。
特に、ワイアットは、ペトラルカの詩を自然な英語のリズムにするために、
六歩格を五歩格にして、英国ソネットの原型を作ることになる[1]。トテル
がこの本を出版した理由は、宮廷詩人が書いた警句的な詩を通して、上
流階級の若者らに、古典的でキリスト教的な倫理を学ばせ、洗練された
行動の模範を示すことにあったとされる[2]。しかしながら、ヘンリー八世
（Henry VIII）の死とエリザベス一世（Elizabeth I）の即位という激動の時、
それまで親しまれてきた "the Game of Love" の娯楽は宮廷には不相応の
ものとなる。トテルは、もはや、「始まりではなく、終わり」となる[3]。
故に、ペトラルカは再発見と再同化を必要とした。1590 年代は、ソネッ
ト第二世代と言われ、サー・フィリップ・シドニー（Sir Philip Sidney,
1554-1586）とエドマンド・スペンサー（Edmund Spenser, 1552-1599）
はその先駆者とされる。エリザベス一世の統治下、詩人や臣下が、騎士道
の理想の中で振舞う女王を称えたことから、ペトラルカ的女性観が女性を
より崇高なものにしていく[4]。
　ソネット流行時に書かれた『恋の骨折り損』（*Lover's Labour's Lost*,
1594-1595）では、ナヴァール国王（King, Ferdinand of Navarre）が、
向こう三年間、宮廷に籠もり、一日一食、週一回の断食、三時間の睡眠
という過酷な状況下、女性を排除し、学問に励むという修行をビローン
（Berowne）ら三人の仲間と誓う。しかしながら、そんな折、フランスの
王女（Princess of France）が両国間の借金返済に伴うアキテーヌ領土の
返還交渉にやってくる。王女らの訪問を受けるや否や、彼らは恋に落ち

る。彼らは誓約を破り、ソネットを書いて恋人に贈る。当時、ソネットは
その詠み人が所属する特定のサークル内では、「上流階級の娯楽」として
享受されており、また、そのソネットを嘲笑うことは、学識ある中流階級
の余暇でもあったとされる[5]。王女たちが贈り物に添えられたソネットを
悉く酷評するさまは、正に、その具現化であろう。諸家がソネットを贈る
王らにペトラルキズム的な側面を、そして、その慣習を嘲る王女らに反ペ
トラルキズム的な側面を指摘してきたのは周知の事実である[6]。本論の目
的は、『恋の骨折り損』に於いて、その両主義の二項対立の視点に留ま
らず、シェイクスピアのペトラルキズムに対する戸惑いも合わせて、恋
愛ソネットの慣習が終焉に向かう様相を考察することである[7]。

I．ペトラルカと「ペトラルカ」受容

　ペトラルカは、シチリアで発祥しトスカーナで育まれたソネット形式
を、確固たる地位にし、連作ソネット『カンツォニエーレ』を書き、ソ
ネットの道筋を決めたイタリアの詩人である。この連作は前半（ラウラへ
の募る想い）と後半（ラウラのペストによる死がもたらす実らぬ想い）の
二部構成で書かれている。十五〜十六世紀のはじめにかけて、ペトラル
カの影響はヨーロッパを席巻する。その要因の一つは、彼のキリスト教
ヒューマニズムにあるとされる[8]。ペトラルカの詩は「恋するものの嘆き」
の調子を慣習化させて普及していく。英国でも、『カンツォニエーレ』は、
連作詩『凱旋』（*Trionfi*, 1352）の高い評価も相俟って、ペトラルカ人気
を不動のものにする。
　『カンツォニエーレ』は、南仏吟遊詩人（トルバドゥール）とイタリア
清新体派詩人の詩風の流れを汲んでいる。両詩人らは、中世末期に、騎士
道的礼讓や聖母マリア崇拝の時代の風潮を受け、理想の貴婦人（マドン
ナ）を胸に思い描き、恋愛詩を歌った。その清新体派の先駆者、ダンテ
（Dante Alighieri, 1265-1321）は、愛（アモール）を魂の道徳的、霊的浄
化の作動因と考え、新プラトン主義風の愛の詩を読んだ。ペトラルカは彼
の流れを汲み、その上に、世俗の愛と純粋な愛との間で揺れ動く不安な心
情を表現し、人間味ある恋愛心理を歌った[9]。ペトラルカが表現する愛は

美徳ではなく、罪深い情熱である。そこには、情熱と浄化というアンチテーゼ的な欲求がある。ペトラルカはアンチテーゼや撞着語法という修辞を論理的な思考、及び、イメージとの均衡を保ちながら、さりげなくも慎重に用いている。この両者は、彼特有の「奇想」"conceit" の代表であるが、知的に深い感情を表現し、且つ、単純なことばでの表現が可能である。後世がトルバドゥールの詩の解釈に特別な知識を必要とするような、技術的ことばを必要としない[10]。

　イタリアの十五世紀の詩人は、ペトラルカの撞着語法や誇張法の使用を、その中核に座す真摯さを無視し、パロディー化していく。しかしながら、新プラトン主義の影響を直接受けたピエトロ・ベンボ（Pietro Bembo, 1470-1547）は、ペトラルカ固有の均衡の取れた表現やエートスに戻し、神の愛に捧げる至福を表現した。ベンボはその愛の品格と威厳を形式の基準とし、抑制の効いた模倣で、ペトラルカが古典的正典の仲間入りをするのに貢献した。また、ベンボの新プラトン主義的な理想主義は当時の人々に見合い、均衡の取れた中庸スタイルを築き、ルネサンスの詩の重要な要素を決定付けたとされる[11]。

　フランスでは、クレマン・マロ（Clèment Maro, 1496-1544）が最初にソネットの精神を自国に取り入れた詩人の一人である。彼はソネット形式の詩は書いていないが、*Des Visions de Petrarque*（1538）にてペトラルカの詩を翻訳している。モリス・セーブ（Maurice Scève, 1510-1564）は国を代表する詩人の一人であり、ペトラルカを髣髴させる詩を書いているが、自国文学を活性化させるまでには至っていない。やがて、ピエール・ロンサール（Pierre de Ronsard, 1524-1584）やデュ・ベレー（Joachim Du Bellay, 1522-1560）を中心とした七人の詩人グループがプレイヤード派を構成する。この一派は、女性賞賛にペトラルカ的源を使うが、「人生は短いから恋をしよう。だから、きみが美しいうちに僕の口説きに答えてくれ」[12]という説得法、「今を楽しめ」"carpe diem"（seize the day）というテーマを座標軸にする。ロンサールはそれをテーマとするソネットはもとより、ペトラルカの伝統的なソネットも書いている。ロンサールとベレーは、イタリアの優れたペトラルキスト（特に、ベンボに依拠）の模倣作品を手本とし、ペトラルキストとして成功を収める。ロンサールらプレイヤード派は古典に霊感を求めた故に、ペトラルカを古代ローマの詩人ホ

ラティウス（Quintus Horatius Flaccus, 65-8 B.C.）そのものにし、自国文学を潤したとされる[13]。そして、エリザベス朝の英国に直接影響を与えたとされるフィリップ・デポルト（Philippe Desportes, 1546-1606）が続く[14]。

　英国に於いては、ジョフェリー・チョーサー（Geoffrey Chaucer, c. 1340-1400）の『トロイラスとクリセイデ』（*Troilus and Criseide*, 1385）[15]が、ソネット形式ではないが、ペトラルカの影響を受けた先駆的な作品として中世英語を豊かなものにしたとされる。チョーサーは十四世紀末にペトラルカの試訳をしているが、ペトラルカの流行には至っておらず、むしろ、ペトラルカ的素材を自分の作詩のために使用したとされる。イタリア国外でのペトラルカの普及も、ペトラルカ的言い回しが正しく表された詩の形式が馴化されるまでは成功していない[16]。

　1590年代の英国でのペトラルカ受容については、ソネット先駆者の一人であるスペンサーを取り上げたい。そもそも、ペトラルカは叙事詩的無常観と抒情詩的恋愛観を一つの詩の中で描くことを得意としていた。しかしながら、マロの翻訳時、原詩は叙事詩的無常観だけのものに変容してしまう。スペンサーは、『瞑想詩集』（*Complaints*, 1591）所収の翻案「ペトラルカのヴィジョンズ」（*The Visions of Petrarch*）で、比較的忠実に原詩を翻訳することで、作品が担う本来の精神を取り戻そうとし、マロからベレーへと受け継がれた叙事詩的無常観漂うソネットを、再び恋愛詩のジャンルに引き戻したとされる。また、彼のソネット集『アモレッティ』（*Amoretti*, 1595）は、デポルトとイタリアの詩人タッソー（Torquato Tasso, 1544-1595）の影響を受けているとされるが、マロの翻訳に顕著なフランス的解釈のペトラルカ、つまり、叙事詩的無常観も特徴の一つとなっており、さまざまな様相を呈している[17]。この詩集は「祝婚歌」（*Epithalamion*）と一体化されており、結実する求愛の過程を経て「求愛の勝利」という新しいテーマを試みている[18]。特に70番には89篇の中で唯一、「今を楽しめ」"carpe diem"というモチーフが見られる。スペンサーは原詩及びベレーの叙事詩的ソネットも翻訳している。このように、イタリアとフランス両国の詩人から影響を受けていることが、英国恋愛ソネットの特徴の一つとされる。スペンサーなど一部の詩人を除き、一般的に、他の詩人がどの詩人から影響を受けたのか、或いは、何を源流

としたのかを特定することは困難な作業とされる[19]。

　一方、「イギリスのペトラルカ」と尊称された詩人であり批評家であるシドニーは『アストロフィルとステラ』（*Astrophil and Stella*, 1591）3番で「ピンダロスの猿真似たち」ということばを用いている[20]。それは、ペトラルキストのロンサールや他のプレイヤード派の詩人が、ピンダロス（Pindar, 523?-443BC）や他のギリシア叙情詩人らの詩を好んで模倣したことへの揶揄とされる[21]。シドニーは「模倣」という行為や英国ペトラルキズムの堕落そのものに警鐘を鳴らしていく。

Ⅱ．ペトラルキズムの堕落とその対抗言説

1．ペトラルキズムの堕落

　ルネサンス期の模倣すべき詩は、ペトラルカの「奇想」"conceit"が、手と手袋の関係と同様に、形式と内容が一致し、十四行内で完璧に機能していることである。ソネットは内省的で機知に富み、知的な韻文であることが求められる。ソネット連作に於いては、個々のソネットが完結し、有機的に、大きなユニットとなければならない[22]。

　1590年代の英国詩人たちは、競うようにペトラルカが愛人ラウラに示した率直な愛の表現を模倣する。しかしながら、彼らは、ペトラルカが真摯に表現した対照法を、その均衡を保つことには無関心で、自分の詩作のために、入念に搾取していく。このことを、Leonard Forster は「ペトラルキズムの真髄」と揶揄する[23]。一方、Heather Dubrow は、ペトラルキズムのことを、撞着語法や修辞法を用いることによる原典との限りない同化と異化の格闘であると分析している[24]。詩人たちは、ペトラルカの「調子」は模倣できても、「精神」は模倣できず、彼ら独自の調子や嘆きを模索していく。しかしながら、彼らの詩は、ペトラルカが心の動きや感情を普遍化し自然なものにしていった領域には達成し得なかった。また、英国詩人の多くが、ペトラルカの作品を読むことなく、副次的な資料を糧に、その特徴を掻い摘んだことが、「誤解されたペトラルカや歪曲されたペトラルカ」を生み出した[25]。彼らは、自らの力不足を補うために、ペトラルカ特有の「奇想」"conceit"のみを繰り返し、芸術もどき芸術に力を注ぎ、

結果的に無味乾燥な詩を歌うことに堕落していく[26]。

2. ペトラルキズムの対抗言説

　ペトラルキズムを揶揄する傾向は絵画でも見られ、《*La belle Charite*》（M. van Lochem）では、人物の顔の頬には薔薇や百合の花が、額にはキューピッド描かれ、口は珊瑚、胸は地球儀になり、パロディー化されている[27]。数多の詩人は、「反ペトラルキズム」という大義下、ペトラルキズムの慣習をあからさまに批判していく。ペトラルキズムの対抗言説としては、詩人独自の方法で多種多様であるが、大きく二つに分けられる。一つは、サー・ジョン・デイヴィス（Sir John Davies, 1569-1626）が『ガリング ソネッツ』（*Gulling Sonnets*, 1594）で実践した方法である。

> What Eagle can behould <u>her sunbrighte eye</u>,
> <u>Her sunbrighte eye</u> that lights <u>the world with love</u>,
> <u>The world of Love</u> wherein <u>I live and dye</u>,
> <u>I live and dye</u> and divers <u>chaunges prove</u>,
> I <u>chaunges prove</u>, yet still the same am I,
> (*Gulling Sonnets*, 3.1-5, 下線は論者)[28]

> どの鷹も見ることなどできまい 雲の隙間から輝く彼女の目を
> 雲の隙間から輝く彼女の目は照らす 愛の世界を
> 愛の世界で私は生きて死ぬ
> 私は生きて死ぬ そして、さまざまなものが移り変わる
> 私も然りだ だが依然として私は私だ

デイヴィスは「前辞反復」の狂乱を敢えてして見せることで、ペトラルキズムのパロディー化を図っている。この詩集は一つの献詩（序詞）と九つの詩から構成されているが、Lu Emily Pearson はパロディーだけに収まらず、念入りなファルスがあると分析している[29]。Maurice Evans は彼のようなパロディー化による批判は、後に続く者がいない程に、容易な作業ではないと述べている[30]。もう一つは、シドニーやシェイクスピアのように、自分の連作ソネットにペトラルキズムを批判する詩を入れる方法

である。

　『アストロフィルとステラ』は、詩の道徳的崩壊を戒めるために、同時代の詩人に宛てて書かれたものである。例えば、3番では、「あるいは、インドやアフリカで育つ色々な草や獣を素材にした／舶来の比喩を用いて詩の各行を華美にさせたらよかろう」(3.7-8) と揶揄するのだが、明らかに、ジョン・リリー（John Lyly, 1554-1606）の「ユーフューイズム」"Euphuism" の属性である「気取った誇飾体で浮薄な作風」[31] に対する批判とされている。また、過度の修辞法にも容赦ない。

　　　You that do dictionary's method bring
　　　　Into your rhymes, running in rattling rows;
　　　　You that poor Petrarch's long –deceased woes
　　　With new-born sighs and denizened wit do sing:
　　　　You take wrong ways, those far-fet helps be such
　　　　As do bewray a want of inward touch:
　　　And sure at length stol'n goods do come to light.
　　　(*Astrophil and Stella*, 15.5-11,　下線は論者)[32]

　　　自らの詩文の中に辞書的方法を持ち込み、
　　　がたがたと騒がしい音を響かせる君よ
　　　また、逝いて久しいペトラルカの哀れな嘆きを、
　　　こと新しく溜め息をつき、移植の詩才で歌う君よ、
　　　君たちのやり方は間違っている。遠くから援助を求めるのは、
　　　生得の感性の欠如を暴露するようなもの。
　　　そして、盗品は、結局、明るみに出るに決まっている。

上記下線部のように、"r" の頭韻を多用し、敢えて、ガタガタと騒がしい修辞法を実践して見せ、アストロフィルは「君たちのやり方は間違っている」と苦言を呈す。詩の中で「ペトラルカ」という名前を明示するのは、弁別の試みとされる。

　　　But words came halting forth, wanting invention's stay;

Invention, nature's child, fled step-dame study's blows;
And others' feet <u>still</u> <u>seemed</u> but <u>strangers</u> in my way.
(*Astrophil and Stella*, 1.9-11, 下線は論者)

だが言葉は、創意の支えを欠いていて、足をひきずって現われ、
自然の子どもである創意は、継母の学問にぶたれて逃げ去り、
他人の韻脚は、ぼくが歩む詩作の道にはふさわしからぬものと思われた。

敢えて、前辞反復（完璧な形ではないが）や頭韻を駆使し、「継母の学問」
と「他人の韻脚」から脱却し、「お前の心の中を見て、書くのだ」（1.14）
と諭す。しかしながら、Katherine Duncan-Jones は、アストロフィルの
嘆きは、ペトラルカの嘆きとは、表面的には異なるが、依然として、ペ
トラルキズムの躍動感ある枠組の中で書かれていると分析している[33]。こ
のように、ペトラルキズムとその対抗言説は構造的に密接に繋がってい
る[34]。また、Evans は、シドニーはペトラルカの伝統を批判しているので
はなく、「恋人に詩を書く詩人についての詩」をとおして、愛の詩に「愛」
を取り戻し、真のペトラルカに立ち戻ることの大切さを警句しているので
はないかと論じている[35]。
　シェイクスピアの『ソネット集』（*The Sonnets*, 1609）では、「私の恋
人の眼は少しも太陽のようではない」（130.1）[36]と、伝統的美の価値観を
覆す。Duncan-Jones は、直接的なペトラルキズムに対する言及は皆無で
はないが、婦人崇拝という陳腐な奇想を排除し、若い青年を賞賛すること
自体が、暗黙裡の挑戦であり、ジャンルを再定義し、彼独自のソネットを
構築しようと模索していたのではないかと述べている[37]。事実、ソネット
には詩作に対する彼の戸惑いが垣間見える。

Why is my verse so barren of <u>new pride</u>,
So far from variation or quick change?
Why with the time do I not glance aside
To <u>new-found methods</u> and to <u>compounds strange</u>?
(*Sonnets*, 76.1-4, 下線は論者)

　　私の詩はなぜこのように派手な新趣向に乏しいのか
　　なぜこのように自在な変化や多様さに欠けているのか
　　なぜ私は時代の動きにおくれずに新発見の手法や
　　珍奇なことばの組み合わせに注意をくばろうとしないのか

シェイクスピアは、ペトラルキズムが時代の主流になっていることを認識している。

　　And therefore art enforced to seek <u>anew</u>
　　<u>Some fresher stamp of the time-bettering days,</u>
　　And do so love; yet when they have devised
　　<u>What strained touches rhetoric can lend,</u>
　　(*Sonnets*, 82.7-10,　下線は論者)

　　されば君が この日進月歩の時世が打ち出す新様式を
　　新しく求めるとしても まことに止むをえないことだ
　　愛する君よ そうするがよろしい しかしながら詩人たちが
　　誇張した修辞をねりあげて 新しい趣向を考案しようとも

詩人は幾度となく、ペトラルキズムを新様式と認識しては否定する。Dubrow は、同時代の詩人が文学的な脆弱さを補うために使用する「繰り返し」の修辞法を、シェイクスピアは自分の詩作に対する倫理的誠実さを表明する「繰り返し」に置き換えていると分析している[38]。

　　Thou, truly fair, wert truly sympathized
　　In true plain words, by thy true-telling friend;
　　(*Sonnets*, 82.11-12)

　　真実に美しい君は 真実だけを口にする君の友人や
　　飾らぬ真実の言葉によってのみ 真実に描き出されるのだ

このように、「誇大な装飾」（82.13）と揶揄する過剰な修辞の施されたこ

とばが、飾らぬ真実のことばを陵駕することはない。

『ロミオとジュリエット』（*Romeo and Juliet*, 1595-1596）では、マーキューシオ（Mercutio）は、キザで新しがり屋の口の利き方が鼻につくティボルト（Tybalt）のことを「おれたちを悩ますのはこんなハイカラぶった蠅ども、流行の尻追いまわす尻軽ども」（2.4.31-33）[39]と、ペトラルキズム批判が暗示されている。

III. 『恋の骨折り損』に於けるソネット考察—陳腐さと時代錯誤

1. 陳腐なソネット—贈られる者からの侮蔑

王女らはソネットの慣習を「時間の隙間を埋めあわせる詰め綿のような」（5.2.775）[40]余興と考えている。王女らは、当時の慣習に倣い、数多の贈り物に添えられたソネットを嘲笑う。王ら四人のソネットの一部と王女らによる批判は以下のとおりである。

> KING. So sweet a kiss the golden sun gives not
> To those fresh morning drops upon the rose,
> As thy eye-beams when their fresh rays have smote
> The night of dew that on my cheeks down flows.　　（4.3.23-26）

バラにおく清らかな朝露にふれる
黄金をなす朝日の口づけやさしけれど、
わが頬に伝う悲しみの夜露を照らす
きみが瞳のやさしき光にはおよばず。

王は "s" の頭韻、「朝露」と「夜霧」の対照法など陳腐なソネットを贈る。王女は「一枚の紙の裏表に、上下左右に余白のあるかぎりぎっしり書きつめてあったのよ」（5.2.6-8）と、十六行にも及ぶソネットに辟易する。
ビローンはペトラルカの伝統的な美の価値観とは一線を画すソネットをロザライン（Rosaline）に送る。

BEROWNE. Thy eye Jove's lightning bears, thy voice his dreadful thunder,
　　　　Which, not to anger bent, is music and sweet fire.
　　　　（4.2.115-116）

　きみの目はジュピターの稲妻にしてきみの声はその雷鳴のごとし、
　しかしながら怒りたまわずばそはかがり火にして音楽のごとし

ロザラインの目は「ジュピターの稲妻」であり、声は「雷鳴」である。ロ
ザラインは「ほめことばはまるっきりです」（5.2.40）と呆れる。この
ソネットは間違ってジャケネッタ（Jaquenetta）に届けられた経緯があ
る。ホロファニーズ（Holofernes）はこのビローンの詩を読み、韻律は法
則どおりであるが、優雅さ、流麗さ、そして、詩句の格調美に欠けている
と指摘する。ホロファニーズは「模倣はものの役には立たぬ」（4.2.125）
と一蹴し、猿が猿回しの真似をするのと同じことに過ぎないと模倣という
行為を戒める。
　ロンガヴィル（Longaville）は真珠の首飾りにソネットを添える。

LONGAVILLE. A woman I forswore, but I will prove,
　　　　Thou being a goddess, I forswore not thee.
　　　My vow was earthly, thou a heavenly love;
　　　　Thy grace being gained, cures all disgrace in me.
　　　Vows are but breath, and breath a vapour is:
　　　（4.3.61-65,　下線は論者）

　われ誓約して女を絶ちぬ、さりながらわれは
　きみを絶ちしことなし、きみはわが女神なれば。
　わが誓約は地上にあれど恋しききみは天上にあり、
　きみが恵みを得なばわが罪は露と消ゆるものなり。
　誓約は息にすぎず、息は蒸気にすぎざれば

ビローンに「とんだ偶像崇拝だ」（4.3.72）と揶揄される詩は、陳腐な対
照法や音の流れを止め衝撃を与える耳障りな音色 "b"、或いは "v" の頭韻

や、中間休止などが特徴である。マライア（Maria）は「半マイルほど長すぎます」（5.2.54）と辟易する。

デュメーン（Dumaine）は手袋に添えて二十行にも及ぶソネットを贈る。

> DUMAINE. Spied a blossom passing fair
>   Playing in the <u>wanton</u> air.
>   Through the <u>velvet leaves</u> the wind
>   All unseen, can <u>passage</u> find;　　（4.3.100-103, 下線は論者）

> いと美しき一輪の花を見たり、
> その花はそよ吹く風とたわむれていたり。
> 風は人には見えで花のもとに通いぬ
> やわらかに青める葉を潜り抜けつつ。

下線部に顕著なアナクレオン的なことばとイメージを使用した性愛的な詩となっている。キャサリン（Katherine）は、詩行の長さに加え、「これはもう偽善というものの巨大な例証です。文体は粗悪であり、内容はお粗末極まるものです」（5.2.51-52）と酷評する。James Calderwood は、王らのソネットには、恋の病を自己称賛し、恋に喜ぶさまは描かれているものの、驚く程に、女性の利益は歌われていないと指摘する[41]。H. R. Woudhuysen は、それらに使用されていることばが象徴的であり、また、意味が普遍的であるために、絶対的な価値が見出せないと論じている[42]。ロザラインのことばを借りれば、恋愛ソネットは「むだな詩」（5.2.64）であり、叡智を浪費する骨折り損な仕事である。

5幕2場、王ら一行はロシア人に変装し仮面を付けて王女のもとを訪ねてくる[43]。ボイエット（Boyet）はその様相を、「恋が変装してやってきます、議論で武装して」（5.2.83-84）と指摘する。ロザラインも仮面のことを「醜い顔をかくして美しい顔を見せるよけいなかぶりもの」（5.2.387-388）と言いビローンに苦言を呈するように、仮面は詩の装飾を暗示している。王女らが求めているものは真実のことばと真実の姿であるということを、自らの贈り物でしか恋人を識別できない王らには理解できるはずがない。

2．時代錯誤なソネット─贈る者の覚醒

　ビローンは、恋に落ちるや否や、「手紙を書こう、溜息をつこう、お祈りをしよう、口説きもうめきもしよう」（3.1.199）と言うが、王の前では、既に恋愛ソネットを書いた手前、「手や、足や、顔や、目や、歩きっぷりや、立ちっぷりや、顔つきや、胸や、腰や、脛や、腕など、もったいぶったことばでほめたたえるとお思いですか？」（4.3.180-183）と、取り繕う[44]。しかしながら、盲目的なソネットの慣習が顕現化する。

　王らはソネットを書くものの、そのメッセージ性には懐疑的である。王は「この心をあの人に知らせるにはどうすれば？」（4.3.39）と悩む。ロンガヴィルは、自分の書いた堅苦しい詩行が相手の気持ちを動かすことには懐疑的で、「こんな詩は破いてしまおう、散文で書く方がましだ」（4.3.54）と言う。デュメーンも、恋の苦悩について、「もっとはっきり書いたもの」（4.3.118）、つまり、分かり易いことばを添えることにする。ビローンは今後「琥珀織りなす美辞麗句、錦糸まがいの宮廷語、キザにきどった機知警句、ペダンチックな修飾語、華麗な大言壮語」（5.2.406-408）など使用せず、「粗末で素朴で率直な手織りのことば」（5.2.413）で求愛することをロザラインに誓う。しかしながら、そう宣言した直後でさえ、ソネットの慣習化は免れず、「しみ一つなく傷もなく珠宝のごときこの恋を」"My love to thee is sound, *sans* crack or flaw"（5.2.415）のように、装飾語である「〜なしに」"*sans*"というフランス語を使用する滑稽さが滲み出ている。ビローンはロザラインから直ちに「ごときは、美辞麗句のごときものね」"San's 'sans', I pray you"（5.2.416）と戒められるが、その慣習を既に「古い病癖」（5.2.416-417）であると自覚もする。台詞にフランス語等を使用して装飾するのは、英国中世の奇跡劇から踏襲されてきた技法であるが、劇的な価値が無くなり、急速な衰退を遂げる。

　『ロミオとジュリエット』の1幕1場、ロミオ（Romeo）は貴婦人ロザライン（Rosaline）に恋をしている。そのロミオの苦悩を目の当たりにして、マーキューシオ（Mercutio）は、「いまややつめもペトラルカに負けずに恋の詩など口ずさむぞ」（2.4.34-35）と嘆く。ペトラルカという名前の明示は、否応なしにペトラルキズム批判を含意する。一方、ロミオはロザラインとの報われることのない恋の葛藤を「鉛の羽根、輝く煙、冷た

い火、病める健康、眠りとは言えぬ常に目ざめる眠り」"Feather on lead, bright smoke, cold fire, sick health / Still-waking sleep"（1.1.171-172）と撞着語法で語り、ジュリエットの美しい目を星に喩える。ジュリエット（Juliet）も、2幕2場バルコニーの場面では、月に愛を誓うロミオを制し、彼を偶像崇拝の神と崇める。またジュリエットは、「別れはあまりに甘く切ない」"Parting is such sweet sorrow"（2.2.184）と、ロミオとの別れを惜しみ、最終幕では、ロミオの剣に「おお、ありがたい剣」"O happy dagger"（5.3.169）と言いながら自害していく。自らの意志で結婚する二人は、一見近代的な生き方を呈しているようだが、実際は、愛する人を偶像崇拝し、撞着語法で愛を語るというペトラルキズムの世界に生きている。しかも、その撞着語法は然りげ無く使用されている。

> JULIET. Conceit, more rich in matter than in words,
>   Brags of his substance, not of ornament;
>   They are but beggars that can count their worth,　（2.6.30-32）

心の思いは、ことばより内容がゆたかなもの、
実質を誇るので、うわべの飾りをではありません。
財産を数えてあげるのは貧しいものにかぎられます。

ジュリエットは本来のペトラルキズムのあるべき姿を示唆しているのかも知れない。

『から騒ぎ』（*Much Ado About Nothing*, 1598）では、ベネディック（Benedick）は、恋をして変わり果てたクローディオ（Claudio）の姿に驚きを隠し得ない。武人に相応しい平明なことば使いをしていたクローディオは「出てくることばはとてつもない大宴会、山海の珍味が次から次へ並べたてられる」（2.3.21-22）[45]と喩えられる程の修辞学者に変わり果てる。一方、ベネディックも恋をするや否や、恋心を歌おうと努めるが、韻を踏んで恋心を表現できず、無韻詩の軽快なリズムで歌われた恋物語（リアンダーなど）を例に出し、「にぎにぎしい言葉をはやしたててくどくのはおれの性に合わん」（5.2.40-41）と、歌うのを諦める。

『お気に召すまま』（*As You Like It*, 1599）では、ロザリンド（Rosalind）

はオーランドー（Orlando）の詩を読み、「あなたの恋は、あの歌の文句
が伝えるほどのものですか？」（3.2.376-377）[46]と問う。

　『ハムレット』（*Hamlet*, 1600-1）では、ハムレット（Hamlet）は、ほ
んの四行の詩の後に、「胸の悩みを行分けして書きあらわすなんてできっ
こない」（2.2.118-119）[47]と言い、散文で補足し、オフィーリア（Ophelia）
に贈る。

　『ヘンリー 5 世』（*The Life of Henry the Fifth*, 1599）では、ヘンリー王
（King Henry）がキャサリン（Katherine）に求愛する時、武人は率直
さにあるとし、「私には恋の病に蒼ざめて溜息ついたり、息もたえだえ
に胸の思いを告白したり、美文をつらねて愛の宣言をしたりすることは
できない」（5.2.142-144）[48]と言う。また、彼は自分の気持ちをことば巧
みに恋歌にできるものは、同様にことば巧みに女性から離れていくことも
できる雄弁家であり虚言家であるとし、「恋歌は流行歌にすぎないのだ」
"a rhyme is but a ballad"（5.2.158-159）と、ソネットの慣習を揶揄する。
詩行で歌われる美しい容姿は時と共に移ろうが、変わらぬもの、それが誠
実なこころであり、それが自分自身であるとし、王はキャサリンに求愛す
る。大切な戦いとなる前夜の陣営で、皇太子は愛馬に捧げたソネットの話
で盛り上がる。皇太子が敗戦に帰すように、ソネットを読む慣習が指導
者としての資質に関連付けられ、ヘンリー王とは対照的に描かれている。
Duncan-Jones は、劇中で登場人物が書く詩は、ソネット形式の有無を問
わず、拙い愛の詩となっており、とりわけ恋愛ソネットは滑稽に描写され
ていると分析している[49]。

　シドニーは、詩神との真摯な対話をとおし、またステラに霊感を得る
ことで、真の詩の奪還を目指した。シドニーはまた『詩の擁護』（*The
Defence of Poesy*, 1595）の中で、「韻文は詩にとって装飾に他ならず」[50]と
述べ、韻律という衣を整えることが詩人の生業と考えている同時代の詩人
に、苦言を呈した。

　一方、シェイクスピアはペトラルキズムを時代の主流と認識しつつ
も、無韻詩や散文の重要性を問い、盲目的なソネット慣習に一石を投じ
る。ハムレットの狂気について、要領を得ない喩えを用いるポローニアス
（Polonius）に、ガートルード（Queen Gertrude）が「ことばのあやより、
肝心の用件を」"More matter with less art"（2.2.95）と言うように、王女

の父親の訃報に婉曲的なことばで哀悼の意を表わす王に「おことばがよく
わかりません」"I understand you not"（5.2.746）と王女も辛辣に苦言を
呈す。求愛においても、武人の換喩である「率直なものいい」こそ、シェ
イクスピアが時代に求めていたことかもしれない。

IV. 結語

　ペトラルキズムの対抗言説を提唱する詩人は、弁別的にペトラルキズム
との境界を構築し、双方の相違を明確にする欲望に囚われていた。彼ら
は、偽りの愛と真実の愛、良い詩と悪い詩などを弁別しながらも、自らの
詩人という職業についての不安や罪深さをも表現してきたとされる。その
弁別的欲望は、恋愛ソネットに余りにも耽り過ぎていると危惧する詩人自
らの警告であり、英国ペトラルキズムの対抗言説が実践すべき多くの義務
を表明してきたとされる[51]。ペトラルカという機軸的な価値や秩序等は揺
らぎ、無秩序は詩の世界に多様な主体性をもたらすことになる。その相対
化として新たな文芸的価値観が生まれていく[52]。
　エリザベス朝恋愛ソネットの廃退の一因は「クラスルームソネット作
り」と言われる、直感をもたない人の書いた恋愛ソネットが溢れたこと、
及び、ジェームズ一世（James I, 在位 1603-1625）の女性嫌悪からくる
偏見にあるとされる[53]。また、エリザベス一世統治の晩年とジェームズ一
世の統治初期には、カードゲームや豪華な装飾の施された服や宝石を纏っ
て行われる贅沢な仮面劇などに時間が費やされていくようになる。一方
で、飾らない真実をモットーとするピューリタンの台頭で、人々の心は愛
から霊的なソネットへと向けられていく。また、宮廷の民主化に伴い、貴
族的で芸術的な愛のソネットより、イタリアとの貿易戦争に宮廷人の関心
が向けられていくことも、恋愛ソネット廃退の要因の一つとなった。
　『恋の骨折り損』は、王ら四人の恋は成就することなく（或いは延期の
まま）幕を下ろす。恋愛ソネットを書くことは求愛の手段ではなく骨折り
損な仕事に過ぎないことを、既に題目が物語っていた。最終幕での太陽神
であり音楽の神であるアポロの歌（春）と、神の使者ではあるが、雄弁で
詭弁なマーキュリーの耳障りな歌（冬）との対比こそ、シェイクスピアの

メッセージかも知れない。

　以降、ベン・ジョンソン（Ben Jonson, 1572-1637）は、後に続く宮廷詩人の指標となるような古典の平明なスタイルを発展させるとともに、修辞の技巧に富む文体を排除し、口語調を推進した。十七世紀になると、ソネットは英雄詩体二行連句（heroic couplet）の影響を受け、衰退の道を辿ることになる。

註

1　ワイアットは、ペトラルカの 4 行連 2 句のオクティヴと 3 行連 2 句のセステット、6 歩格、脚韻 abba/abba/cdc/dcd (abab/abab/cde/cde) を、翻訳時に、四行連 3 句と 2 行連句の原型となる 5 歩格、脚韻 abba/abba/cddc/ee とした（ペトラルカ或いはイタリア形式）。その後、サリー伯が英語に適した脚韻 abab/cdcd/efef/gg（4 行連 3 句と 2 行連句）にした（シェイクスピアが『ソネット集』で多用したことから、シェイクスピア或いはイギリス形式）。また、サリー伯の功績は英語に無韻詩（blank verse, 弱強 5 歩格の詩で脚韻を踏まない）を作ったことである（岩崎 29，30，41．桂 36-37）。岩崎宗治『薔薇の詩人たち―英国ルネサンス・ソネットを読む―』（東京：国文社，2012）、桂文子「Ⅰ 古代英詩からスペンサーまで」『英詩の歴史』皆見昭編（京都：昭和堂，1992）3-45.

2　岩永弘人『ペトラルキズムのありか―エリザベス朝恋愛ソネット論―』（東京：音羽書房鶴見書店，2010）p. 21.

3　Leonard Forster, *The Icy Fire* (Cambridge: Cambridge University Press, 1969, 2010) p. 133.

4　Emily Lu Pearson, *Elizabethan Love Conventions* (Berkeley: University of California, 1933) p. 232.

5　David Schalkwyk, *Speech and Performance in Shakespeare's Sonnets and Plays* (Cambridge: Cambridge University Press, 2002) p. 62.

6　Peter. G. Phialas, *Shakespeare's Romantic Comedies* (North Carolina: The University of North Carolina Press, 1966) p. 87.

7　岩永は、後世の学者らが、ペトラルカの影響を強く受けたペトラルカ模倣を「ペトラルキズム」、ペトラルカを揶揄したような述べ方を「反ペトラルキズム」と呼ぶようになったと述べている（岩永 7）。本論もこの定義に従う。

8　Forster p. 1.

9　ペトラルカ『凱旋』池田廉訳（名古屋：名古屋大学出版，2004）解説 p. 270.

10 Forster p. 7.　ことばが担う意味の難解さが原因の一つに挙げられる。

11 Forster pp. 24-30.

12 岩永 p. 54.

13 Forster pp. 36-40.

14 岩永 p. 10.

15 第 1 巻、スタンザ 58-60.　この作品は中世ロマンスの典型からは乖離しており、宮廷愛のパロディーとされる。弱強 5 歩格 7 行（ababbcc が 1 連を構成）の帝王韻（rhyme royal）で書かれている。『カンタベリー物語』（*The Canterbury Tales*, 1387-1400）は弱強 5 歩格（iambic pentameter）という英語における最も基本的な脚韻詩を駆使している（桂 24, 27）。

16 Forster p. 35.

17 岩永 pp. 40-58, pp. 124-134.　スペンサーはベレーの叙事詩的ソネットも翻訳している（岩永 54）。スペンサーに関して、特筆すべき点としては、『牧人の暦』（*Shepheardes Calender*, 1579）がウェルギリウス（Publius Vergilius Maro, B.C.70-B.C.19）以来の牧歌の伝統を重んじていること、ロマンス叙事詩『妖精の女王』（*Faerie Queene*, 1589-1596）では「スペンサー連」(Spenserian Stanza, 弱強 5 歩格 8 行と弱強 6 歩格 1 行、abab/bcbc/c）と言われる韻律形式を独自に編み出していることが挙げられる（桂 41-42）。

18 J.W. Lever, *The Elizabethan Love Sonnet* (London: Methuen, 1956) p. 136.

19 岩永 p 124.　エリザベス朝恋愛ソネットに於けるペトラルカの諸相は岩永弘人の『ペトラルキズムのありか』に詳しい。ここで取り上げたスペンサーはもちろんのこと、トマス・ワトソン（Thomas Watson, 1556-1592）からシェイクスピアに至るまで詳しく論じられている。

20 『アストロフィルとステラ』は『カンツォニエーレ』と同様の物語的連続ソネット集であり、ペトラルカの修辞に加え、アレゴリーやアイロニー、騎士道物語的エピソードと政治的トピックなどが織り成され、現実と虚構の曖昧な世界を特徴とする。また、ペトラルカが後半に天上の人になる理念としてのラウラを描くのに対して、シドニーは現実に自然として存在するステラから霊感を得る。シドニーが座標軸に据えるのはステラという「自然」である（岩崎 42-44）。

21 大塚定徳・村里好俊『シドニーの詩集・詩論・牧歌劇』（大阪：大阪教育図書, 2016）注 p. 5.

22 Maurice Evans, ed., *Elizabethan Sonnets* (London: Phoenix, 2003) p. xvii, p. xix.

23 Foster p. 4.

24　Heather Dubrow, *Echoes of Desire* (Ithaca and London: Cornell University Press, 1995) p. 254.

25　岩永 p. 14.

26　Pearson p. 40.

27　Forster p. 57. 'La belle Charite', by M. van Lochem after Crispin de Passe in Charles Sorel's *Le berger extravagant* (1627).

28　*Gulling Sonnets* からの引用は Maurice Evans, ed., *Elizabethan Sonnets*, (London: Phoenix, 2003) による。195-198.

29　Pearson p. 207.

30　Evans p. xxxvii.

31　大塚／村里 p. 5.

32　*Astrophil and Stella* からの引用及び行数表示は全て Katherine.Duncan-Jones, ed., *Sir Philip Sidney The Major Works* (Oxford: Oxford University Press, 1989, 2002) による。和訳は全て『シドニーの詩集・詩論・牧歌劇』大塚定徳、村里好俊訳著（大阪：大阪教育図書，2016）による。

33　Katherine Duncan-Jones, ed., *Shakespeare's Sonnets* (London: Thomson, 1997, 2005) Introduction to 46.

34　Dubrow p. 110.

35　Evans p. xxiv.

36　*Sonnets* からの引用及び行数表示は全て Katherine Duncan-Jones, ed., *Shakespeare's Sonnets* (London: Thomson, 1997, 2005) による。和訳は全て『ソネット集』中西信太郎（東京：英宝社，1976）による。

37　Duncan-Jones, Introduction to 49.

38　Dubrow p. 131.

39　*Romeo and Juliet* からの引用及び行数表示は全て G. Blakemore Evans, ed., *Romeo ane Juliet* (Cambridge: Cambridge University Press, 2003) による。和訳は全て『ロミオとジュリエット』小田島雄志訳（東京：白水社，2002）による。

40　*Love's Labour's Lost* からの引用及び行数表示は全て H. R. Woudhuysen ed., *Love's Labour's Lost* (London: Methuen, 1998) による。和訳は全て『恋の骨折り損』小田島雄志訳（東京：白水社，2000）による。

41　James L. Calderwood, *Shakespearean Metadrama* (Minneapolis: University of Minnesota Press, 1971) p. 69.

42　Woudhuysen, Introduction to 19.

43　ロシア人は『アストロフィルとステラ』2番でも言及されるが、当時ロシア人は圧政に隷属する状態を好んだという風評があり（大塚／村里 注 p. 4）、この

劇に於いては、愛する人への隷属状態、或いは、ソネット慣習への盲目の隷属状態に対する揶揄とも解釈できる。

44 『カンツォニエーレ』に代表される、髪、眼、頬、唇を讃美する形式を "canone breve" と言い、イタリアのボッカッチョ（Giovanni Boccaccio, 1313-1375）の『テセイダ』に代表される、鼻、顎、耳、胸をはじめ全身を賞讃する形式を "canone lungo" と言う（岩崎 146）。十五世紀、アントニオ・テバルディオ（Antonio Tebaldeo, 1463-1537）の肉体に重きを置いたソネットが、フランスから英国へと伝わり、中世の詩人に使用されていた東洋的な伝統であるカタログ的な描写が用いられるようになった。

45 *Much Ado About Nothing* からの引用及び行数表示は全て Sheldon P. Zitner, ed., *Much Ado About Nothing* (Oxford: Clarendon Press, 1993) による。和訳は全て『から騒ぎ』小田島雄志訳（東京：白水社，2002）による。

46 *As You Like It* からの引用及び行数表示は全て Tetsuo Anzai, et al, ed., *As You Like It* (Tokyo: Taishukan Publishing Company, 1989) による。和訳は全て『お気に召すまま』小田島雄志訳（東京：白水社，1999）による。

47 *Hamlet* からの引用及び行数表示は全て Ann Thompson and Neil Taylor, eds., *Hamlet* (London: Cengage Learning, 2006) による。和訳は全て『ハムレット』小田島雄志訳（東京：白水社，2005）による。

48 *The Life of Henry the Fifth* からの引用及び行数表示は全て G. Blakemore Evans, ed., *The Complete Works* (Boston: Houghton Mifflin Company, 1997) による。和訳は全て『ヘンリー五世』小田島雄志訳（東京：白水社，2003）による。

49 Duncan-Jones, Introduction to 46.

50 Sidney p. 22. *The Defence of Poesy* からの引用及び行数表示は全て Albert Feuillerat, ed., *The Prose Works of Sir Philip Sidney*, III (Cambridge: Cambridge University Press, 1962) に依拠した『詩の弁護』富原芳彰訳注（東京：研究社，1968，1976）による。和訳は全て『シドニーの詩集・詩論・牧歌劇』大塚定徳、村里好俊訳著（大阪：大阪教育図書，2016）による。

51 Dubrow pp. 255-256.

52 エリザベス一世の時代、スペインとの戦い（1588）に勝利を収めた後、英国は国力の増強に伴い、自国語回帰に関心が向けられる。古典語に劣らぬものが自国語に於ける雄弁さとされ、技巧の施された文に疑問の余地はなかったとされる（村里449-50）。ジョン・リリー（John Lyly, 1554-1606）の『ユーフュイーズ』（*Euphues: or the Anatomy of Wit*, 1579）での虚飾華麗な文体もその一つである。『アストロフィルとステラ』の "with strange similes enrich each line, / Of herbs or beasts, which Ind or Afric hold" (3.7-8) は、リリーの

気取った誇飾体で浮薄な作風に対するシドニーの苦言とされる（大塚／村里注 p. 5）。他には、ピューリタニズムの禁欲的で平明な文体やロバート・サウスウェル（Robert Southwell, 1561-1595）のマリニスム（Marinism）という技巧の凝らされた文体などが挙げられる。一方で、Ben Jonson（1573?-1637）はカトゥルス（Catullus, 84?-54?B.C.）等の平明な文体の作家を手本とし、華麗な装飾を排除し、分かり易い自然な文体を使用し、口語調を推進して行く。また、ジョンソンの同時代人として、ジョン・ダン（John Donne, 1572/3-1631）が挙げられるが、大雑把に区別すれば、ジョンソンが「世俗詩」作家、一方で、ダンは「宗教詩」作家とされ、ダンは歪みを特徴とするマニエリスムの機知や奇想の世界を描くのを得意とする（吉田 92-95）。吉田幸子「Ⅲ ミルトンの時代から新古典主義へ」『英詩の歴史』皆見昭編（京都：昭和堂, 1992）91-150.

53　Pearson p. 214, p. 304.

IV
良心表象

Representations of Conscience in
King Richard III and *Macbeth* in Relation to *Paradise Lost*

I. Introduction

What is conscience? Conscience is very difficult to define exactly on account of its universality as well as its arbitrariness. According to the *OED*, "reason" is defined as: "rational, fundamental principle, basis; the guiding principle of the human mind in the process of thinking," and "conscience" is defined as: "the internal acknowledgement or recognition of the moral quality of one's motives and actions; the faculty or principle which pronounces upon the moral quality of one's actions or motives, approving the right and condemning the wrong." The similarity of meaning between these words cannot be denied. Therefore, Shakespeare blurs the distinction between "reason" and "conscience." Shakespeare gives clues to his understanding of reason in Macbeth's utterances where, for example, he says "the pauser, reason" (*Mac.*, 2.3.104)[1], and in Hamlet's utterances, in which he says "forts of reason" (*Ham.*, 1.4.28)[2] and "god-like reason" (*Ham.*, 4.4.38). John Milton also blurs the same distinct ion between "reason" and "conscience." In *Paradise Lost*, Milton depicts "reason" as "Right reason for their law" (*PL*, VI.42).[3] Masao Hirai, who translated *Paradise Lost* into Japanese, states that "conscience" in *Paradise Lost* is a synonym for "reason in it,"[4] which is also the claim of Paul Stevens.[5] Milton's God says:

> And I will place within them as a guide / My umpire conscience, whom if they will hear, / Light after light well used they shall attain, / And to the end persisting, safe arrive. (*PL*, III. 194-197)

Following Milton, conscience plays the role of God's umpire and coexists with true liberty: "true liberty [...], which always with right reason dwells

/ Twinned" (*PL*, XII. 83-85). Moreover, if man disregards reason, ambition will rule man's mind, as when the angel Michael says: "Reason in man obscured, or not obeyed, / Immediately inordinate desires / And upstart passions catch the government / From reason" (*PL*, XII. 86-89). A lack of reason or conscience arouses inordinate desires such as over-ambition in Richard and Macbeth as well as in Satan, and leads them into chaos.[6] Thus, Shakespeare and Milton define "conscience" as the discipline of man's moral quality which leads to man's responsibility and his sense of right and wrong.

Alan Hobson suggests that *King Richard III* is the major source document for *Macbeth*, whose story is the killing of his conscience, and so we carefully need to explore how, in *Macbeth*, conscience strives harder to re-emerge than in *King Richard III*.[7] In addition, Arata Ide suggests that Richard's conscience, with which he struggles, comes from his belief that his desperation is destined and he is deprived of salvation because of his fate, to be a reprobate, which is related to the idea of predestination advanced by John Calvin.[8]

> By predestination we mean the eternal decree of God, by which he determined with himself whatever he wished to happen with regard to every man. All are not created on equal terms, but some are preordained to eternal life, others to eternal damnation; and, accordingly, as each has been created for one or other of these ends, we say that he has been predestinated to life or to death.[9]

According to his doctrine, the reprobates, whose desperation is represented from the beginning, are claimed to have no possibility of being redeemed from their sins. However, I do not think that Shakespeare shows this idea of predestination in *King Richard III*. That is why Richard seems to choose the way of reprobates by himself in order to gain his throne.

Milton does not accept this Calvinistic doctrine, especially the idea of predestination. According to Noboru Watanabe, Milton believes that human beings are able to utilize free will and reason before God.[10] As for

God, Milton seems to believe that by showing our faith in him, we are saved only by God's grace on the Judgment Day. His denial of predestination and exclusion of determinism are due to his view that God is perfectly just, reasonable and merciful so that he is consequently incapable of condemning man according to his mere caprice.[11]

In Shakespeare's time, Elizabeth I was not able to accomplish religious unity, while in Milton's time, although the power of the Puritans was strengthened after the execution of Charles I, they subsequently lost public support. Then people, even those who were Protestant, began to go back to the traditional Roman Catholic doctrines or sought more liberal Anglican doctrines.[12] In brief, it is evident that this was a religiously chaotic period.[13] However, beyond time and complicated religious situations, the distinction of "conscience" and "reason" dealt with by both writers shows great similarity.

The purpose of this paper is to examine how conscience under faith in God's grace is represented in *King Richard III* and *Macbeth* in comparison with conscience in *Paradise Lost*, testing the supposition that it is possible to replace "conscience" with "reason" and vice versa. Before proceeding to the main examination of these works, I would like to discuss Shakespeare's and Milton's attitudes toward the idea of predestination.

II. The Denial of Predestination by Shakespeare and Milton

In the Elizabethan period, although "via media" was kept as the form of service by both Catholics and Protestants, doctrines of salvation were supported mainly by followers of extreme Protestantism. In the doctrine of the Anglican Church, the idea of predestination based on Calvinism was quoted in the Thirty-nine Articles, which were issued by Elizabeth I in 1563. However, except for theologians and some priests, most of the common people perverted the meaning of predestination and felt hopeless about their salvation. Because of this, theologians were required to write articles of guidance for those who were not convinced of their salvation.[14] Thus the idea or doctrine of predestination threw people into confusion.

Under these circumstances, from 1660 to 1665, Milton wrote *Paradise Lost*, which was a poetic rewriting of the book of Genesis. At first, "Milton began to sympathize more and more with the Puritan, Calvinist tradition, whose literal interpretation of scripture as a guide to social and political organization formed the theoretical basis for the parliamentary party in the civil war, and became the dominant political and religious code of the post-war Cromwellian Protectorate."[15] Before long, Milton was influenced by Jacob Arminius (1560-1609), whose doctrine came from the Netherlands to England through religious exchange at the beginning of the seventeenth century. Arminius was a Dutch Calvinist at first, but then became an anti-Calvinist because he began to doubt the doctrines of election and predestination. The points of Arminianism with which Milton sympathized were: (1) "the eternal decree of salvation refers to those who shall believe and persevere in the faith"; (2) "Christ died for all men though believers only are benefited"; (3) "grace is not irresistible"; and (4) "the faithful are assisted by grace in temptation and are kept from falling if they desire Christ's help."[16] Around the end of the reign of James I (1603-1625), anti-Calvinists appeared and objected to the doctrine of Calvinism.

The most crucial thing in *Paradise Lost* is that God puts man as well as Satan in inconsistent circumstances: requiring him to show God his obedience and giving him free will, at the same time. Thus, Milton's God engages with the very human conditions of uncertainty and irritability.[17] Milton denies the idea of predestination in God's speech:

> They [Satan and his fellows] therefore as to right belonged,
> So were created, nor can justly accuse
> Their maker, or their making, or their fate;
> As if predestination overruled
> Their will, disposed by absolute decree
> Or high foreknowledge; they themselves decreed
> Their own revolt, not I: if I foreknew,

Foreknowledge had no influence on their fault,
Which had no less proved certain unforeknown.
(*PL*, III. 111-119, emphasis added)

Satan, who revolts against God and is driven out of heaven with his fellows
into hell, is created by God to be just, righteous and sufficient so as to stand[18],
though he is free to fall. Therefore, God says that even if God foresaw the
future, his foreknowledge would not influence man's faults, because each
consequence is the result of the particular causes that man brings about. If
man were not free to decide all things by himself, his constant faith or love
toward God would be forced by God, which is not God's desire. If will and
reason (both of which are also in their choices) are forced by God, it means
that both of them will be useless and vain, and deprive man as well as Satan
of freedom. For Satan, fighting against God is his own decision, which has
come from his free will. It is neither God's decision nor compulsion. This
situation, in which free will and conscience exist simultaneously, urges us to
define conscience as human understanding.

After Adam falls, he expresses his regret by making an apostrophe to
conscience as to why he was not able to keep his promise with God, and his
conscience tortures him:

O conscience, into what abyss of fears
And horrors hast thou driven me; out of which
I find no way, from deep to deeper plunged! (*PL*, X. 842-844)

Before Adam's fall, God advises him that if Adam and Eve listen to his
"umpire" conscience as a guide placed within them, he will guarantee their
eternal safety. At any rate, his loss of conscience brings Adam a sense of
fear.

Thy ransom paid, which man from Death redeems,
His death for man, as many as offered life

Neglect not, and the benefit embrace

By faith not void of works .... (*PL*, XII. 424-427)

Thus, God's grace and showing faith in God are emphasized by Milton and can be identified with the doctrine of Arminianism, differing from the idea of predestination. Milton gives hope that man can be redeemed only through worshipping God. Unless man becomes a reprobate by himself, God saves man.

Turning now to Shakespeare, I would like to discuss the question of whether or not he deals with conscience under a strict God derived from Calvinistic doctrine.

CASSIO.

Well, God's above all: and there be souls must be saved, and there be souls must not be saved. (*Oth.*, 2.3.88-89)[19]

This speech is spoken by Cassio who is intoxicated with alcohol. Besides, Cassio adds "For mine own part － no offence to the general, nor any man of quality － I hope to be saved" (*Oth.*, 2.3.91-92). Of course, Shakespeare mentions the idea of predestination, but he seems to parody it. Rather, in his plays such as *Hamlet, The Tradgedy of King Lear* and *Timon of Athens*, Shakespeare deals with Fortune symbolized by an old wheel in medieval and Renaissance tragedies. For example, in *The Tradgedy of King Lear*, the Fool says "Let go thy hold when a great / wheel runs down a hill, lest it break thy neck with following. / But the great one that goes upward, let him draw thee after" (*Lear.*, 2.4.65-67).[20] In Shakespeare's plays, protagonists' fates are closely associated with Fortune, whose movement brings them happiness and unhappiness by turns.

In addition, in the Renaissance period, the classical pagan idea of an impersonal Fate as characterized in classical Greek tragedies, in which human destiny is determined and even if man strives against it the result will end in vain, was not rejected but counterbalanced by the complementary

Christian emphasis on human freedom.[21] As well as Fate, a scholastic philosophy can be seen at the same time, in which the rule of Fate was identified with the influence of the stars on the material world, on the course of the seasons and on the changes in the human body. However, people, with their intellect and will, realized human destiny as fundamentally superior to the stars and so to the rule of Fate.[22] Meanwhile, along with the Calvinistic doctrine of predestination, the Renaissance idea of individuality influenced the concept of Fate in the newly revived Stoic philosophy, in which fate was incompatible with human liberty, and which thus emphasized unflinching courage by men.[23] Consequently, in Shakespeare's time, people began to believe in human liberty.

At the same time, Shakespeare emphasizes the Christian idea of the Last Judgment. In *King Richard III*, Act 1 Scene 4, in fact, the Second Murderer fears the word "judgment," whose power Clarence uses when he urges them to reconsider the assassination. It seems that this tendency is based on God's grace by which man's soul is saved on the Judgment Day, rather than the idea of predestination by God.

Thus, just as with Milton's theory in *Paradise Lost*, characters in Shakespeare's plays also depend on God's grace as it is essential to man's salvation. In respect of conscience, the similarity between them is that man is created by God to be just. This is why God sets up his umpire conscience as the principle upon which the moral standard of man's actions or motives depends. Therefore, negligence of conscience means betrayal of faith and, consequently, those who neglect their conscience cannot be saved by God on the Judgment Day.

III. The Representation of Conscience in *King Richard III*

Shoichiro Kawai suggests that one of the themes of *King Richard III* is conscience, whose purpose is to give characters opportunities to ask themselves what they are, that is, to begin to be aware of the self.[24]

Richard's asides, which are related to his over-ambitious plot to take the throne, no longer reveal his true mind, while he unconsciously exposes his real character, of which Anne complains because Richard's nightmares cause her sleeplessness. In respect of his nightmare, which hinders him from sleeping, it is evidence that Richard has an unconscious conflict with his conscience.

Since Richard declares himself to be a villain in Act 1 Scene 1, he dares to repress his conscience; namely, he realizes the power of conscience. For instance, when Richard asks two murderers to kill Clarence, he orders them not to speak to their victim, because he is afraid that they will not carry out the plan on account of their consciences. He knows if the murderers have a conversation with Clarence, they will become sentimental and subordinate their passion to conscience. An example of this also appears in *King John*, where, following John's order, Hubert (who is a confidant of John) tries to kill Arthur who is a son of King John's elder brother Geoffrey. Hubert, however, speaks with Arthur and so cannot kill him with a cruel hot iron.

> ARTHUR. Have you the heart? When your head did but ache,
>   I knit my handkercher about your brows
>   (The best I had, a princess wrought it me)
>   And I did never ask it you again; ….
>   (*John*, 4.1.41-44)[25]

During the conversation between them, Arthur's childish innocent speech, which is rather rhetorical and shows a certain psychological truth, causes Hubert's malicious mind to become merciful. With his rhetorical speech: "only you do lack / That mercy which fierce fire and iron extends" (*John*, 4.1.118-119), Arthur appeals to Hubert's mercy, while Hubert knows himself well: "If I talk to him with his innocent prate / He will awake my mercy, which lies dead" (*John*, 4.1.25-26) and he therefore tries to dispatch him as soon as possible. After Arthur's words have taken possession of his mind, Hubert sends a false report that Arthur is dead and determines to undergo "much danger" (*John*, 4.1.133) for Arthur.

Thus, the role of such dialogues is to bring compassion to murderers and encourage them to change their decisions. In fact, in front of Clarence who sleeps, the murderers discuss the power of conscience.

> SECOND MURDERER. I'll not meddle with it [conscience]; it makes a man a coward. A man cannot steal but it accuseth him. A man cannot swear but it checks him. A man cannot lie with his neighbour's wife, but it defects him. 'Tis a blushing, shamefaced spirit that mutinies in a man's bosom. It fills a man full of obstacles. It made me once restore a purse of gold that by chance I found. It beggars any man that keeps it. It is turned out of towns and cities for a dangerous thing, and every man that means to live well endeavours to trust to himself and live without it.
> (*R3*, 1.4.129-138)[26]

The Second Murderer notices a small amount of conscience remains in his mind, but the First Murderer reminds him of the reward from Richard. Therefore, he persuades himself not to care about it. Meanwhile, in turn, the First Murderer is caught by his conscience, saying, "'Tis even now at my elbow, persuading me not to kill the duke" (1.4.139). While both of them are bewildered by their consciences, they are determined to try to carry out the murder. However, during the conversation with Clarence, the Second Murderer's mind is disturbed by his conscience again. Reminding them of the Judgment Day, Clarence tries to persuade them with his speech: "Relent, and save your souls" (1.4.246), which the First murderer ignores and stabs him. At the very moment when the First Murderer is going to stab Clarence, the Second Murderer warns Clarence saying: "Look behind you, my lord" (1.4.258), and cannot stab him. Later, refusing the reward, he repents of the fact that Clarence was slain, and regrets that he could not save him.

As another example of a villain's conscience, I would like to discuss the murderers who are hired under Richard's orders by Tyrrel to kill the two princes, sons of Edward IV, Prince Edward and Richard of York. According to Tyrrel, even they, who are depicted as "fleshed villains, bloody dogs" (4.3.5), show their real characters when they "Melted with tenderness and mild compassion, / Wept like to children in their death's sad story" (4.3.5-7). Tyrrel sympathizes with their situation and understands why they cannot speak about the outcome of the murder to Richard with their "conscience and remorse" (4.3.20) so he leaves them there. Instead of them, Tyrrel decides to bear the report of the murder to "the bloody king" (4.3.22), which is how he refers to Richard. In contrast, looking at the representation of the murderers in *Macbeth*, we can notice that they never struggle with their consciences. In fact, in Act 3 Scene 3 they calmly assassinate Banquo without hesitation, and in Act 4 Scene 2, one of them cruelly kills Macduff's son, calling him "egg" (*Mac.*, 4.2.80) and "Young fry" (*Mac.*, 4.2.81). Such a child he kills even in front of his mother without confronting his conscience.

If conscience has the role of a "pauser" (*Mac.*, 2.3.104) or "God's umpire" (*PL*, III.195), the vassals, Buckingham and Hastings, who attend on Richard, can also represent substitutes for, or personifications of, conscience. Richard cunningly tests whether or not Buckingham will comply with his orders, even when they are unjust. Following instructions from Richard, Buckingham says in front of Mayor and a crowd of people that the sons of the late Edward IV are not the right successors in line due to their being illegitimate, meaning Richard is the only legitimate heir to the throne.

After the princes, Prince Edward and Richard of York, are imprisoned and Richard becomes King of England, despite climbing to this uppermost position of power, he cannot indulge himself in the pleasure of his kingly throne:

RICHARD.　　　Why, Buckingham, I say I would be king.
BUCKINGHAM. Why, so you are, my thrice-renowned lord.
RICHARD.　　　Ha, am I king? 'Tis so. But Edward lives.
BUCKINGHAM. True, noble prince.
RICHARD.　　　　　　　　O bitter consequence,

>   That Edward still should live, true noble prince.
>   (4.2.13-17)

Without being able to enjoy the reality that he has already become the King of England, Richard feels restless due to the presence of Prince Edward, the elder prince, who is still alive, and by whom Richard's throne is threatened. Buckingham, however, unconsciously describes Prince Edward as the "noble prince," and, hearing this, Richard is irritated at Buckingham who is ignorant of his true mind. Therefore, Richard enquires: "have I consent that they shall die?" (4.2.25), and when Buckingham requests "some pause" (4.2.25), Richard begins to suspect him and says: "None are for me / That look into me with considerate eyes" (4.2.30-31). Richard cannot receive an immediate reply concerning the murder of the princes from Buckingham, and he therefore assumes that Buckingham's conscience has awoken him from evil. It cannot be clear whether Buckingham accepts Richard's offer or not because Richard interrupts Buckingham's response to him. Buckingham, however, will probably bring Richard a positive response, for, otherwise, he cannot return to him.

We need to ask whether or not Buckingham has taken part in Richard's strategy as an accomplice from the beginning. Rather, he might be a mere loyal subject, who does not care whether Richard's behavior is right or wrong. In fact, although Buckingham claims the reward promised, he is refused it. Judging from Buckingham's speech: "Made I him king for this?" (4.2.103), it is possible to assume that he understands Richard's injustice at that time. However, for Buckingham to kill the princes is another matter. Richard begins to suspect that Buckingham is turning from a loyal subject to a malcontent, and so he removes Buckingham from his service. Had Richard not employed murderers to kill the princes, would Buckingham have carried out the evil deed? From this viewpoint, it is obvious that Buckingham is not a "pauser" for the tyrant.

On the other hand, with regard to being a "pauser," one of Richard's subjects, Hastings, is represented as a man who is different from

Buckingham.

> BUCKINGHAM. We know each other's faces. For our hearts,
>   He knows no more of mine than I of yours,
>   Or I of his, my lord, than you of mine.
>   Lord Hastings, you and he are near in love.
> HASTINGS. I thank his grace, I know he loves me well.
>   But for his purpose in the coronation,
>   I have not sounded him, nor he delivered
>   His gracious pleasure any way therein.
>   And in the duke's behalf I'll give my voice,
>   Which I presume he'll take in gentle part.
>   (3.4.10-20)

From the above conversation, we can determine that, while Buckingham cannot understand Richard's true mind, Hastings seems to have great confidence to be loved by Richard. Hastings assumes that he understands the meaning shown by his face, and how much Richard trusts him. However, when Hastings hears the news that Richard aims to take the crown, he firmly opposes it.

At the meeting to arrange the date for the coronation ceremony of Edward V (the former Prince Edward), Richard dares to come late, making up an excuse for being absent: oversleeping. Taking the place of Richard, Hastings, who thinks that Edward has the right to succeed to the throne, comes close to deciding the date without Richard's approval. Richard, who needs to stop the coronation of Edward V, feels angry at Hastings, and sends him to the scaffold. In order to achieve his purpose Richard has to remove the obstacles, among which Hastings represents a "pauser," a personification of conscience, and so he is executed. Thus, Richard thoroughly represses his conscience and excludes alternative manifestations of it.

However, even Richard, who dares to ignore the existence of his conscience, begins to be obsessed with it, as Margaret predicted: "The worm of conscience still begnaw thy soul" (1.3.220). The night before the Battle of Bosworth, Richard suffers from a nightmare.

> RICHARD. Soft, I did but dream.
> O coward conscience, how dost thou afflict me?
> (5.3.181-182)

> RICHARD. My conscience hath a thousand several tongues,
> And every tongue brings in a several tale,
> And every tale condemns me for a villain. (5.3.196-198)

Thus, in Richard's sleep, the conscience that he has repressed in his mind takes visual shape. He describes conscience as cowardly and possessing a great many tongues, condemning him for being a villain on the several occasions in which he has committed murder so far.

> RICHARD. What? Do I fear myself? There's none else by.
> Richard loves Richard, that is, I am I.
> Is there a murderer here? No. Yes, I am.
> Then fly. What, from myself? Great reason why:
> Lest I revenge. What, myself upon myself?
> Alack, I love myself. Wherefore? For any good
> That I myself have done unto myself?
> Oh, no. Alas, I rather hate myself
> For hateful deeds committed by myself.
> I am a villain. Yet I lie, I am not. (5.3.185-194)

Considering this speech after his nightmare, is he describing his remorse for his cruel deeds? Hobson suggests that "we have heard accusing voices in Richard and felt the disintegrating of the false identity or persona."[27] Between the self as a villain who represses his conscience and the other self who tries to regain his conscience, which Richard dares to abandon for the sake of being a usurper, there is an obvious conflict. Before his oration to his army, he speaks in his soliloquy:

RICHARD. Let not our babbling dreams affright our souls,
　　　　　For conscience is a word that cowards use,
　　　　　Devised at first to keep the strong in awe.
　　　　　Our strong arms be our conscience, swords our law!
　　　　　(5.3.310-313)

Richard apparently recognizes that conscience appears in visual shape: babbling dreams. For Richard the strong arms of his law disagree with Oxford's speech: "Every man's conscience is a thousand men / To fight against this guilty homicide" (5.2.17-18) as well as "Right reason for their law" (*PL*, IV.42).

While Richard refuses to listen to his conscience, his physical body seems to be in conflict with his mind. For example, the night before the Battle of Bosworth, Richard is worried that his helmet is loose around his head, by which it is possible that he is losing weight due to his psychological condition. Besides, his behavior before the night of the Battle of Bosworth is different from usual. Richard says: "I will not sup tonight" (5.3.48-50). Why does he not eat in preparation for the battle? When Richard decides to kill Hastings, he says: "let us sup betimes" (3.1.203). When Richard orders murderers to kill the princes, he also says: "Come to me, Tyrrel, soon and after supper" (4.3.31), using the metaphor of appetite. The metaphor of appetite, which connotes human ambition, can be related to beasts, and Roland M. Frye suggests that "a denial of reason reduces us to the level of beasts."[28] It seems, therefore, Richard has lost his appetite. Loss of appetite and weight should be understood to mean that conscience unconsciously possesses him. Thus, Richard, who is often compared to the image of beasts, may be losing his aspect of brutality and be restoring his humanity at the same time, which means that his body requires to be released from this repression. However,

Richard chooses the way of the reprobate by himself.

IV. The Representation of Conscience in *Macbeth*

After murdering Duncan, Macbeth kills Duncan's two chamberlains, and claims that they were the ones who had murdered Duncan. When Macbeth is asked by Macduff the reason for his killing them, he replies: "Th'expedition of my violent love / Outran the pauser, reason" (2.3.104). As with Richard in *King Richard III*, it is obvious that for Macbeth "reason" is a "pauser," which is equivalent to "God's umpire" (*PL,* III.195). In contrast to Richard's utterances, the term "conscience" can rarely be found in Macbeth's utterances, although "reason" (2.3.104) appears once. Instead, Shakespeare makes Macbeth use rhetorical verbal expressions as substitutes for the term "conscience," or he shows how the protagonist demonstrates it through his behavior and actions.

Firstly, conscience is depicted by the peculiar word patterns of Macbeth's speech. Macbeth, who is shown to be a conscientious man at the beginning of the play, hesitates to murder Duncan, and will not carry it out at first. When Duncan arrives at Macbeth's castle, he does not appear to welcome him and Lady Macbeth does instead. Why does Macbeth not meet him as a host? We cannot know the fact that he has left the chamber where the welcoming banquet is held, until Lady Macbeth comes to him to say that "he [Duncan] has almost supped" (1.7.29, emphasis added). Why does he leave the banquet? For the host, to leave the table before the chief guest has finished his meal seems to violate protocol.[29] Although it is abnormal behavior, it convinces us of the anguish that has come from his hesitation to attempt the murder.

Furthermore, what does Macbeth do after leaving the banquet? Macbeth knows that "this Duncan / Hath borne his faculties so meek, hath been / So clear in his great office" (1.7.16-18), and that he is a kinsman and a subject. In regard to this situation, Macbeth sufficiently recognizes how to serve him

as a host, which means that he should shut the door against his murderer
and he should not bear a knife. Such hesitations by Macbeth prevent him
from carrying out the murder. Besides, it clearly appears in his speech: "If it
were done when 'tis done, then 'twere well / It were done quickly" (1.7.1-10).
The pronoun "it" is a substitute for "killing Duncan" and is shown four times.
We can immediately understand that "it" means "assassination" (1.7.2) from
the rest of his speech. Besides, the use of "it" is paraphrased in various ways,
such as "his surcease" (1.7.4), "the deed" (1.7.14), "his murderer" (1.7.15), "his
taking off" (1.7.20) and "the horrid deed" (1.7.24). In other words, with these
verbal tactics Shakespeare skillfully demonstrates Macbeth's inner struggle
with his conscience. In addition, when he stabs Duncan, he also says: "I
have done the deed" (2.2.14), where "the deed" stands for the murder.

The second way in which Shakespeare alludes to conscience is by visually
or aurally showing things that urge Macbeth to be aware of his conscience:
the representation of illusions such as a ghost or an imaginary dagger, and
the voice of his true mind. After the cruel murder of Duncan, Macbeth never
sees his ghost. Instead, before the act he is unsettled by the illusion of a
dagger, which Macbeth calls "thee."

> MACBETH. Is this a dagger which I see before me,
>   The handle toward my hand? Come, Let me clutch thee:
>   I have thee not, and yet I see thee still.
>   Art thou not, fatal vision, sensible
>   To feeling as to sight? Or art thou but
>   A dagger of the mind, a false creation,
>   Proceeding from the heat-oppressed brain? (2.1.32-39)

Although Macbeth strives to clutch the dagger, he cannot do so. What does
this personification of a dagger suggest? His soliloquy continues:

> MACBETH. I see thee yet, in form as palpable
>   As this which now I draw.

> Thou marshall'st me the way that I was going,
>
> And such an instrument I was to use. (2.1.40-43)

We can see Macbeth's mind split into two: one which clearly sees the dagger and the other which cannot clutch it. Besides, his utterances: "I was going" and "I was to use," presented in the past tense, effectively show his hesitation to commit the murder. His mind is possessed by the fact that the murder has already been done. Personifying the dagger, Macbeth seems to be in conflict with the other self that tries to stop him from killing Duncan. Similarly to Richard, Macbeth's mind also seems to disintegrate. It is possible to say that for Macbeth this illusionary dagger has the role of conscience acting as a "pauser." However, he shakes it off again, saying: "I go, and it is done" (2.1.62), in which he also uses "it" as a substitute for the murder as if it were his habit.

Additionally, the popular representation of ghosts common in Elizabethan drama also occurs in *Macbeth*. For instance, in Act 3 Scene 4, the ghost of Banquo, whose appearance, of course, might be the outcome of Macbeth's feelings of guilt, is depicted. However, audiences in Shakespeare's time understood that apparitions predicted disaster rather than encouraging a feeling of guilt. For example, in *Hamlet*, Horatio fears that ghosts are "harbingers proceeding still the fates / and prologue to the omen coming on" (*Ham.*, 1.1.122-123), bringing a convulsion of nature to his country and people. Catherine Belsey indicates that contact with a ghost can incur death.[30] In this respect, for Macbeth it might be a fearful omen of his death rather than a prompt urging him to regret his deed.

As well as visual illusions, Shakespeare uses the device of Macbeth's inner voice. After killing Duncan, Macbeth hears a personified voice, which cries "Sleep no more" (2.2.38). Now that "Glamis hath murdered sleep" (2.2.45), Macbeth thinks that it would be better if he joined Duncan in death, rather than living with a tortured mind. Besides, those whom he wants to exclude from his world are Banquo and his son who witches have prophesied will be King. The cause of sleeplessness for him comes at first from the fact that he has committed the murder of Duncan, but now it changes into the fear of losing his throne. His repentance for the murder of Duncan no longer remains in his mind.

The inner voice that alternates with his conscience catches Macbeth and throws him into confusion. After the murder of Duncan's two chamberlains, he confesses the reason to Macduff. Why does Macbeth give away the truth so unnecessarily: the murder of the chamberlains, on account of which he is suspected of the murder of Duncan? If Macbeth did not say such a thing, no one would know that Macbeth killed the chamberlains as well as Duncan. In fact, pointing out the chamberlains' bloody hands and faces, Lennox guesses that "Those of his chamber, as it seemed, had done't" (2.3.94), when Malcolm asks "O, by whom?" (2.3.93). This misjudgment of Macbeth ironically reveals the truth. Listening to his speech, Malcolm and Donaldbain, who are sons of Duncan, notice that their own lives are in danger and so they run away to England and Ireland. From their behavior, it is clear that they assume that those murders are Macbeth's work. Furthermore, his confession that he killed the chamberlains is not part of Lady Macbeth's strategy: "If he [Duncan] do bleed, / I'll gild the faces of the grooms withal, For it must seem their guilt" (2.2.58-60, emphasis added). Indeed, listening to the same speech of Macbeth, she pretends to faint, because he has destroyed her strategy.

Finally, is Macbeth assisted by an alternative personification of conscience, such as Kent in *The Tradgedy of King Lear* who gives Lear frank advice and tries to prevent him from committing his misdeeds? While, as the "dearest partner of greatness" (1.5.9), Lady Macbeth urges Macbeth to kill Duncan at first, she paradoxically shows her sense of guilt. For example, without the power of alcohol, Lady Macbeth seems not to be able to achieve her purpose, as can be seen from her soliloquy: "That which hath made them drunk, hath made me bold" (2.1.1). She is also daunted by Duncan's appearance, saying, "Had he not resembled / My father as he slept, I had done't" (2.2.12-13). Despite this, after his murder, she bravely enters Duncan's chamber in order to return the bloody daggers, which Macbeth has brought out of the room with him. Thus, by shaking off her conscience she finally becomes an accomplice in the crime.

After Macbeth kills Duncan and is supported by his wife, he begins to distance himself from her, perhaps because she shows her repentance. It is obvious from the following utterance by Lady Macbeth:

> LADY MACBETH. Say to the king, I would attend his leisure
>   For a few words. (3.2.3-4)

By the day of the banquet for Macbeth's coronation, what has happened to him? At that time, he secretly carries out his plan: the assassination of Banquo and his son, which Lady Macbeth might not have expected. In fact, in Act 1 Scene 5, Macbeth sends his wife a letter, in which he only writes that he has met some witches and they have told him that he will be a king in the future, without mentioning their reference to Banquo: "Thou shalt get kings, though thou not be none" (1.3.65). Therefore, it might be difficult for Lady Macbeth to guess his next actions.

Lady Macbeth realizes that what was done cannot be undone, that is, "Things without remedy / Should be without regard" (3.2.11-12). She cannot free herself from the past and seeks the one and only way to remedy the situation in vain. Therefore, she ends up suffering from mental illness, the cause of which is her identification of Duncan with her father, against whom she has carried out a cruel deed. In comparison with his wife, Macbeth's mind is obsessed by how to keep his position as King. This disagreement about keeping the throne causes them to develop a sense of distance from each other. After the murder of Duncan, Macbeth understands that his wife has regained her conscience enough to let her regret what happened and due to which she wants to prevent him from carrying out more murders, if he confesses them. In this respect, Macbeth abandons a woman who is no longer his great partner when it comes to putting his plot into action.

Macbeth orders Lennox, who is one of his subjects, to attack the castle of Macduff and kill his family. However, this order is leaked by someone so that a messenger can show up and advise them to flee from the castle because of the danger that is approaching them. It is clear that this information might have been leaked by Lennox or someone who suspects Macbeth of the series of strange killings. Although he has loyal subjects, they cannot directly stop his misdeeds but can anticipate them so as to keep the crimes from happening. Therefore, Macbeth is alienated from his social environment as well as his mind, which is a characteristic of a psychotic individual, like Richard and Satan.

V. Conclusion

Richard represses his conscience, while Macbeth kills his conscience. In both cases, they disintegrate mentally through their conflicts with conscience. Macbeth feels forced to kill his conscience which rises up in his mind over and over again and tortures him. Their representations might be recognized as the beginning of individuality, where faith is neglected, causing a confrontation with God's grace. This confrontation results in their having disintegrated personalities.

Consequently, by their own free will and not by God's will, Richard and Macbeth choose the way of reprobates in order to gain their thrones. It is as if they were Satan in *Paradise Lost*, who chooses his own way by his free will, saying: "So farewell hope, and with hope farewell fear, / Farewell remorse: all good to me is lost" (*PL*, IV.108-109). As for Macbeth, like Satan, his state of mind in seeking a remedy changes into an endless malice, with his resolution that "Things bad begun, make strong themselves by ill" (*Mac.*, 3.2.55). Richard goes further by not admitting his remorse even though he knows the existence of conscience. Similarly to *Paradise Lost*, freedom dwells with right reason like twins, whose separation causes unworthy powers to reign over reason, and ambition to take the place of conscience. Though all of them understand the presence of conscience they have to ignore it for their own purposes.

Thus, related to God's grace, conscience is the principal rule of our world beyond the religious perspective. This universality is a common ground between the two writers. The supposition that the two writers blur the distinction between "reason" and "conscience" might be proved.

Notes

※This thesis was published in *KASUMIGAOKA REVIEW* vol.17 (Fukuoka: The English Literary Society of Fukuoka Women's University, 2011) pp. 19-42.

1 Citations from *Macbeth* refer to A.R. Braunmuller, ed., *Macbeth* (Cambridge: Cambridge University Press, 1997)

2 Citations from *Hamlet* refer to Philip Edwards, ed., *Hamlet* (Cambridge: Cambridge University Press, 1985)

3 Citations from *Paradise Lost* refer to Alastair Fowler, ed., *Paradise Lost* (Harlow: Longman, 2007)

5 Masao Hirai, *Sitsurakuen* (Tokyo: Iwanamibunko, 1981) Notes to 371.

6 Paul Stevens, *Imagination and the Presence of Shakespeare in Paradise Lost* (Madison: Wisconsin University Press, 1985) p. 176. He mentions "consciousness (conscience) or reason."

7 Dennis R. Danielson, ed., *The Cambridge Companion to Milton* (Cambridge: Cambridge University Press, 1982) p. 56.

8 Alan Hobson, *Full Circle: Shakespeare and Moral Development* (London: Chatto&Windus, 1972) p. 119.

9 Arata Ide, "The Desperation of Richard-by the Theological Contexts," *Shakespeare's Tragedy*, ed., Japan Shakespeare Association (Tokyo: Kenkyusha, 1988) 23-45. 26.

10 John Calvin, *Institutes of the Christian Religion*, trans., Henry Beveridge (Massachusetts: Hendrickson, 2008) Book III-Chapter 21-5, p. 610.

11 Noboru Watanabe, *Milton and the Bible* (Tokyo: Kaibunsha, 1990) p. 57.

12 Arthur E. Barker, *Milton and the Puritan Dilemma 1641-1660* (Toronto: University of Toronto Press, 1942) p. 309.

13 Osamu Tsukada, *Religion of England* (Tokyo: Kyobunkan, 2006) pp. 154-155.

14 Tsukada pp. 59-157.

15 Ide 26-32.

16 Richard Bradford, *Paradise Lost* (Buckingham: Open University Press, 1992) p. 4.

17 John T. McNeill, *The History and Character of Calvinism* (New York: Oxford University Press, 1967) p. 264.

18 Bradford p. 30.

19 Haruhiko Fujii, *Rakuen Soshitsu* (Tokyo: Kenkyusha, 1982) Notes to 17. Fujii notes that "stand" is the opposite side of "fall" and means standing upright.

20 Citations from *Othello* refer to Norman Sanders, ed., *Othello* (Cambridge: Cambridge University Press, 1984)

21 Citation from *The Tragedy of King Lear* refers to Jay L. Halio, ed., *The Tragedy of King Lear* (Cambridge: Cambridge University Press, 1992)

22 Peter Milward, *Christian Themes in English Literature* (Tokyo: Kenkyusha, 1967) p. 51.

23 Milward p. 51.

24 Milward p. 54.

25 Shoichiro Kawai, "The Attraction of '*Richard III*'," *Shakespeare's Language and Culture*, ed., Hiromi Fuyuki (Tokyo: Waseda University Press, 2007) 1-27. 23-26.

26 Citations from *King John* refer to L.A. Beaurline, ed., *King John* (Cambridge: Cambridge University Press, 1990)

27 Citations from *King Richard III* refer to Janis Lull, ed., *King Richard III* (Cambridge: Cambridge University Press, 1999)

28 Hobson, p. 120.

29 Roland Mushat Frye, *Shakespeare and Christian Doctrine* (Princeton: Princeton University Press, 1963) p. 235.

30 Braunmuller, Notes to 133.

31 Catherine Belsey, *Why Shakespeare?* (Hampshire: Palgrave Macmillan, 2007) p. 116.

あとがき

　本書を手に取って頂きありがとうございます。

　『ハムレット』（*Hamlet*）の 1 幕 3 場、ポローニアス（Polonius）は、息子レアティーズ（Laertes）がフランスに留学するとき、次のような餞のことばを送ります。

Give thy thoughts no tongue,

Nor any unproportioned thought his act.

Be thou familiar, but by no means vulgar. (1.3.59-61) [1]

まず思ったことを口に出すな。

またとっぴな考えを軽々しく行動に移してはならぬ。

人に親しむはよし、だがなれなれしくはするな。

Give every man thy ear, but few thy voice;

Take each man's censure, but reserve thy judgement. (1.3.68-69)

人の話には耳を傾け、自分からはめったに話すな、

他人の意見は聞き入れ、自分の判断はひかえるのだ。

Neither a borrower nor a lender be,

For loan oft loses both itself and friend,

And borrowing dulls the edge of husbandry. (1.3.75-77)

金は借りてもいかんが貸してもいかん、

貸せば金はもとより友人まで失うことになり、

借りれば倹約する心がにぶるというものだ。

This above all, to thine own self be true,

And it must follow, as the night the day,
Thou canst not then be false to any man. (1.3.78-80)

なにより肝心なのは、自己に忠実であれということだ、
そうすれば、夜が昼につづくように間違いなく
他人にたいしても忠実にならざるをえまい。

両親から言われ続けてきましたことばが、遠い昔に書かれたシェイクスピアの作品にありました。この普遍的な箴言がシェイクスピア作品研究のきっかけとなりました。

　これまで多くの先生方にお世話になりながらお礼を申し上げる機会を逸しておりました。本書のあとがきで、きちんと感謝のことばをお伝えできることを嬉しく思っています。

　筑紫女学園大学では、大城房美先生からは米文学の楽しさを教えて頂くとともに、博士課程後期時には、非常勤講師として母校に迎え入れて下さいました。特に先生の授業で読みました *Maus*（Art Spiegelman）は忘れることのできない作品の一つです。母校では、*Anne of Green Gables*（L. M. Montgomery）や *The Borrowers*（Mary Norton）の授業の機会を頂くなど、今も尚、何かと気に掛けて頂いています。また、川邊武芳先生には *The Best of Philippa Pearce* をはじめ、たくさんの英文学作品に触れる機会を頂きました。特に、*The Running-Companion*（Philippa Pearce）は印象深い作品の一つです。Roald Dahl の短編集 *Kiss Kiss* や Shakespeare の *Merchant of Venice* をやって見なさいと作品まで選んで頂いた上に授業の機会を作って下さいました。先生のご退職時には多くの蔵書を頂くなど、いつも気に掛けて頂きました。高森暁子先生にはシェイクスピアの授業をはじめ、福岡女子大学大学院に進む指標を頂きました。ティモシー・ホンコンプ先生には卒業論文（奴隷貿易時代の西インド諸島及びアメリカ南部に於ける音楽の発展について）を一年に渡りご指導頂きました。吉富久夫先生には卒業論文の書き方についてご指導を頂きました。先生方には心よりお礼申し上げます。

　福岡女子大学大学院では、吉田徹夫先生には *The Picture of Dorian Gray*（Oscar Wild）、ローレンス（Lawrence）、ヴァージニア・ウルフ（Virginia

Woolf) をはじめ、たくさんの英文学のご指導を頂きました。山中光義先生には *Metamorphoses*（Ovid）を先生の研究生の皆さんと一緒に読む機会を頂いたばかりか、時には厳しく、しかしながら、いつも暖かい愛情をもって育てて下さいました。また、吉崎邦子先生には詩をはじめ、*The Awakening*（Kate Chopin）から *No-No Boy*（John Okada）至るまで、幅広いジャンルの米文学に触れる機会を頂きながらも、批評理論についてもご指導下さいました。何よりも和やかで楽しい授業風景が思い起こされます。先生のご退職時には大切な蔵書を頂きました。向井剛先生には *King Arthur's Death* や *Troilus and Criseyde*（Geoffrey Chaucer）などの作品に触れながら中世英語のご指導を頂きました。また、書誌学は興味深いものでした。博士後期課程四年目に当たります、最後の一年間は、指導教授としてご指導頂きました。ナイジェル・ストット先生には英文チェックをして頂くばかりか、バース・スパ大学夏季語学研修には引率者の一人として参加させて頂き、貴重な経験をさせて下さいました。馬場弘利先生、スコット・ピュー先生、宮川美佐子先生にもいろいろとご指導を頂きました。また、田上優子先生には事務的なことをはじめ、いつも陰で支えて頂きました。先生方には心よりお礼申し上げます。

　福岡女子大学大学院でのシェイクスピア作品講読では、柴田稔彦先生と太田一昭先生に、又、単位交換提携校の西南学院大学大学院の授業では、古屋靖二先生に、たくさんのシェイクスピア作品のご指導を頂きました。また、先生方には九州シェイクスピア研究会でもご指導を頂いています。先生方には心よりお礼申し上げます。

　他にも、多くの先生方や先輩方にもお世話になりました。心よりお礼申し上げます。

　最後に、村里好俊先生には福岡女子大学大学院博士前期後期課程の間（最後の一年は除きまして）、指導教授としてご指導頂きました。シェイクスピア作品をはじめ、*Hero and Leander*（Christopher Marlow）、*Paradise Lost*（John Milton）、*The Defence of Poesy*（Philip Sidney）など、たくさんの作品を精読するという貴重な機会を頂きました。今も尚、ご指導を賜り、心よりお礼申し上げます。また、今回の大阪教育図書での本書出版にあたり、先生には仲介の労を頂きました。心より感謝申し上げます。

　先生方と、作品講読をとおし、作家一人一人が紡いできましたことばひとつひとつに、真摯に向き合う時間を共有させて頂きましたことは、掛替えのないものとなりました。

　そして、拙い論文の出版を引き受けて頂きました上に、本書出版に際し、多大のご苦労をお掛けしました大阪教育図書の横山哲彌社長、編集ご担当の土谷美知子さん、スタッフご一同に心よりお礼申し上げます。

註

1　*Hamlet* からの引用及び行数表示は全て Philip Edwards, ed., *Hamlet* (Cambridge: Cambridge University Press, 1985) による。和訳は『ハムレット』小田島雄志訳（東京：白水社，2005）による。

引用及び参考文献

Adelman, Janet. *Suffocating Mothers*. London: Routledge, 1992.

_____. "'Anger's my meat': Feeding, Dependency, and Aggression in *Coriolanus*." *Shakespeare An Anthology of Criticism and Theory 1945-2000*. Ed. Russ Mcdonald. Oxford: Blackwell, 2004. 323-337.

Aristophanes. *The Birds*. Mineola: Dover Publications, 1999.

Bacon, Francis. *The Essays or Counsels, Civill and Morall*. Ed. Michael Kiernan. Massachusetts, Harvard University Press, 1985.

Bakhtin, M. M. *The Dialogic Imagination*. Trans. Emerson Caryl and Michael Holquist. Austin: University of Texas Press, 1981.

Barber, C. L. *Shakespeare's Festive Comedy*. Princeton: Princeton University Press, 2012.

Barker, Arthur E. Ed. *Milton and the Puritan Dilemma 1641-1660*. Toronto: University of Toronto Press, 1942.

Barton, Anne. "Livy, Machiavelli, and Shakespeare's 'Coriolanus'." *Shakespeare Survey* 38. Ed. Stanly Wells. Cambridge: Cambridge University Press, 1985. 115-130.

Belsey, Catherine. *Why Shakespeare?* Hampshire: Palgrave Macmillan, 2007.

Benson, Larry D. Ed. *King Arthur's Death*. Devon: University of Exeter Press, 1999.

Bradford, Richard. *Paradise Lost*. Buckingham: Open University Press, 1992.

Berry, Philippa. "Woman, Language, and History in *The Rape of Lucrece*." *Shakespeare Survey* 44. Ed. Stanley Wells. Cambridge: Cambridge University Press, 1992. 33-39.

Bhabha, Homi K. "The Other Question: Difference, Discrimination and the Discourse of Colonialism." *Out There: Marginalization and Contemporary Cultures*. Eds. Russell Ferguson and Martha Gever. New York: The New Museum of Contemporary Art. 71-87.

Bradbrook, M. C. *Shakespeare and Elizabethan Poetry*. London: Chatto and Windus, 1965.

Bristol, Michael D. "Charivari and the Comedy of Abjection in *Othello*." *Materialist Shakespeare*. Ed. Ivo Kamps. London: Verso, 1995. 142-156.

Burnett, Mark T. *Constructing 'Monsters' in Shakespearean Drama and Early Modern Culture*. Basingstoke: Palgrave Macmillan, 2002.

Burns, Jane E. *Bodytalk: When Women Speak in Old French Literature*. Philadelphia:

Pennsylvania University Press, 1993.

Bushnell, Rebecca W. *A Culture of Teaching: Early Modern Humanism in Theory and Practice.* New York: Cornell University, 1996.

Calderwood, James L. "Signs, Speech, and Self." *Shakespeare's Middle Tragedies.* Ed. David Young. New Jersey: Simon and Schuster, 1993. 146-163.

———. *Shakespearean Metadrama.* Minneapolis: University of Minnesota Press, 1971.

Calvin, John. *Institutes of the Christian Religion.* Trans. Henry Beveridge. Massachusetts: Hendrickson, 2008.

Catty, Jocelyn. *Writing Rape, Writing Women in Early Modern England.* Basingstoke: Macmillan, 1999.

Champion, Larry S. *Shakespeare's Tragic Perspective.* Athens: The University of Georgia Press, 1976.

Chaucer, Geoffrey. *The Complete Poetical Works of Geoffrey Chaucer.* Eds. John S.P. Tatlock and Percy MacKaye. New York: The Free Press, 1966.

Coleridge, Samuel Taylor. "Lectures." *Shakespeare Criticism: A Selection 1623-1840.* Ed. D. Nichol Smith. Oxford: Oxford University Press, 1916. 241-306.

Cook, David. "*Timon of Athens.*" *Shakespeare Survey* 16. Ed. Allardyce Nicoll. Cambridge: Cambridge University Press, 1963. 83-94.

Danielson, Dennis R. Ed. *The Cambridge Companion to Milton.* Cambridge: Cambridge University Press, 1982.

Dekker, Thomas. *The Dramatic Works of Thomas Dekker* I-IV. Ed. Fredson Bowers. Cambridge: Cambridge University Press, 1953-1961.

Derrida, Jacques. *Monolingualism of the Other; or, The Prosthesis of Origin.* Trans. Patrick Mensah. Stanford, CA: Stanford University Press, 1998.

———. *Margins of Philosophy,* Trans. Alan Bass. Chicago: Chicago University Press, 1982.

Dillon, Janette. *Shakespeare and the Solitary Man.* London: Macmillan, 1981.

Dubrow, Heather. *Echoes of Desire.* Ithaca and London: Cornell University Press, 1995.

Dunne, Catherine E. *The Concept of Ingratitude in Renaissance Moral Philosophy* Washington, D.C.: Catholic University of America, 1950.

Evans, Bertrand. *Shakespeare's Tragic Practice.* Oxford University Press, 1979.

Evans, Maurice. Ed. *Elizabethan Sonnets.* London: Phoenix, 2003.

Evett, David. *Discourses of Service in Shakespeare's England.* New York: Palgrave, 2005.

Felperin, Howard. *Shakespearean Representation.* Princeton: Princeton University

Press, 1977.

Farnham, Willard. "*Timon of Athens.*" *Shakespeare: The Tragedies.* Ed. Clifford Leech. Chicago: The University of Chicago Press, 1965. 121-137.

Flecher, John. *A Wife of Moneth.* Ed. David Rush Miller. Amsterdam: Rodopi B.V, 1983.

Foakes, R. A. *Shakespeare and Violence.* Cambridge: Cambridge University Press, 2003.

Forster, Leonard. *The Icy Fire.* Cambridge: Cambridge University Press, 2010.

Frye, Roland Mushat. *Shakespeare and Christian Doctrine.* Princeton: Princeton University Press, 1963.

Frye, Susan. "Staging Women's Relations to Textiles in Shakespeare's *Othello and Cymbeline.*" *Early Modern Visual Culture.* Eds. Peter Erickson and Clark Hulse. Philadelphia: Pennsylvania University Press, 2000. 215-250.

Greenblatt, Stephen. *Shakespearean Negotiations.* Berkeley: California University Press, 1988.

Grene, Nicholas. *Shakespeare's Tragic Imagination.* Basingstoke: Macmillan, 1992.

Handelman, Susan. "*Timon of Athens*: the rage of disillusionment." *American Imago* 36, 1979. 45-48.

Hinman, Charlton. Prepared by The Norton Facsimile. *The First Folio of Shakespeare,* New York: Norton, 1968.

Hobson, Alan. *Full Circle: Shakespeare and Moral Development.* London: Chatto and Windus, 1972.

Holt, John. *Some Remarks on The Tempest.* London: Printed for the author, 1750.

Homer. *The Iliad.* Trans. Samuel Butler. Ed. Julie Nord. Mineola: Dover Publications, 1999.

Hulse, Clark. *Metamorphic Verse.* Princeton: Princeton University Press, 1981.

Hunter, G. K. "Poem and Context in *Love's Labour's Lost.*" *Shakespeare's Styles.* Eds. Philip Edwards, Inga-Stina Ewbank and G. K. Hunter. Cambridge: Cambridge University Press, 1980. 25-50.

Jackson, MacDonald P. *Studies in Attribution: Middleton and Shakespeare.* Salzburg Studies: Jacobean Drama Studies. vol. 79. New York: Edwin Mellen Press, 1979.

Jardine, Lisa. *Still Harping on Daughters.* Princeton: Princeton University Press, 1981.

Jenkins, Harold. "Shakespeare's History Plays: 1900-1951." *Shakespeare Survey* 6. Ed. Allardyce Nicoll. Cambridge: Cambridge University Press, 1953. 1-15.

Kahn, Coppelia. *Roman Shakespeare.* London: Routledge, 1997.

Kermode, Frank. "Language: Critical Extracts." *Shakespeare's Tragedies.* Ed. Emma Smith. Oxford: Blackwell, 2004. 149-161.

Kerrigan, John. *On Shakespeare and Early Modern Literature.* Oxford: Oxford University Press, 2001.

Knight, Wilson G. *The Wheel of Fire.* London: Routledge, 1993.

Kyd, Thomas. *The Works of Thomas Kyd.* Ed. Frederick S. Boas. Oxford: Clarendon Press, 1955.

Leggatt, Alexander. *Shakespeare's Tragedies.* Cambridge: Cambridge University Press, 2005.

Leininger, Jerrell Lorie. "The Miranda Trap-Sexism and Racism in Shakespeare's *Tempest.*" *The Tempest.* Ed. Patrick M. Murphy. New York: Routledge, 2001. 223-230.

Lever, J. W. *The Elizabethan Love Sonnet.* London: Methuen, 1956.

Levin, Richard. "The Ironic Reading of *The Rape of Lucrece* and The Problem of External Evidence." *Shakespeare Survey* 34. Ed. Stanley wells. Cambridge: Cambridge University Press, 1981. 85-92.

Levith, Murray J. *What's in Shakespeare's Name.* Hamden, Conn: Archon Books, 1978.

McCoy, Richard C. *The Rites of Knighthood.* Berkeley: University of California Press, 1989.

Marlowe, Christopher. *The Complete Poems.* Ed. Mark Thornton Burnett. London: The Guernsey Press, 2000.

Martindale, Charles and Michelle Martindale. *Shakespeare and the Use of Antiquity.* London: Routledge, 1990.

Maus, Katharine Eisaman. "Taking Tropes Seriously: Language and Violence in Shakespeare's *Rape of Lucrece.*" *Shakespeare Quarterly Volume* 37. Folger Shakespeare Library, 1986. 66-82.

McGuire, Philip C. *Shakespeare: The Jacobean Plays.* Houndmills: Michigan State University, 1994.

McNeill, John T. *The History and Character of Calvinism.* New York: Oxford University Press, 1967.

Merchant, Moelwyn W. "Timon and the Conceit of Art." *Shakespeare Quarterly* 6. Ed. James G. McManaway. New York: Ams Reprint Company, 1964. 249-257.

Millett, Kate. *Sexual Politics.* Urbana: Illinois University Press, 1969.

Milton, John. *Paradise Lost.* Ed. Alastair Fowler. Harlow: Longman, 2007.

———. "Paradise Lost." *Selected Poems.* Ed. John Leonard. London: Penguin Classics,

2007. 71-180.

Milward, Peter. *Christian Themes in English Literature*. Tokyo: Kenkyusha, 1967.

Miola, Robert S. *Shakespeare's Rome*. Cambridge: Cambridge University Press, 1983.

More, Thomas. *The History of King Richard the Third*. Ed. George M. Logan. Bloomington: Indiana University Press, 2005.

Moretti, Franco. *The way of the World*. London: Verso, 1987.

Muir, Kenneth. *Shakespeare's Pastoral Comedy*. North Carolina: The University of North Carolina Press, 1979.

Newman, Jane O. "'And Let Mild Women to Him Lose Their Mildness': Philomela, Female Violence, and Shakespeare's *The Rape of Lucrece*." *Shakespeare Quarterly Volume* 45. Folger Shakespeare Library, 1994. 304-326.

Onions, C.T. *A Shakespeare Glossary*. Oxford: Oxford University Press, 1986.

Orgel, Stephen. "Prospero's wife." *The Tempest*. Ed. Patrick M. Murphy. New York: Routledge, 2001. 231-244.

Ovid. *Metamorphoses*. Trans. Arthur Golding. Ed. John Frederick Nims. Philadelphia: Paul Dry Books, 2000.

Patch, Howard R. *The Goddess Fortune in Medieval Literature*. New York: Octagon Books, 1967.

Pearson, Emily Lu. *Elizabethan Love Conventions*. Berkeley: University of California Press. 1933.

Phialas, Peter G. *Shakespeare's Romantic Comedies*. North Carolina: The University of North Carolina Press, 1966.

Proudfoot, G. R. Ed. *Timon* (An anonymous play, 1602-1603). Oxford: The Malone Society, 1980.

Rackin, Phyllis. "History into Tragedy." *Shakespearean Tragedy and Gender*. Eds. Shirley Nelson Garner and Madelon Sprengnether. Bloomington: Indiana University Press, 1996. 31-53.

Bushnell, Rebecca W. *Tragedies of Tyrants: Political Thought and Theater in the English Renaissance*. Ithaca: Cornell University Press, 1990.

Riemer, A. P. *A Reading of Shakespeare's Antony and Cleopatra*. Sydney: Sydney University Press, 1968.

Rose, Jacqueline. "*Hamlet* — *the* Mona Lisa *of Literature*." *A Shakespeare Reader: Sources and Criticism*. Eds. Richard Danson Brown and David Johnson. Milton Keynes: The Open University, 2000. 182-191.

Rose, Mary Beth. *The Expense of Spirit: Love and Sexuality in English Renaissance Drama*. Ithaca: Cornell University Press.

Sanders, Wilbur and Howard Jacobson. *Shakespeare's Magnanimity*. London: Chatto and Windus, 1978.

Sedgwick, Eve Kosofsky. *Between Men: English Literature and Male Homosocial Desire*. Columbia: Columbia University Press, 1985.

Schalkwyk, David. *Speech and Performance in Shakespeare's Sonnets and Plays*. Cambridge: Cambridge University Press, 2002.

Schmidt, Alexander. *Shakespeare Lexicon and Quotation Dictionary*. vol.2. New York: Dover, 1971.

Shakespeare, William. *Antony and Cleopatra*. Ed. David Bevington. Cambridge: Cambridge University Press, 1990.

_____. *As You Like It*. Eds. Tetsuo Anzai. et al. Introduction and notes. Toshihiko Shibata. Tokyo: Taishukan Publishing Company, 1989.

_____. *Coriolanus*. Ed. Lee Bliss. Cambridge: Cambridge University Press, 2000.

_____. *Hamlet*. Eds. Ann Thompson and Neil Taylor. London: Cengage Learning, 2006.

_____. *Hamlet*. Ed. Philip Edwards. Cambridge: Cambridge University Press, 1985.

_____. *King John*. Ed. L. A. Beaurline. Cambridge: Cambridge University Press, 1990.

_____. *King Lear*. Ed. R. A. Foakes. London: Methuen, 1997.

_____. *King Richard III*. Ed. Janis Lull. Cambridge: Cambridge University Press, 1999.

_____. *King Richard The Third*. Eds. Tetsuo Anzai. et al. Introduction and notes. Akihiro Yamada. Tokyo: Taishukan Publishing Company, 1987.

_____. *Love's Labour's Lost*. Ed. H. R. Woudhuysen. London: Methuen, 1998.

_____. *Macbeth*. Ed. A. R. Braunmuller. Cambridge: Cambridge University Press, 1997.

_____. *Much Ado About Nothing*. Ed. Sheldon P. Zitner. Oxford: Clarendon Press, 1993.

_____. *Othello*. Ed. Michael Neill. Oxford University Press, 2006.

_____. *Othello*. Ed. M. R. Ridley. London: Methuen, 1958.

_____. *Othello*. Ed. Norman Sanders. Cambridge: Cambridge University Press, 1984.

_____. *Romeo and Juliet*. Ed. G. Blakemore Evans. Cambridge: Cambridge University, 2003.

_____. *Shakespeare's Sonnets*. Ed. Katherine Duncan-Jones. London: The Arden Shakespeare (Thomson Leaning), 2005.

_____. *The Merchant of Venice*. Ed. M. M. Mahood. Cambridge: Cambridge University Press, 2003.

_____. *The Poems*. Ed. John Roe. Cambridge: Cambridge University Press, 2006.

_____. *The Tempest*. Ed. David Lindley. Cambridge: Cambridge University Press, 2002.

_____. *The Tempest*. Ed. Frank Kermode. London: Methuen, 1954.

_____. *The Tempest*. Eds. Tetuo Anzai. et al. Introduction and notes. Minoru Fujita. Tokyo: Taishukan Publishing Company, 1990.

_____. *The Tragedy of King Lear*. Ed. Jay L. Halio. Cambridge: Cambridge University Press, 1992.

_____. *Timon of Athens*. Ed. Karl Klein. Cambridge: Cambridge University Press, 2001.

_____. *Timon of Athens*. Ed. J. C. Maxwell. Cambridge: Cambridge University Press, 1968.

_____. *The Life of Timon of Athens*. Ed. H. J. Oliver. London: Methuen, 1959.

_____. *The Life of Timon of Athens*. Eds. J. Dover Wilson and J. C. Maxwell Cambridge: Cambridge University Press, 1957.

_____. *The Life of Timon of Athens*. Ed. John Jowett. Oxford: Oxford University Press, 2004.

_____. *The Works of Mr. William Shakespeare*. vol. 5. Ed. Nicholas Rowe. London: Jacob Tonson, 1709.

_____. *The Works of William Shakespeare*. vol.V. Ed. Pope. London: Jacob Tonson, 1723-1725.

_____. *The Works of Shakespeare:* vol.V. Ed. Lewis Theobald. New York: AMS, 1968. (Originally published: London: Printed for A. Bettesworth, 1733)

_____. *The Works of Shakespeare*. vol. 6. Eds. Pope and Warburton. Dublin: R. Owen, 1747.

_____. *The Plays of Shakespeare*. Volume 2. Ed. Howard Staunton. London: Routledge, 1859.

_____. *The Complete Works of William Shakespeare*. Eds. William Clark and William Wright. New York: Frederick A. Stokes, 1864.

_____. *William Shakespeare- The Complete Works*. Ed. Charles Jasper Sisson Long Acre: Odhams Press, 1954.

_____. *Shakespeare Complete Works*. Ed. W. J. Craig. Oxford: Oxford University Press, 1986.

_____. *The Complete Oxford Shakespeare*. Eds. Stanley Wells, Gary Taylor, John Jowett and William Montgomery. Oxford: Oxford University Press, 1987.

_____. *The Complete Works* (The Riverside Shakespeare Second Edition). Ed. G. Blakemore Evans. Boston: Houghton Mifflin Company, 1997.

_____. *The Norton Shakespeare*. Ed. Stephen Greenblatt. New York: Norton, 2008.

_____. *Titus Andronicus*. Ed. J. G. Maxwell. London: Methuen, 1953.

Shakespeare William and Thomas Middleton. *Timon of Athens*. Eds. Anthony B. Dawson and Gretchen E. Minton. London: Cengage Learning, 2008.

Sidney, Philip. *The Prose Works of Sir Philip Sidney* III. Ed. Albert Feuillerat. Cambridge: Cambridge University Press, 1962.

_____. *The Major Works*. Ed. Katherine Duncan-Jones. Oxford: Oxford University Press, 2002.

Skura, Anne Meredith. "Discourse and the Individual: The Case of Colonialism in *The Tempest*." *Shakespeare: An Anthology of Criticism and Theory 1945-2000*. Ed. Russ McDonald. Oxford: Blackwell, 2004. 817-844.

Soellner, Rolf. *Timon of Athens-Shakespeare's Pessimistic Tragedy*. Columbus: Ohio State University Press, 1979.

Spencer, T. J. B. Ed. *Shakespeare's Plutarch*. Middlesex: Penguin Books, 1964.

Spalding, Thomas Alfred. *Elizabethan Demonology*. London: Folcroft, 1880.

Spurgeon, Caroline. *Shakespeare's Imagery*. Cambridge: Cambridge University Press, 1935.

Stevens, Paul. *Imagination and the Presence of Shakespeare in Paradise Lost*. Madison: Wisconsin University Press, 1985.

Thomas, Neely Carol. "Women and Men in *Othello*." *Shakespeare's Middle Tragedies*. Ed. David Young. New Jersey: Simon and Schuster, 1993. 91-116.

Tillyard, E. M. W. *The Elizabethan World Picture*. London: Chatto and Windus, 1952.

_____. "Richard III' and the Tudor Myth." (1944) *Shakespeare's Early Tragedies: Richard III, Titus Andronicus, Romeo and Juliet*. Eds. Neil Taylor and Bryan Loughrey. Houndmills: Macmillan, 1990. 41-56.

Tourneur, Cyril. "The Revenger's Tragedy." *Three Revenge Tragedies*. Ed. Gamini Salgado. London: Penguin Books, 1965. 41-136.

Vickers, Brian. *Shakespeare, Co-Author*. Oxford: Oxford University Press, 2002.

Wells, Robin. Headlam. *Shakespeare, Politics and the State*. Basingstoke: Macmillan, 1986.

Woodbridge, Linda. "Egyptian Queens and Male Reviewers: Sexist Attitudes in *Antony and Cleopatra* Criticism." *Shakespeare: An Anthology of Criticism and Theory 1945-2000*. Ed. Russ McDonald. Oxford: Blackwell, 2004. 570-590.

_____. *Women and the English Renaissance: Literature and the Nature of Womankind, 1540-1620*. Illinois: University of Illinois Press, 1984.

青山誠子『シェイクスピアの女たち』東京：研究社、1981。

_____『シェイクスピアにおける悲劇と変容－リア王からあらしへ』東京：開文社、1985.

_____『ルネサンスを書く－イギリスの女たち－』東京：日本図書センター、2000.

アリエス、フィリップ『死と歴史』伊藤 晃、成瀬駒男訳　東京：みすず書房、1983.

アリストパネス『鳥』呉 茂一訳　東京：岩波書店、1944.

石井美樹子『薔薇の王朝』東京：光文社、2007.

_____『エリザベス』東京：中央公論新社、2009.

井出 新「絶望するリチャード－神学的コンテキストからの試み－」『シェイクスピアの悲劇』東京：日本シェイクスピア協会、1988.　23-45.

今西雅章『シェイクスピア劇と図像学』東京：彩流社、2008.

岩崎宗治『シェイクスピアの文化史』名古屋：名古屋大学出版会、2002.

_____『薔薇の詩人たち－英国ルネサンス・ソネットを読む－』東京：国文社、2012.

岩永弘人『ペトラルキズムのありか－エリザベス朝恋愛ソネット論－』東京：音羽書房鶴見書店、2010.

梅森元弘『エピタフ－英国墓碑銘集－』東京：荒竹出版、1984.

ウェルギリウス「アエネーイス」『ウェルギリウス ルクレティウス 世界古典文学全集 第 21 巻』泉井久之助、岩田義一、藤沢令夫訳　東京：筑摩書房、1965.　5-288.

エラスムス『痴愚神礼讃』渡辺一夫、二宮 敬訳　東京：中央公論新社、2006.

オウィディウス『祭暦』高橋宏幸訳　東京：国文社、1994.

_____『変身物語』（上）中村善也訳　東京：岩波書店、2003.

_____『変身物語』（下）中村善也訳　東京：岩波書店、2003.

大熊 栄『ダン、エンブレム、マニエリスム』東京：白凰社、1986.

大塚定徳、村里好俊『シドニーの詩集・詩論・牧歌劇』大阪：大阪教育図書、2016.

大場健治「舞台のリアリズムについて－シェイクスピアのテキストと翻訳」『ことばと文化のシェイクスピア』冬木ひろみ編　東京：早稲田大学出版部、2007.　193-218.

岡地 嶺『英国墓碑銘文字序説』東京：中央大学出版部、2000.

桂文子「I 古代英詩からスペンサーまで」『英詩の歴史』皆見 昭編　京都：昭和堂、1992.　3-45.

加藤行夫「II エリザベス朝の詩劇」『英詩の歴史』皆見 昭編　京都：昭和堂、1992.　47-90.

河合祥一郎『ハムレットは太っていた！』東京：白水社、2001.

_____「『リチャード三世』の魅力」『ことばと文化のシェイクスピア』冬木ひろみ編　東京：早稲田大学出版部、2007.　1-27.

キケロー『友情について』中務哲郎訳　東京：岩波文庫、2004.

呉 茂一『ギリシア神話』（上）東京：新潮社、2002.

＿＿＿＿『ギリシア神話』（下）東京：新潮社、2004.

黒瀬 保『運命の女神』東京：南雲堂、1970.

コロンネ、グイド・デッレ『トロイア滅亡史』岡 三郎訳　東京：国文社、2003.

斉藤慶典『デリダ』東京：NHK 出版、2006.

佐野隆弥「『あらし』と新世界－植民地主義の視点から－」『シェイクスピアを学ぶ
　　　人のために』今西雅章、尾﨑寄春、齋藤 衞編　東京：世界思想社、2003.
　　　359-368.

シェイクスピア・ウィリアム『アテネのタイモン』小田島雄志訳　東京：白水社、
　　　1999.

＿＿＿＿「アセンズのタイモン」坪内逍遥訳『新修シェークスピヤ全集第三十三巻』
　　　東京：中央公論社、1934.

＿＿＿＿「アセンズのタイモン」八木 毅訳『シェイクスピア全集 8 悲劇Ⅲ 詩』東京：
　　　筑摩書房、1973.

＿＿＿＿『アテネのタイモン』日本放送協会編 金子雄司解説・補注　東京：日本放
　　　送出版協会、1983.

＿＿＿＿「タイモン」小松月陵訳『シェイクスピア翻訳文学書全集 31』東京：大空
　　　社、2000.

＿＿＿＿『アントニーとクレオパトラ』小田島雄志訳　東京：白水社、1988.

＿＿＿＿『お気に召すまま』小田島雄志訳　東京：白水社、1999.

＿＿＿＿『オセロー』小田島雄志訳　東京：白水社、1983.

＿＿＿＿『から騒ぎ』小田島雄志訳　東京：白水社、2002.

＿＿＿＿『恋の骨折り損』小田島雄志訳　東京：白水社、2000.

＿＿＿＿『コリオレーナス』小田島雄志訳　東京：白水社、2000.

＿＿＿＿『ジョン王』小田島雄志訳　東京：白水社、1997.

＿＿＿＿『ソネット集』中西信太郎訳　東京：英宝社、1976.

＿＿＿＿『テンペスト』小田島雄志訳　東京：白水社、2003.

＿＿＿＿『ハムレット』小田島雄志訳　東京：白水社、2005.

＿＿＿＿『ヘンリー五世』小田島雄志訳　東京：白水社、2003.

＿＿＿＿『ヘンリー六世』第三部 小田島雄志訳　東京：白水社、1999.

＿＿＿＿『ヴェニスの商人』小田島雄志訳　東京：白水社、1999.

＿＿＿＿『マクベス』小田島雄志訳　東京：白水社、2001.

＿＿＿＿『リア王』小田島雄志訳　東京：白水社、2005.

＿＿＿＿『リチャード三世』小田島雄志訳　東京：白水社、1983.

＿＿＿＿『リチャード三世』河合祥一郎訳　東京：角川文庫、2007.

_____「ルークリース」高松雄一訳『シェイクスピア全集 8 －悲劇Ⅲ－詩』東京：
　　　筑摩書房、1973．233-350.

_____『ロミオとジュリエット』小田島雄志訳　東京：白水社、2002.

シドニー・フィリップ『詩の弁護』富原芳彰訳注　東京：研究社、1968.

ジュヴァリエ・ジャン、アラン・ゲールブラン『世界シンボル大事典』金光仁三郎、
　　　熊沢一樹、小井戸光彦、白井泰隆、山下　誠、山辺雅彦訳　東京：大修館書店、
　　　1996.

ショーウォーター・イレイン「オフィーリアを表象する－女、狂気、フェミニズム
　　　批評の責務」浜名恵美訳『シェイクスピア批評の現在』青山誠子、川地美
　　　子編　東京：研究社、1993．80-111.

ジラール、ルネ『羨望の炎』小林昌夫、田口孝夫訳　東京：法政大学出版局、
　　　1990.

朱雀成子『愛と性の政治学』福岡：九州大学出版社、2006.

高橋康也、大場建治、喜志哲雄、村上淑郎『研究社シェイクスピア辞典』東京：研
　　　究社出版、2000.

高森暁子「ブリテンの政治再編とローマ」『九州英文学研究 第 17 号』福岡：日本
　　　英文学会九州支部、2000．25-38.

田村秀夫『トマス・モア』東京：研究社、1996.

塚田 理『イングランドの宗教』東京：教文館、2006.

トマス、キース『歴史と文学』中島俊郎編訳　東京：みすず書房、2001.

浜名恵美「性の政治学／解釈の政治学－『アントニーとクレオパトラ』を読む－」
　　　『シェイクスピアの歴史』日本シェイクスピア協会編　東京：研究社、
　　　1994．215-233.

バフチーン、ミハイール『フランソワ・ラブレーの作品と中世・ルネッサンスの民
　　　衆文化』川端香男里訳　東京：せりか書房、1997.

バフチン、ミハイル『ドストエフスキーの詩学』望月哲男、鈴木淳一訳　東京：筑
　　　摩書房、2007.

林 好雄、廣瀬浩司『デリダ』東京：講談社、2008.

ピカート、マックス『沈黙の世界』佐野利勝訳　東京：みすず書房、1964.

藤井治彦『楽園喪失』東京：研究社、1982.

藤田 実「シェイクスピアのローマ史劇とローマの意味」『シェイクスピアの歴史劇』
　　　日本シェイクスピア協会編　東京：研究社出版、1994．248-67.

ヴォーン・アルデル T、ヴァージニア メーソン・ヴォーン『キャリバンの文化史』
　　　本橋哲也訳　東京：青土社、1999.

プラトン『パイドロス』藤沢令夫訳　東京：岩波書店、1995.

_____『プラトン全集 2 クラテュロス／テアイテトス』水地宗明、田中美知太郎訳

東京：岩波書店、1986.

_____『プラトン全集 11 クレイトポン / 国家』田中美知太郎、藤沢令夫訳　東京：岩波書店、1987.

ブリストル、マイケル「『オセロー』におけるシャリヴァリと除け者の喜劇」『唯物論シェイクスピア』アイヴォ・カンプス編、川口喬一訳　東京：法政大学出版局、1999.　157-176.

プルタルコス『似て非なる友について』柳沼重剛訳　東京：岩波文庫、1988.

_____『プルタルコス』世界古典文学全集 23　村川堅太郎訳代表　東京：筑摩書房、2005.

ペトラルカ『凱旋』池田 廉訳　名古屋：名古屋大学出版、2004.

ホメロス『イリアス』（下）松平千秋訳　東京：岩波書店、1992.

マルクス、カール『資本論』エンゲルス編　向坂逸郎訳　東京：岩波文庫、1969.

ミルトン『失楽園』（上）平井正穂訳　東京：岩波書店、2006.

_____『失楽園』（下）平井正穂訳　東京：岩波書店、2005.

モア、トーマス『ユートピア』平井正穂訳　東京：岩波書店、2011.

本橋哲也『本当はこわいシェイクスピア－＜性＞と＜植民地＞の渦中へ』東京：講談社、2004.

モンテーニュ『世界古典文学全集 第 37 巻 モンテーニュ I』原 二郎訳　東京：筑摩書房、2005.

村里好俊「シドニーとスペンサー－『アーケイディア』と『妖精の女王』との距離－」『詩人スペンサー』福田昇八、川西 進編　福岡：九州大学出版会、1997.　441-466.

村田辰夫、ノーマン・アンガス編注『英詩をどうぞ』東京：南雲堂、2000.

吉田幸子「III ミルトンの時代から新古典主義へ」『英詩の歴史』皆見 昭編　京都：昭和堂、1992.　91-150.

ライトソン、キース『イギリス社会史 1580 － 1680』中野 忠訳　東京：リブロポート、1991.

ラロック、フランソワ『シェイクスピアの祝祭の時空』中村友紀訳　東京：柊風舎、2008.

リーウィウス『ローマ建国史』（上）鈴木一州訳　東京：岩波文庫、2007.

ロイル、ニコラス『ジャック・デリダ』田崎英明訳　東京：青土社、2006.

ロック、ジョン『市民政府論』鵜飼信成訳　東京：岩波書店、1968.

渡辺 昇『ミルトンと聖書』東京：開文社、1990.

索　引（事項・人名／作品名）

1. 作品名については、人名索引の下位項目として掲載した。
2. 掲載順については以下のとおりとした。日本語表記の事項索引、人名索引、及び作品については50音順とし、英語表記の事項索引、人名索引、及び作品についてはアルファベット順とした。

事　項　索　引

人名・作品名索引

※ 英語表記

（表記の仕方：Last name / First name、尚、英語論文に限り、登場人物の後ろに作品名を付した）

著者紹介

林　惠子（はやし　けいこ）
　福岡女子大学大学院博士前期課程、博士後期課程修了。
　筑紫女学園大学非常勤講師。

シェイクスピア作品研究

2022 年 11 月 14 日　初版第 1 刷発行
　　　　　著　者　　林　惠子
　　　　　発行者　　横山　哲彌
　　　　　印刷所　　岩岡印刷　株式会社

発行所　　　大阪教育図書株式会社
　　　　　　〒530-0055　大阪市北区野崎町 1 -25
　　　　　　TEL　06-6361-5936
　　　　　　FAX　06-6361-5819
　　　　　　振替　00940-1-115500
　　　　　　email　daikyopb@osk4.3web.ne.jp

ISBN 978-4-271-21080-1　C3097　落丁・乱丁本はお取り替えいたします。